태산을 바라보다 望嶽

태산은 무릇 어떠한가
제나라와 노나라는 푸르름 끝없고
조물주는 신묘한 위풍을 모았고
산의 북쪽과 남쪽은 아침저녁을 갈랐다
층층이 일어나는 구름이 가슴 설레게 하니
눈을 부릅뜨고 돌아드는 새를 바라다본다
반드시 정상에 올라
뭇산이 작은 것을 한번 보리라

岱宗夫如何, 齊魯青未了. 造化鍾神秀, 陰陽割昏曉.
蕩胸生層雲, 決眦入歸鳥. 會當凌絶頂, 一覽衆山小.

陳天輝

진조여휘
Fantastic Oriental Heroes

장담 신무협 판타지 소설

진조여휘 1
장담 新무협 판타지 소설

초판 1쇄 찍은 날 § 2005년 10월 11일
초판 1쇄 펴낸 날 § 2005년 10월 21일

지은이 § 장담
펴낸이 § 서경석

편집장 § 문혜영
편집책임 § 서지현
편집 § 장상수 · 최하나

펴낸곳 § 도서출판 청어람
등록번호 § 제1081-1-89호
등록일자 § 1999. 5. 31
어람번호 § 제2-0715호

주소 § 경기도 부천시 원미구 심곡1동 350-1 남성B/D 3F (우) 420-011
전화 § 032-656-4452 팩스 § 032-656-4453
http://www.chungeoram.com
E-mail § eoram99@chollian.net

ⓒ 장담, 2005

ISBN 89-5831-771-X 04810
ISBN 89-5831-770-1 (세트)

東天謝目曜

진조여휘
Fantastic Oriental Heroes
장담 신무협 판타지 소설

1

철혈성 무저동

도서출판 청어람

목차

작가 서문   6

서장   9

제1장 무전동에서 태어난 아이   15

제2장 산[生] 자와의 인연   33

제3장 죽은[死] 자와의 인연   65

제4장 세상 밖으로   87

제5장 철혈성(鐵血城) 상무원(尚武園)   107

제6장 멋진 사부, 멋진 제자   139

제7장 철혈무각   187

제8장 몰려오는 먹구름   243

제9장 사부는 진짜 남자   271

글을 쓰면서 항상 가지는 마음이 있습니다.

내가 즐겁게 쓰지 않으면서 어찌 남이 즐겁게 읽기를 바랄까.

내 자신의 마음이 움직이지 않는데 어찌 독자의 마음이 움직여 내 글을 읽을까.

나는 그렇게 열심히 쓰고 판단은 독자들께 맡기자. 그런 마음 말입니다.

진조여휘 역시 혼자 생각하다 킬킬거리며 소리 죽여 웃고, 남이 안 볼 때 슬쩍 손가락으로 눈꼬리를 찍어가며 썼습니다. 그러다 아내와 아이들에게 들켜 한 소리 듣기도 했지요.

―아빠가 좀 이상한 것 같지 않니?

―응. 아빠가 이상해. 웃찾사 보면서 왜 울지?

―그러게, 어저께는 슬픈 드라마 보면서 웃더라니까. 엄마는 우는데…….

속닥속닥……. 아빠를 완전히 정신이상자로 몰아가는 세 모자들……. 크윽!

그래도 저 혼자만의 상상에 빠져 글을 쓰다 보면 어느새 세 모자는 잠이 들어 있기도 했습니다.

그렇게 조금씩이나마 열심히 쓰다 보니 어느새 독자 분들 앞에 선보일 때가 되었습니다.

그런데 원고를 정리하던 중 가슴 아프고 안타까운 일이 벌어져 기쁨이 슬픔으로 변해 버렸습니다..

제가 어려울 때 힘이 되어주고, 실의에 잠겨 있을 때 술 한잔 같이 기울이

며 격려해 주던, 사십여 년을 형제와 같이 지내오던 그런 친구가 불의의 사고
로 쓰러져 버렸습니다.

원고를 다 정리하고 나면 시원섭섭해서 한잔, 책이 나오면 즐거워서 한잔,
자신의 속내를 털어놓으며 아픔을 막걸리 한 사발에 삭이던 친구 였는
데……

고무판에 친구에 대한 사연을 올렸었습니다. 많은 분들이 격려의 글을 남
겨주셨습니다.

병상의 친구에게 게시판 댓글로 올라온 격려의 글을 보여주며 읽어주기도
했습니다.

―봐라! 많은 사람이 네가 빨리 일어나기를 바란다. 그러니 힘내라, 친구
야! 네가 일어나야 네 아버지하고 여동생이 살아갈 것 아니냐!

이 자리를 빌어 친구에게 격려의 글을 남겨주신 많은 분들께 진심으로 감
사의 말씀을 드립니다.

여러분! 감사합니다!!

훗날, 친구와 다시 자리에 마주 앉아 그 글들을 읽으면서 웃을 날이 있기를
간절히 바라며… 진조여휘의 이야기를 병상의 친구에게 바칩니다.

서(序)

철혈성(鐵血城)이 이백여 년 전, 처음으로 섬서 한중에 자리를 잡고 천간산 계곡에 자신들의 터전을 지을 때의 일이었다.

후원을 공사하던 중 인부 하나가 계곡의 안쪽에서 시커먼 구멍 하나를 발견했다.

깊이 백 장, 입구의 넓이는 일 장에 불과하나 아래쪽은 거대한 공동(空洞)으로 마치 지옥의 입구를 보는 듯했다.

철혈성의 수뇌부에서는 삼 개월에 걸친 정밀 조사 끝에 그곳을 뇌옥(牢獄)으로 쓰자는 결론을 맺었다.

어느 곳이고 죄인들은 있는 법이고, 그들을 가둘 뇌옥을 짓는 것은 여간 성가신 것이 아니었다. 그런 그들에게 무저동(無底洞)은 훌륭한 뇌옥의 입지 조건을 갖추고 있었다. 돈도 적게 들고 감시자 역시 몇 명만 있으면 되었던 것이다.

철혈성에서는 그곳에 다시는 햇빛을 볼 수 없는 죄인들을 수감시키기로 결정했다.

때로는 자신들에게 대항을 했으나 죽이기에는 부담이 되는 자들을 수 감시키고, 때로는 죽여봐야 이득될 것도 없고 놔두자니 껄끄러운 자들도 수감시켰다.

그렇게 이백 년이 흐른 후 철혈성이 무림팔패(武林八覇)의 하나로 우뚝 서게 되었을 때, 무저동의 뇌옥은 죽여봐야 자신들의 체면만 구기는, 그저 귀찮은 자나 처리하는 쓰레기통 같은 역할로밖에 쓰여지지 않았다.

감히 철혈성에 대항하려는 자들도 없었지만, 철혈성의 이름으로 누구를 죽인다 해서 자신들을 귀찮게 할 자들이 없었던 것이다.

강호의 일그러진 정의가 그 모든 것을 정당화시키고 있는 세상이었으니……

*   *   *

무저뇌옥의 입구에는 한 채의 정자가 하늘을 이고 서 있었다. 정자를 가로지르는 들보에는 바구니가 달린 밧줄을 감아 올리는 바퀴가 매달려 있었고, 밧줄은 무저뇌옥의 입구 옆에 있는 물레에 감겨 있었다.

하늘이 먹물을 뿌려놓은 듯 시커먼 먹구름으로 뒤덮인 어느 봄날 아침이었다.

무저뇌옥의 입구에 세 사람이 말없이 서 있었다. 맑은 하늘빛 청삼을 입은 삼십 초반의 장한 한 명과 무저뇌옥의 간수로 보이는 갈의무사 두 명이었다.

청삼인은 신분이 매우 높은 자인 듯, 두 명의 간수는 굳은 표정으로 고개를 숙이고 있을 뿐이었다.

그들의 앞에는 피 범벅이 된 여인 한 명이 바구니에 담긴 채 구겨져 있었다. 무저뇌옥에서 그런 상태에 처할 사람은 죄수뿐이었다.

　두 간수 중 오른쪽에 있던 자가 고개를 들어 청삼인을 쳐다보았다. 어떻게 할 건지를 묻는 눈빛으로.

　하지만 청삼인의 눈은 바구니의 여인에게로 고정된 채 조금의 미동도 하지 않았다. 그런 그의 눈에서는 연민과 동정, 조소가 조금씩 섞인 묘한 눈빛이 일렁이고 있었다.

　바구니 속의 여인이 청삼인을 향해 불신에 가득 찬 눈빛으로 묻는다.

　'왜? 당신이……?'

　어제저녁 사랑하는 이가 찾아와 같이 차 한잔을 마시다 정신을 잃었다. 그리고 정신을 차렸을 때, 자신은 바구니에 담겨 있었다. 전신이 갈가리 찢긴 채.

　꿈이라고 생각했다. 아니, 꿈이어야 했다.

　하지만 전신을 타고 오르는 고통은 지금 상황이 결코 꿈이 아니라는 것을 말해 주고 있다. 한데 왜 저 사람은 나를 바라보고만 있단 말인가. 왜? 왜?!

　"미안하오. 이럴 수밖에 없는 날 용서치 마오."

　청삼인의 전음에 고막이 천둥처럼 울어대자, 그녀의 흔들리는 눈빛에 한기가 서렸다.

　'이해할 수가…… 어떻게 당신이 나를……'

　"이해해 달라 않겠소. 그러기에 너무 늦었다는 것을 나도 아니까."

　마침내 얼음보다 차가운 한 방울 눈물이 맺혔다.

　'이렇게 끝나는가요? 당신에게 나보다 더 중요한 것이 있었다는 게 원망스럽군요. 그래서 한때는 마음이 흔들린 적도 있었지만, 모든 것을 당신에게 맡기고 살아왔거늘……'

눈물이 갈가리 그물처럼 찢어진 얼굴의 상처를 따라 핏물과 뒤섞여 흘러내렸다.

갈라진 목에서 새어 나오는 끄르륵거리는 소리만이 가슴을 후벼 파고 있었다.

"내려라!"

무겁게 울리는 한마디에 물레가 돌기 시작했다.

세월이 풀어져 내린다.

희망이, 사랑이, 끝없이 풀리는 동아줄을 따라 땅속 아득한 곳으로 잠겨 들어간다.

멀어진다. 십 년간 고이 간직해 왔던 사랑이 떠나간다.

아무도 알아주는 이 없어도 영원히 변치 않으리라 생각했건만, 모든 것이 부질없는 일이었나 보다.

점차 멀어지는 구멍이 악마의 눈구멍이 되어 쳐다보고 있다.

눈을 감고 싶지만 행여나 잊혀질까 감을 수가 없다.

그도 여전히 나를 쳐다보고 있다. 횃불을 긁적이며 잠시지간 아래를 내려다보던 그가 하얗게 웃으며 뒤돌아서더니 그대로 떠나간다. 그런 그의 눈에는 더 이상 연민이나 동정, 그 어떤 감정도 남아 있지 않았다.

'왜… 왜 그는 나를 버려야만 했을까……. 지금까지의 모든 것이 다 거짓이었단 말인가?'

구월 삼일.

혈사궁의 첩자라는 혐의로 조씨 성을 가진 시비가 얼굴을 찢고 사지근맥을 자르는 망형(罔刑)을 당한 채 지옥의 무저뇌옥에 갇혔다는 소문이 철혈성 내 일꾼들 사이에서 돌았다. 그리고… 한 여인이 심처 깊은 곳, 자신의 방에서 흔적도 없이 사라졌다.

구월 사일.

"왜? 왜? 내 곁을 떠나야만 했단 말이오? 조금만 더 기다려 줄 것이지……. 그토록 나를 못 믿었단 말이오?"

한 남자가 울부짖었다.

"찾을 것이오! 무슨 수를 써서라도 당신을 찾을 것이오! 그 누가 반대한다 하더라도 당신을 나의 곁에 있게 만들 것이오!"

떠나간 사랑을 찾아 천근만근 무거운 눈물을 흘리던 남자가 부와 명예를 홀홀 던져 버리고 자신의 거처를 뛰쳐나갔다.

1

까마득한 하늘에서 비치는 희미한 빛만이 모든 것인 어둠 속에서 사람들이 모여들었다.

옷이라 불리기보다는 거적이라 불려야 할 천을 몸에 두른 자들이었다. 그중 너무나 말라서 해골에 거죽만 씌운 것 같은 자가 투덜거리며 입을 열었다.

"제기랄! 오랜만에 들어온 신참이 다 죽어가는 계집이라니……."

"돌팔이 의원이 보기엔 어떠냐? 죽겠냐? 살겠냐?"

몸집이 큰 괴인의 물음에, 다 떨어지긴 했지만 의원 복처럼 보이는 옷을 입은 염소수염이 대답했다.

"돌대가리야. 이 계집은 살아 있는 게 신기해 보일 정도인데 살았으면 뭐 하겠냐. 말도 할 수 없고, 다리도 못 쓰고, 팔도 못 쓴다. 거기다 얼굴하고 거기(?)를 알아볼 수도 없이 칼로 그어놨다. 그야말로 완벽한 병신이다. 제기랄!"

염소수염의 말에 한쪽에서 쪼그리고 앉아 눈을 빛내던 빼빼 마른 자가
침을 내뱉으며 말했다.

"퉤! 씨불, 일도 시킬 수 없게 잘도 부숴놨구만. 어떤 놈인지 몰라도
그저 그것(?)대가리를 망치로 짓이겨 버려야 돼."

머리카락 하나 없는 돌대가리가 인상을 잔뜩 쓰며 빼빼 마른 자를 쳐
다봤다.

"빼빼야, 그럼 지금 죽일까?"

빼빼가 눈을 빛내며 고개를 끄덕였다.

"차라리… 지금 죽이는 게……."

그때였다.

"어?"

염소수염이 눈을 휘둥그렇게 뜨고는 놀라 소리쳤다.

돌대가리와 빼빼가 동시에 염소수염을 쳐다봤다. 왜 그러냐는 표정으로.
그러자 염소수염이 멍한 눈빛으로 말했다.

"있다!"

뭐가?

"뱃속에 있어."

글쎄, 뭐가?

두 사람의 눈이 잡아먹을 듯이 염소수염을 쏘아본다. 그제야 염소수염
이 사태를 눈치채고 떨리는 목소리로 자신이 아는 바를 털어놨다.

"이 계집은 임신을 한 계집이다! 뱃속에 아기가 있어."

멍청하니 염소수염을 바라보던 돌대가리가 머뭇거리며 입을 열었다.

"저기… 돌팔이 말이 정말일까?"

그의 말에 묵직하게 고개를 끄덕인 빼빼가 말했다.

"돌팔이가 여기에 잡혀온 이유가 뭣 때문이냐? 임신해서는 안 될 년이

임신했다는 것을 알아서가 아니냐고?"

"그럼?"

돌대가리의 눈이 홱 돌아가 아무렇게나 놓인 채 널브러져 있는 여인에게로 향했다.

"정말이면 죽이지 말자!"

빼빼가 묻는다.

"왜?"

"…그냥. 심심하잖아……."

그리고 궁금하기도 했다. 아기가 어떻게 나오는지…….

2

얼마나 지났는지는 정확히 알 수는 없지만, 대충 칠 개월쯤 지났을 때였다.

어둠만이 존재하는 세상에서 아이가 태어났다.

축복? 있었다.

염소수염의 돌팔이 의원이 인상을 쓰며 아기를 받아내다가 아기가 제어미의 자궁을 뚫고 나오자 만세를 불렀다.

돌대가리 길거리 차력사가 헤벌쭉 웃으며 벽을 들이받았다. 신기하다는 이유로.

쿵쿵쿵…….

빼빼 마른 삼류무사가 처음으로 따뜻한 눈빛을 보이며 축복했다. 그리고 자신있게 말했다.

"너는 이제부터 내 아들이다!"

그 말에 돌팔이 의원의 염소수염이 파르르 떨렸다.

돌대가리의 이마가 번쩍번쩍 빛났다.

어쩔 수 없이 삐빼는 자신의 뜻을 굽혀야만 했다.

"…우리들의 아들이다."

"진작……."

"그럴 것이지."

우하하하!!! 우리들에게 아들이 생겼다!

세 사람이 춤을 추며 아기의 주위를 빙글빙글 돌았다.

세상이 어떻게 생각해도 좋았다.

천하가 어떻게 돌아가도 상관이 없었다.

그들에겐 오직 오늘이 중요할 뿐이었다.

그리고 그날부터… 그들의 고생이 시작됐다.

크흑! 젠장! 제기랄! 뭐가 이래? 아기 키우는 것이 뭐 이리 힘든 거야?

동굴의 깊숙한 곳에는 거대한 지하 호수가 있었다. 모든 죄수들의 식수원이자 생명줄이었다. 하지만 다리를 못 쓰는 죄수들이 그곳까지 가기에는 너무나 멀었다. 단지 물을 먹지 않으면 살 수 없기에 갈 뿐이었다.

그런데 언제부턴지 그곳을 뻔질나게 들락거리는 사람들이 있었다. 아기의 아비 되기를 자청한 세 사람이었다.

처음에는 아이가 똥을 쌌을 때 그대로 놔뒀었다. 그리고 하루가 지나지 않아 동굴은 아이의 울음소리만이 존재하는 괴로움의 대지가 되어버렸다.

세 사람은 그 이유를 알기 위해 별짓을 다 해봤다. 심지어 돌대가리는 아이가 심심해서 그럴지 모른다고 다리를 잡고 뱅뱅이를 돌려댔다. 그러다 하마터면 아이를 죽일 뻔했다. 미친놈!

다행히 염소수염이 그 원인을 밝혀냈다. 그래도 의원이랍시고.

원인은 다름이 아니었다. 아이의 연약한 피부가 똥독을 견디지 못해 벌겋게 달아오른 것이다.

세 사람은 그때부터 아이가 똥을 쌀 때마다 지하 호수까지 들고 가서 씻겨줘야만 했다. 적어도 하루에 열 번은 지하 호수를 들락거려야 했다. 싸기도 많이 싼다. 지어미 젖밖에 먹지도 않으면서.

그러면서도 세 사람의 입가에선 웃음이 가실 줄을 몰랐다. 힘이 들다가도 아기가 방긋 웃는 모습을 보면 힘들었던 모든 것이 녹아내리는 것이다.

오물거리는 입으로 말 못하는 제 어미의 젖가슴을 빠는 모습을 보면 절로 웃음이 떠올랐다.

캬아! 이게… 아버지가 된 즐거움이구나!

그렇게 일 년이 지났다.

아이를 낳은 후, 점점 약해져만 가던 이름 모를 여인이 마침내 숨을 거두었다. 남은 것이라고는 차디찬 시신과 피로 물든 헝겊 같은 옷자락뿐이었다.

세 사람은 침울한 표정으로 여인을 위해 돌무덤을 만들어줬다. 하지만 여인을 위해 울어주는 사람은 없었다. 그리고 아이에게 아름답고 밝게 살라는 뜻으로 휘(輝)라는 이름을 지어주고는 전보다 더 정성을 다해 아이를 키웠다.

성은… 없다.

안 지으려고 했던 건 아니었다. 문제는… 너무 많아서 탈이었다.

"진휘가 그래도 제일 품위가 있잖나!"

"뭔 소리! 조휘가 제일 멋진 이름이야!"

"어, 여휘는 어때?"

칼만 안 들었지 전쟁이었다. 세 사람의 전쟁. 소리없는 전쟁.

세 사람은 사흘간 말 한마디도 하지 않았었다. 그러다 결국은 나중에 휘아에게 맡기자는 결정을 하고서야 무언의 전쟁을 끝낼 수 있었다. 그들은 결코 입을 닫고는 살 수 없는 사람들이었던 것이다.

전쟁을 끝낸 그날, 그들이 어찌나 입이 닳도록 떠들어댔는지 뇌옥의 죄수들은 잠을 잘 수가 없었다. 그리고 다음날, 세 사람은 눈을 뜬 그 즉시부터 언제 싸웠냐는 듯 본래의 생활로 되돌아갔다.

"또 쌌다!"

"뭐? 아까 쌌는데 또?"

"쌌으면 싼 거지, 뭔 이유가 많아? 빨리 데려가 씻겨야지!"

시끌시끌, 우당탕…….

어둠만이 있는 세상도 시간의 흐름은 어쩔 수 없었다. 겨우 걸음마를 할 줄 알던 아이가 어느새 뛰어다니기 시작했다. 그야말로 고개만 돌리고 나면 변한 아이의 모습에, 세 사람은 세월이 흐르는 것도 잊을 지경이었다.

3

본래 무저뇌옥에 들어오는 사람들은 모든 힘을 금제당한다. 그러다 보니 무공이 강한 자일수록 더 심한 금제가 가해진다.

단전이 부서지는 것은 기본이다. 그럼 내공이 강했던 사람일수록 더 극심한 타격을 받는다.

그 다음 두 다리의 근맥을 절단하고 회음혈을 건드려 불구를 만든다. 말 그대로 앉은뱅이를 만드는 것이다. 그럼 강한 무공을 익혔던 사람일수록 절망감이 더 심해진다.

그러나 대부분은 절망감도 느낄 수가 없었다. 왜냐고? 뇌호혈에 침이 박힌 자는 거의 모두가 백치, 바보가 되기 때문이었다. 멀쩡한 것은 오직 손뿐이었다.

손의 근맥을 자르지 않는 것은 별다른 이유가 아니었다. 무저동에서 발견된 철광석을 채취하기 위해서는 손마저 못 써서는 안 되기 때문이었다.

처음에 철광석이 발견되자 철혈성의 조사관이 내려왔었다. 광석에 대한 전문가를 데리고.

그 전문가 왈.

"일꾼을 시켜봐야 돈도 안 될 정도로 적은 양이오."

그때부터 철광석을 캐는 일은 죄수들의 몫이 되어버렸다. 대신 철광석을 캐서 바구니에 담아 올려주면 먹을 것을 더 내려 보내주기로 했다.

죄수 중 이십육 명은 강호에서 일류 이상의 무공을 지니고 있었으나 이런 저런 죄로 무저뇌옥에 갇혔다. 철저한 금제를 받고. 그러나 세 사람만큼은 철저한 금제에서 조금 제외된 경우였다.

그들의 무공이 삼류도 못 된다는 이유도 있었지만, 철혈성으로서도 조금은 미안한 감이 들었는지, 그들의 뇌호혈만큼은 금제를 가하지 않았던 것이다.

셋 중 제일 먼저 무저뇌옥에 갇힌 빼빼는 실수로 잡혀온 전형이었다. 재수없으면 앞으로 넘어지고도 뒤통수가 깨진다고, 그는 일류고수들의 싸움을 구경하는 것을 취미로 삼았다가 그만 그들과 한 묶음으로 무저뇌옥에 갇히는 신세가 되어버렸다. 그래서 항상 그가 입에 달고 다니는 말이 있다.

"조또! 쌈 구경 좋아하다 신세 더럽게 꼬였네."

그는 삼류무사였고, 내공도 일천하기 짝이 없었다.

단전이 파괴되고 다리의 근맥이 잘리자 그는 절망감에 스스로 목숨을 끊으려 했었다. 그래서 일류 이상의 고수들이 갇힌 무저뇌옥에서 한바탕

소란을 일으키며 싸움을 했다.

그리고 그날 이후, 그는 새로운 삶에 적응을 하기로 마음을 바꿨다. 무저뇌옥의 죄수들 중 그를 이길 수 있는 자가 없다는 것을 알게 되었던 것이다. 나중에 염소수염과 돌대가리가 들어오기 전까지는.

마음을 바꿔 먹은 지 일 년 후, 염소수염이 들어왔다. 그가 의술을 안다는 이유만으로 삐삐는 그를 어찌하지 않았다. 언제 아플지 모르는 게 인생사니까.

염소수염은 본래 제법 이름을 날린 의원이었다고 한다. 아무도 믿는 사람은 없지만. 알아서는 안 될 사실을 안 죄로 무저뇌옥에 갇혔다나 어쨌다나.

그는 본래가 의원인데다 무공을 익히지 않았기에 단전이 부서지고도 다른 사람보다 타격을 덜 받았다. 그렇다고 다리의 근맥이 잘리는 고통까지 그런 것은 아니었다. 결국 이틀 밤낮을 고통에 시달리다가 나중에 들어온 돌대가리의 박치기에 얻어맞고서야 잠이 들 수 있었다.

이틀의 간격을 두고 돌대가리가 들어왔다. 대장 자리를 놓고 그와 한바탕 싸움을 벌여야 했다. 그러나 다행히도 그에게는 잔머리가 없었다. 돌대가리는 있어도.

"이곳에선 머리 쓰면 반칙이다!"

그 덕분에 겨우 무승부를 이룰 수 있었다.

돌대가리는 길거리에서 지나가는 여인에게 행패를 부리는 자를 머리로 받아버리는 바람에 잡혀왔다.

뒤통수를 받힌 그자는 현장에서 즉사했는데 그의 아버지가 철혈궁의 당주라는 것이 문제가 되었다. 하지만 자신의 아들이 한 짓이 있는지라 죽이지는 않고 무저뇌옥에 내려 보낸 것이다.

돌대가리는 차력술을 익혔다. 하지만 내공은 익히지 않았다. 머리가 따라가지 못해서. 그래서인지 금제를 받고도 앉은뱅이가 되었을 뿐, 힘은 죄수 중 누구보다도 셌다.

결국 셋은 의기투합해서 무저뇌옥을 지배하기로 암중합의를 보았다.

염소수염은 의술을 배워서인지 잔대가리를 잘 굴렸고, 돌대가리는 힘이 있었다. 그리고 빼빼는 싸우는 방법을 알고 있었다. 그렇게 세 사람은 무저뇌옥의 지배자가 되었다.

누구도 그들에게 대들 수 없었다. 십수 년이 흐르는 사이에 열 명이 죽어 묻혔다. 그래도 대장은 여전히 그들 세 사람이었다.

그런데… 이제는 그들 위에 한 사람이 더 올라섰다. 그는……사실 그라고 하기도 뭐하지만—세 살배기, 그들의 아들 휘아였다.

말을 배우기 시작한 휘아의 행동은 예측불허였다. 언제, 어느 때 무슨 일을 저지를지 몰랐다.

세 사람은 한시도 휘아에게서 눈을 뗄 수가 없었다. 그나마 다행인 것은 무저뇌옥의 유일한 입구, 천공(天空)에서 빛이 희미하게 들어오는 시간만 되면 항상 한자리에서 빛이 사라질 때까지 지낸다는 점이었다.

그때가 세 사람이 마음 놓고 지낼 수 있는 유일한 시간이었다.

4

그렇게 일 년이 지난 어느 날, 한쪽 구석에서 세 사람이 머리를 맞대고 끙끙거리고 있었다. 아마 휘아에 대한 문제 때문일 것이다.

세 살이 되고 제법 또렷하게 말을 하기 시작하면서부터 이것저것 묻기 시작하더니, 네 살이 되니 대답이 궁한 물음이 많아져 가고 있었던 것이다.

처음에는 단순했었다.

"빼빼아부지, 왜 돌을 파는 거야?"

"그래야 먹을 걸 주거든."

"아부지, 그럼 나는 돌도 안 파는데 왜 먹을 걸 주는 거야?"

"휘아 것은 아부지들이 대신 파거든."

그날부터 휘아는 철광석을 나르는 일을 했다. 하지 말라고 해도 소용이 없었다. 어떻게 보면 기특한 아이였지만, 그들이 보기에는 세 살짜리 아이가 생각할 수 있는 일이 아니었다.

그때부터 왠지 마음 한구석에서 불안감이 싹트기 시작했다.

그래도 워낙 똑똑해서 그러려니 했었다. 그러나 하루하루가 지날수록 휘아의 말과 행동이 달라지기 시작하더니 어느 날,

"석두아부지, 엄마는 왜 죽었어?"

"어… 그건… 아퍼서."

"염소아부지, 왜 나는 여기 사는 거야?"

"응? 어, 그건… 네가 여기서 태어났으니까."

"이빨 아저씨가 그러는데 여기 말고 바깥 세상이 있다고 하던데. 거긴 어디야? 여기보다 이만큼 넓다는데……."

자그마한 팔을 있는 대로 벌리는 휘아를 바라보며 염소수염은 그 말을 한 놈을 절대 가만두지 않겠다고 작심했다. 어린 가슴에 불씨를 던지다니……. 나중에 자신들이 가르쳐 줄 생각은 갖고 있었지만 아직은 아니었다.

그 다음날, 죄수들 중 가운데 이빨이 빠져 이빨 아저씨라 불리며, 그나마 제정신을 조금이나마 유지하고 있던 이진생은 마침내 어금니까지 빠지는 수모를 당하고야 말았다. 염소수염의 지시를 받은 돌대가리에 받혀서.

그리고 그때부터 휘아의 질문은 바깥 세상에 대한 질문이 대부분을 차지하게 되었다.

끙끙거리던 세 사람 중 제일 먼저 말을 꺼낸 것은 역시나 염소수염 돌팔이 조동인이었다.

"조금 빠르긴 하지만 휘아가 영리하니까 우리가 아는 것을 가르치자구."

그 말에 눈만 껌벅이던 돌대가리 차력사 여강두가 말했다.

"아는 게 뭔데?"

"……."

"험, 험……. 나는 무공을 가르칠까 하네만. 자네들은?"

헛기침을 두어 번 내뱉은 빼빼 삼류무사 진형구가 두 사람을 바라보며 대답했다. 그러자 뒤질세라 조동인이 말을 잇는다.

"나는 의술을 가르치겠네!"

순간 자신있게 튀어나오는 여강두의 큰 소리.

"그럼 나는… 박치기를 가르치지."

"……."

지지 않겠다는 듯 자신있게 소리치는 여강두의 말에 어이가 없는지 두 사람은 벌린 입을 다물지 못했다. 그러다……

"휘아 머리 부술 일 있냐?!"

진형구의 핀잔에 여강두는 웅얼거리는 한마디와 함께 고개를 숙였다.

"내가 아는 것은 박치기밖에 없는데……."

"그러지 말고 휘아 체력 훈련을 네가 담당해라. 그래도 차력사 아니냐. 너 배울 때처럼 가르쳐."

진형구의 말에 고개를 끄덕이는 조동인, 그가 생각해 봐도 여강두의 역할은 그게 최선이었다. 그런데 좋아할 줄 알았던 여강두가 창백한 안색으로 입을 다물고 있다. 왜?

'세상에… 이제 네 살짜리 아이를 어떻게 죽기 직전까지 굴리라

고……. 지독한 놈들!'

"에라이! 나쁜 놈들!"

"……?"

어쨌든 각자가 할 일이 정해지자 조동인이 휘아를 불렀다.

불려온 휘아는 세 아버지가 신중한 표정으로 자기를 바라만 보고 있자 의아한 얼굴로 세 사람을 번갈아 쳐다봤다.

"염소아버지, 빼빼아버지, 석두아버지, 왜 불렀어?"

"음, 어험! 휘아야."

조동인의 부름에 휘아가 눈을 또랑또랑 빛내며 빤히 바라본다.

"응."

"우리 휘아는 똑똑하니 아버지들 말을 잘 들을 거야. 그렇지?"

"응."

"휘아는 크면 제일 먼저 뭘 하고 싶지?"

조동인의 말에 휘아는 말없이 자그마한 손가락을 들어 허공을 가리켰다. 그럴 줄 알았다. 이미 밖에 다른 세상이 있다는 것을 안 이상 저 영악한 휘아가 가만있을 리 없다.

"그러려면 많은 것을 배워야 한단다. 거기서는 그래야 살 수 있거든."

"그럼 배우면 되잖아."

"그래…… 그래서 아버지들이 이제부터 휘아에게 여러 가지를 가르칠 생각인데, 휘아는 참고 배울 수 있지?"

"응."

5

무저뇌옥의 생김새는 목은 길고, 바닥은 넓은 호리병을 생각하면 된다.

천공의 입구에서 오십여 장은 폭이 일 장이 될까 말까 할 정도로 비좁았다. 하지만 그 아래부터는 점점 넓어지기 시작해서 바닥은 반경 이 장에 달하는 커다란 광장처럼 되어 있었다.

그리고 구석구석에는 미로처럼 뻗은 동굴들이 산재해 있었다. 그중에는 자연적으로 생긴 동굴도 있었고, 본래 자연 동굴이었다가 철광석을 캐기 위해서 파 들어간 인공 동굴도 있었다.

어떤 놈이든 동굴을 아름답다고 생각하는 놈이 있다면 무저뇌옥에 처넣어봐야 한다. 그러면 아마 다시는 그런 말을 하지 않을 것이다.

사방에는 온통 망치로 부순 돌 쪼가리들이 널려 있고, 온갖 동굴 벌레들이 기어다닌다. 철광석이 발견되기 전에는 먹을 게 부족해서 벌레들이 씨가 말랐는데, 요즘은 그럭저럭 벌레를 잡아먹지 않아도 될 만큼 음식이 내려오기 때문에 다시 벌레들이 많아졌다고 한다.

그렇다고 동굴 전체가 다 삭막한 것은 아니었다. 무저뇌옥의 지배자 세 사람이 기거하는 곳은 그래도 제법 운치있게 꾸며져 있었다. 나름대로 십여 년간 노력한 결실이었다. 그래 봐야 바닥이 조금 평평하고 석벽에 조각 비슷한 것들이 장식되어 있는 정도였지만.

그 방에서 세 사람이 다시 머리를 맞대고 두 번째 고민에 빠져 있었다. 물론 휘아 때문이었다.

"어떡하지?"

"별수없지, 마지막 방법을 써보는 수밖에……."

"방법이 있어?"

조동인과 여강두가 기대에 찬 눈으로 진형구를 바라봤다.

"우선… 굴리는 거야."

"컥!"

조동인이 목이 막히는지 목을 움켜쥐었다. 그러자 여강두가 말했다.

"그건… 매일 하는 거잖아."

"……."

"조금 더……."

"……."

"씨발, 그럼 방법 있어? 밑천도 다 털렸는데 자꾸 조르기는 하지, 어떡해, 그럼?"

"하긴……."

삼 년 만이었다.

네 살짜리 어린애를 데리고 뭘 가르친다며 심심할 때마다 이것저것 가르쳐 준 것이. 그런데 언제부턴가 조금씩 불안감이 들기 시작했다. 요즘에 와서야 그것이 더 이상 가르칠 만한 재주가 그들에게 없기 때문이란 것을 알았다. 그리고 그때부터 세 사람은 일곱 살 휘아에게 휘둘리기 시작했다.

"아부지! 뭐 해! 공부 열심히 해야 바깥에 나갈 수 있다며?"

"어? 어……."

하긴 해야 하는데… 할 게 있어야지…….

조동인은 자신이 가진 재주인 침을 가르친다며 몸에 있는 온갖 혈도의 위치를 가르쳐 주었다. 그러면서 죄수 중 누가 조금만 아프면 실습한다고 안 아픈 데까지 찔러 버리는 만행도 수없이 했고.

한데… 이 쪼끄만 놈은 어떻게 된 놈인지 한 번 가르쳐 주면 잊어버리지를 않는다. 잊어버려야 반복 학습도 하고 야단도 치면서 시간을 때울 텐데.

진형구는 휘아가 아직 어려 뼈도 제대로 여물라면 멀었고, 체력은 더 말할 것이 없으니 조금 느긋했었다. 그런데 자신의 계산을 저 멍청한 돌머리 여강두가 다 망쳐 놨다.

세상에… 저 배운 대로 가르치라고 했다고 아예 애를 잡는다.

시간만 나면 팔굽혀 펴기를 시키고 물구나무를 서게 한다. 돌 들고 뛰게 하는 건 기본이고……. 애가 무슨 힘이 있다고.

게다가 언제부턴가 저 큰 손바닥으로 아이의 전신을 두드려 팬다. 그래야 체내에 잠재된 신경이 발달한대나? 알고나 하는 건지…….

이를 악물고 참아내는 휘아를 볼 때마다 조동인이나 진형구는 고개를 젓지 않을 수 없었다.

불쌍해서? 아니…….

'진짜 독종이다! 하긴 다 죽어가는 몸으로 애 낳겠다고 간절한 눈빛을 보내던 지 어미를 보면…….'

일 년, 이 년이 지나자 몸이 잡히기 시작했다.

힘도 여섯 살이라고 하기에는 터무니없이 세졌다. 그걸 보고 여강두는 흐뭇하게 웃었지만 진형구는 불안감이 가중될 뿐이었다.

그리고 일곱 살이 된 요즘은 주먹으로 팬다. 자신도 그랬단다.

'저눔의 시키! 애가 불쌍하지도 않나?'

그래도 설마 했었다.

'일곱 살짜리가 해봤자지…….'

그런데 그 설마가 끝내 사람을 잡았다.

일곱 살 먹은 놈이 태극권, 팔괘권에 삼재검법의 투로를 완벽하게 밟아가는 것이다. 자신보다도 더 잘하는 것만 같아 아들만 아니면 질투심에 무슨 짓을 저질렀을지 모를 정도였다.

'아! 씨팔, 부럽다. 내가 저 정도 똑똑했으면 강호의 고수로 이름을 날렸을 텐데…….'

그래서……

셋이 다시 머리를 싸맨 것이다.

"가만? 죄수 중에 그래도 제정신이 쪼끔씩 돌아오는 놈들에게 뜯어낼 수 없을까?"

진형구가 고개를 번쩍 쳐들고 말했다. 순간,

"지 이름도 모르는 놈들인데… 가능할까?"

여강두가 초를 쳤다. 그리고,

"그래도 사이비 도사나 이빨은 조금 정신이 있잖아?"

조동인이 불씨를 살리자, 진형구가 이를 지그시 깨물고 덧붙였다.

"돌팔이, 네 침 솜씨로 어떻게 그놈들 정신 드는 시간을 늘리면 안 될까?"

묵묵히 고개를 끄덕이는 조동인.

"한번 해보지, 뭐."

'까짓거, 침이 잘못 꽂혀봐야 죽기밖에 더 하겠어?'

2장
산[生] 자와의 인연

1

휘아는 까마득한 하늘에 걸린 천공을 쳐다보며 누워 있었다. 약한 빛이었지만 이곳에 사는 다른 사람들은 저 천공을 올려다보는 것을 두려워한다.

네 살 땐가? 왜냐고 물어봤다.

"눈이 아파서."

한결같은 대답이다. 심지어 세 아버지까지 그렇게 대답한다. 그중에서도 염소아부지가 제일 자세히 알려주셨다.

"우리는 어둠에 익숙해져서 이제는 약한 빛에도 눈이 다친단다."

"그런데 나는 왜 괜찮은 거야?"

"너는 아직 어려서 회복이 빨리 되거든. 그래도 빛이 강할 때는 너무 오래 쳐다보지 마라."

빛이 사라지면 하루가 지난 거라고 한다. 휘아는 매일 그 수를 세었다. 뭣 때문인지는 모른다. 그냥, 세어봤다. 염소아버지가 말한 일 년이란 것이 뭔지는 모르지만 어쨌든 세다 보면 어느새 자신의 몸이 커진 것처럼 느껴진다.

그렇게 천(干)도 더 센 것 같다.

요즘에 와서는 아버지들이 자주 모여서 몰래 쑥덕거린다.

씨, 빨리빨리 뭐든지 가르쳐 줘야 저 밖으로 빨리 나갈 텐데…….

자신의 전유물이나 다름없는 커다란 바위 위에 누워서 이런 저런 생각을 하고 있을 때였다.

저만치 세 아버지가 꾸물거리며 다가오는 게 보였다.

"아부지!"

아버지들도 팔을 이용해서 움직인다. 다리로 걷는 사람은 오직 자신뿐이다.

전에 한 번 왜 다리로 안 걷고 팔로 걷느냐고 물었다가 석두아버지가 우는 모습을 보았다. 그 후로는 절대 안 물어보기로 작정했다.

"뭐 하는 거야? 왜 요즘은 아무것도 안 가르쳐 주는 거야?"

"우하하!! 안 가르쳐 주긴, 더 좋은 걸 가르쳐 주려고 고민하는 거지."

진형구의 너스레에 휘아의 눈이 치켜 올라갔다.

"정말?"

"그럼!"

"뭐 가르쳐 줄 건데?"

"그건…… 흠, 오늘부터 다른 사람의 것도 배워보는 게 어떻겠느냐?"

"다른 사람? 누구?"

"응……. 도사할배나 이빨아저씨한테. 어떠냐?"

주르륵.

휘아가 바위에서 미끄러져 내려왔다.

"이빨아저씨 것은 다 배웠는 데…….

툭, 툭.

자그마한 돌조각을 발로 차대는 휘아를 바라보는 세 사람의 눈에는 믿을 수 없다는 눈빛이다.

"언… 제?"

"이빨아저씨하고 가끔씩 놀았잖아? 그때 배웠어."

"뭘 배웠는데?"

조동인의 대답에 말도 없이 휘아가 풀쩍 뛰었다. 그러더니 갈지자로 몇 걸음을 걷는다.

"……?"

"뭐 배웠냐니까?"

"방금 보여줬잖아."

"……?"

"다섯 걸음이야."

진형구의 얼굴이 일그러졌다.

"다섯 걸음?"

"응. 이빨아저씨가 그러는데, 다섯 걸음만 잘 걸으면 당할 자가 없대."

어이가 없는지 세 사람의 표정이 허탈하게 일그러졌다.

좀 전에 이빨에게 가서 이야기를 했을 때 히죽히죽 웃던 게 생각났다.

'이 때려죽일 놈이 감히 우리 아들을 놀렸단 말이잖아.'

금방이라도 달려가(?) 이빨을 팰 것처럼 주먹을 움켜쥐었던 진형구는 휘아가 하는 다음 말에 손에서 힘을 풀어야 했다.

"근데 굉장히 어려워. 일 년이나 배웠는 데 아직도 익숙해지지 않았거든."

컥! 일 년? 다섯 걸음 배우는 데 일 년이라고?

그럼 열 걸음은 이 년… 백 걸음은……? 우흐흐흐…….

"몇 걸음까지 배워야 한다고 하던?"

뚤래뚤래.

"그게 다야."

크욱! 무슨…….

진형구는 실망감을 가슴 저 깊은 곳에 차곡차곡 재워놓고 입을 열었다.

"그럼… 도사할배는 어떠냐?"

"도사할부지?"

"웅. 그 할배는 여러 가지 알고 있을 것 같은데…….."

"알았어. 그러지 뭐."

휴! 다행이다. 도사영감은 아직 휘아에게 가르쳐 준 것이 없나 보다. 휘아의 두 눈이 기대감으로 물들어 있는 것이 보인 것이다.

걸음을 옮겨 사이비 도사영감이 있는 동굴 쪽으로 가려던 휘아가 문득 걸음을 멈추더니 돌아다본다.

"근데 빼빼아부지, 왜 무적권은 안 가르쳐 줘?"

"음, 그건 네가 아직 어리기 때문이지. 그거 배우려면 십 년은 더 있어야 되거든. 설마 아부지가 가르쳐 주기 싫어서 안 가르쳐 줄까 그러냐?"

"십 년? 알았어."

조동인이 근엄한 표정의 진형구를 쳐다본다. '무적권이 뭔데?' 하는 눈으로.

여강두가 화난 표정으로 진형구를 노려본다. '그런 것 있으면 진작 내놓지, 왜 이제 말해?' 하는 눈으로.

마침내 진형구의 고개가 푹 수그러졌다.

'씨팔! 그런 거짓말이라도 해야 하는 심정을 니들이 알어?'

2

도사할배라 불리는 자는 진형구가 들어왔을 때도 할배였다. 그리고 이십 년이 넘게 흐른 지금도… 물론 할배다.

진형구는 그가 사이비일 거라 생각했다. 무슨 도사가 귀신을 제일 무서워하고 점도 칠 줄 모른단 말인가?

진형구가 도사에게 물었다.

"내가 언제나 나가겠소?"

도사가 대답했다.

"내가 그걸 어떻게 알어?"

"점을 쳐보면 되잖소?"

"그 정도 도사면 내가 미쳤다고 여기 들어와 있냐?"

결국 자신이 잡혀올 줄도 몰랐단 이야기. 역시 자신이 생각했던 대로 사이비가 분명했다. 그가 아는 도사는 그런 것 정도는 점을 쳐서 알아내야 할 줄 알아야 하는 것이다.

그 도사할배는 제일 구석진 동굴에서 다른 사람과는 달리 혼자서 지낸다.

뇌호혈도 완전히 파괴되지는 않았는지 가끔씩 정신이 돌아온다. 그때마다 그는 벽을 향해 절을 하던가, 아니면 멍하니 컴컴한 천장을 바라보며 누구도 알아듣지 못하는 말을 중얼거린다. 마치 무슨 저주를 거는 듯한 이상한 주문이었다.

진형구와 휘아 등이 동굴로 들어가자 도사할배의 기침 소리가 들려왔다.

그는 요즘 몸이 부쩍 안 좋아졌다. 그래서 철광석을 캐는 일에서도 제외되었다.

당장 내일 죽는다 해도 다 그러려니 할 정도로 나이도 먹었다. 정확한 나이는 알 수 없지만. 다만 눈빛 하나만은 아직 누구 못지않게 반짝였다. 그것만이 그가 존재하고 있다는 증거였다.

오늘도 동굴 안에서 기침 소리와 함께 쏘아보는 도사할배의 눈빛이 보인다.

"무슨……? 쿨룩쿨룩."

"잘 있었소?"

진형구는 주위를 둘러보았다. 어디나 마찬가지로 지저분한 동굴이었다. 이런 데서 수십 년을 살아왔다는 것이 믿어지지 않을 정도였다.

"험, 험, 뭐 좀 부탁할 일이 있소만."

"크큭, 이 정신도 없는 늙은이에게 무슨 부탁이란 말인가?"

"오래 산만큼 배운 것도 많으리라 생각하오. 해서 말인데… 우리 휘아에게 당신이 알고 있는 것을 가르쳐 주시오."

도사할배가 잠시지간 기침을 멈추고 진형구를 쳐다보았다. 그가 진형구의 말이 진심이라는 것을 아는 데는 굳이 많은 시간이 필요 없었다. 진형구가 그를 속여서 이득 볼 것이 아무것도 없었던 것이다.

"내가… 이곳에 들어온 것이, 아마… 사십 년은 됐을 것이오. 알고 있던 것도 다 잊어버릴 만큼의 세월이오. 그래도 상관없다면……."

"물론 아는 만큼만 가르치면 되오. 우리도 할배에게 모르는 것을 가르치라는 것이 아니니까."

"쿨룩쿨룩, 알… 겠소."

그날부터 휘아는 도사할배의 동굴을 뻔질나게 드나들었다.

휘아가 그곳에서 무엇을 배우는지는 아무도 모른다. 심지어 세 아버지도 모른다. 그들은 그저 휘아가 자신들을 닦달하지 않는다는 것만이 마음에 들 뿐이었다.

3

"휘아야……."

"응, 도사할부지. 이제 정신이 들어?"

"그래."

도사할배의 얼굴에 씁쓰름한 웃음이 떠올랐다.

그도 자신이 하루 중 반 이상은 정신을 놓고 지낸다는 것을 안다. 그것이 뇌호혈에 침이 박혔기 때문이란 것도 알고 있었다.

그는 정신이 돌아온 시간만큼은 매우 신중하게 행동했었다. 자신의 사문이 있을 거라 짐작되는 곳을 향해 절을 하며 자신의 죄를 빌었고, 이 세상에서 자신만이 알고 있는 하나의 구결을 행여나 잊을까 봐 쉴 새 없이 외워댔다. 그것 때문에 사람들은 그가 확실히 제정신이 아니라고 생각했던 것이다.

도사할배의 깊은 두 눈이, 앞에서 자신을 빤히 바라보고 있는 휘아를 바라보았다.

불가사의하게도 무저뇌옥에서 태어난 아이.

태어난 지 일 년 만에 어미를 잃고 혼자가 된 아이.

성도 모르고 그저 휘아라 불리면서 세 명의 아버지를 둔 아이.

참으로 믿을 수 없는 생을 살고 있는 아이였다. 그런 아이가 세 아버지에 의해 자신에게 맡겨진 지 일 년이 되었다.

자신은 휘아에게 도덕경 따위의 경전을 가르칠 생각은 애당초 없었다. 자신이 가르칠 것은 오직 두 가지뿐이었다.

아이가 훗날 밖으로 나가게 되었을 때, 험한 세상에서 살아갈 수 있는 방법이 그 하나이고, 또 다른 하나는 자신이 사십 년간 간직하고 있는 비밀을 전하는 것이었다. 그것은 그에게 있어 그 무엇보다, 심지어는 제정신이 아닌 자신의 목숨보다도 더 중요한 일이었다.

휘아는 비칠거리며 일어나 앉는 도사할배를 보며 벙긋 웃었다.

"할배, 괜찮아?"

"음, 쿨룩쿨룩! 휘아를 보니 괜찮아지는 것 같구나."

"헤헤……."

벌써 일 년, 그러니까 천공의 빛이 무려 삼백육십 번이나 바뀌었다.

그간 도사할배가 가르쳐 준 것은 두 가지뿐이었다.

그중 하나가 신주령(神呪靈)의 법문. 도사할배가 정신이 날 때마다 중얼거리던 바로 그 법문이었다.

어디에 쓰는지도 모른다. 무슨 특별한 효능이 있는지도 모른다. 단지 도사할배가 무조건 외우라고 하니 외울 뿐이다.

한데 어찌나 긴지, 머리 좋다는 휘아조차 닷새가 걸려서야 외울 수 있었다.

그 뒤로도 도사할배는 틈만 나면 휘아에게 그 긴 구절을 외워보도록 했다. 휘아는 조금 질리기는 했지만, 그 긴 구절의 신주령을 외우고 나면 마음이 편안해지는 것 같아 마지못해 신주령을 외워댔다.

세 아버지가 '저놈도 미쳐 가는 것 아녀?' 하며 걱정을 할 정도였다.

또 다른 하나는, 그저 할배가 세상을 떠돌아다닐 때 보고 들었다는 일상적인 이야기였다. 하지만 아버지들처럼 똑같은 것을 반복하지 않고 매일같이 다른 이야기를 들려줘서 조금도 지루하지가 않았다. 그렇게 바람처럼 지나간 시간이었다.

"저번에 어디까지 이야기했더라?"

"응. 촉산을 넘어 청성산을 가는 이야기를 하다가… 할배가 정신을 잃었어."

"그랬나? 흠, 그래. 청성산이 도가의 성지라는 것은 이야기를 했지?"

휘아가 고개를 끄덕이자 도사할배가 눈을 반개한 채 말을 이었다.

"청성산 중턱에는 천사동(天師洞)이 있단다. 한데 천사동 앞의 건물을 돌아가면 몇 개의 동굴이 있지. 그중에는 옛날 후한 때 장릉이 수도했다는 동굴도 있고, 사람들이 찾지 않는 동굴도 여러 개가 있단다. 이 할배의 친구 중 한 사람이 바로 그곳에서 도를 닦고 있었단다. 한데 어느 날 신선 같은 노인이 나타나더니 친구에게 그러더란다. '도는 도인데 헛 도를 닦고 있구나.' 그래서 친구가 물었단다. '그럼 진짜 도라는 게 뭡니까?' 신선 같은 노인이 말했단다. '항상 네 앞에 있었지 않느냐!' 그 후 그 친구는 청성산의 동굴을 박차고 나와 그 신선 같은 노인을 따라다녔단다. 쿨룩, 으음, 그 친구 지금쯤 자신이 얻고자 하는 것은 얻었는지……."

도사할배가 말을 멈추자 휘아가 이때라는 듯 물었다.

"그럼 내 앞에도 도가 있는 거야?"

도사할배가 힘없이 웃으며 대답했다.

"네 앞에 있기도 하고 없기도 하단다."

휘아가 난감한 표정을 짓자 도사할배가 나직한 목소리로 말했다.

"모든 것은 네 마음에 달려 있단다, 보고 못 보고는……."

"치이, 너무 어려워. 그런데 할배는 진짜 도사도 아니라면서 어떻게 그렇게 잘 알아?"

"그래, 나는 진짜 도사가 아니다. 하지만 도사가 아니라고도 말하지 못한단다. 굳이 말하면 반쪽 도사인 셈이지."

"에이, 뭐가 그렇게 복잡해?"

도사할배가 창백한 안색으로 빙그레 웃었다.

"이 할배의 사문이 바로 도가와 비슷한 곳이거든. 어찌 보면 도가의

원류 중 하나라고도 할 수 있지."

"그럼 나도 도사가 되어야 하는 거야?"

눈이 커진 휘아의 말에 도사할배가 풀썩 웃으며 고개를 저었다.

"나도 도사가 아닌데 네가 왜 도사가 되어야 한단 말이냐?"

"할배에게 내가 배우고 있잖아. 그럼 내가 제자가 되는 건데……. 하다못해 할배처럼 반쪽 도사라도 되어야 하는 거 아냐?"

"허허허……. 쿨룩……."

억지로 기침을 삼킨 도사할배가 다시 입을 열었다.

"나도 너를 제자로 삼고 싶다만……. 후……."

시간이 얼마 남지 않았다. 죽기 전에 얼마나 전해줄 수 있을지도 모른다. 사문의 법통은 몇 년 만에 전해줄 수 있는 것이 아니니까.

자신이 사부를 모시고 겉 핥기로 배우는 데만도 이십 년이 넘게 걸렸다. 그나마 그러고도 정식 제자는 될 수가 없었다. 자신이 이 지옥 같은 곳에 있는 이유도 그 때문이었다. 그러니 휘아를 자신과 같은 길을 걷게 하고 싶지 않은 것이다.

한편으로는, 그러면서도 신주령이 잊혀질까 봐 전해준 것을 보면 속마음은 꼭 그렇지만도 않은 것 같기도 했다.

"나는 그저 우리 휘아의 마음만으로도 고맙기만 하구나."

처연한 할배의 말에 휘아는 가슴이 이상하게 뭉클한 무엇이 올라오는 것만 같았다.

"치이, 나는 그래도 할배를 사부처럼 생각할 거야. 아부지들이 그랬거든, 받은 게 있으면 갚아야 한다고. 은혜든 원수든."

"허허허, 그것은 옳은 말이다. 사람이라면 응당 그래야지."

도사할배는 빤히 휘아를 바라보다 어렵게 말을 이었다.

"휘아가 정 그런 마음이면… 훗날 마음에 드는 사람을 만나거든 나에게 배운 것을 전해주거라."

4

아버지들은 휘아가 할배에게 특별한 것은 배우지 않지만, 그래도 자신들을 귀찮게 하지 않자 마음이 놓이는지, 이곳저곳을 들쑤시고 다닌다. 혹시라도 있을지 모르는 무공을 찾아서.

그래도 이백 년 역사를 자랑하는 무저뇌옥이 아니던가.

잠깐이라도 정신이 든 어떤 놈이 자신의 무공이 사장될 것을 염려해서 어딘가에 무공 구결을 남겨놓을 수도 있지 않을까?

세 사람이 끙끙거리며 생각해 낸, 휘아를 만족시킬 마지막 대책이었다.

그렇게 일 년간 세 사람이 들쑤시고 다닌 동굴이 서른두 개다. 그중 두 군데서 그림을 발견했다. 하지만 그것은 그냥 낙서 축에도 끼지 못할 정도로 조잡한 그림이었다.

이제 그들이 가보지 못한 동굴이 여섯 개가 남았다. 그야말로 갈 수 없는 동굴들.

하나는 호수가 있는 동굴이다. 그들의 식수원인 곳.

넓이가 얼마나 되는지도 모른다. 깊이 역시 자신들 키를 넘는다는 것만 알 뿐, 더 깊은 곳은 재볼 생각도 못했다. 그러니 더 갈 수도 없었다.

다른 다섯 곳은 앉은뱅이들로서는 꿈도 꾸지 못할 정도로 높거나 험한 곳에 있는 동굴들이다.

"우리들이 못 가는 곳은 다른 놈도 못 간다."

진형구의 한마디에 모두가 고개를 끄덕이며 포기했다. 자신들은 그래도 조금 나은 경우의 죄수들이 아닌가. 자기들보다 심한 상태의 죄수들이 수장 높이의 험한 곳에 갈 수 있으리라고는 누구도 생각할 수 없는 것이다.

시간이 흐르자 세 사람은 점점 초조해지기 시작했다.

어떻게 시시껄렁한 거라도 발견을 해야 하는데……. 뭔 놈의 고수들이 갇혔다는 뇌옥에 무공 구결 하나 남겨진 것이 없단 말인가!

"아! 씨불, 옛날이야기 들으면 동굴에서 신선 같은 고수를 만났다는 이야기들도 많더만, 어떻게 된 놈의 동굴이……."

진형구가 궁시렁거릴 만도 했다.

어떤 놈이고 동굴에서 기연을 얻어 고수가 되었다는 놈을 만나면 그 주둥이부터 부숴 버리고 싶은 세 사람이었다.

휘아는 여전히 틀에 박힌 생활을 한다.

천공이 밝아오면 그 밑에서 다섯 걸음에 대해 고민하며 지내고, 암흑의 세상이 찾아오면 도사할배에게 간다.

요즘은 신주령 외에 다른 것도 알려주니 그 재미에 시간 가는 줄을 몰랐다. 혼을 다스리는 법이라는데… 무지 어렵다. 듣다 보면 머리기 빙빙돌 지경이다.

세 아버지는 여전히 철광석을 캐는 일이 끝나면 동굴들을 조사하러 다니고, 지친 몸으로 돌아오면 내일을 걱정한다.

전만 해도 세상사를 포기하고 아무 걱정 없이 살았는데 아들이 생기고부터는 바쁜 일상의 연속이었다. 그래도 싫다는 한마디 안 하고 몸을 혹사시키는 것을 보면, 아들을 실망시키고 싶지 않은 아버지의 마음은 누구나 똑같은가 보다.

"젠장! 두 놈이 싫다고 안 하니 나도 할 수가 없잖아!"

잔머리를 잘 굴리는 조동인의 투덜거림이었지만, 알게 모르게 정이 담겨 있기에 나올 수 있는 투덜거림이었다.

5

매일 똑같은 생활 속에 천공의 빛이 정확히 칠백이십 번이 바뀌었다.

일 장 높이의 바위틈에 발을 걸치고, 거꾸로 매달린 채 신주령의 법문을 외우고 있던 휘아의 고개가 어둠에 잠긴 구석의 동굴로 향했다. 어깨가 처진 아버지들이 동굴 탐사를 마치고 돌아오는 것이 보인다.

적어도 서너 번씩 살펴보지 않은 동굴이 없을 것이다. 그럼에도 또 다닌다. 실낱같은 희망을 품고.

아버지들은 자신을 볼 수 없지만 자신은 아버지들을 볼 수 있다. 희한하게도 신주령을 외운 지 삼 년이 되자 모든 감각 기관이 자신도 모르는 사이에 환하게 밝아져 있었다.

도사할배의 말로는 자신의 혼에 힘이 실려서라고 하는데, 무슨 말인지는 잘 모르겠다. 다만 감각 기관이 밝아지니 모든 것이 좀 편해졌다는 것이 즐거울 뿐이다.

휘아는 아버지들이 뭣 하러 다니는지를 알고 있다. 얼마 전 세 아버지가 모여서 쑥덕이는 소리를 들었던 것이다.

휘아가 다섯 걸음을 걷는 방법을 이용해 아버지들을 놀래키려고 다가갔을 때였다. 염소아버지의 목소리가 들려왔다.

"하나라도 건져야 하는데……."

'뭘?'

휘아의 의문에 답하듯 빼빼아버지가 퉁명스럽게 말했다.

"누가 그걸 모르냐? 있어야 건지든지 줍든지 하지……."

석두아버지가 고개를 저으며 여전히 멍한 눈으로 두 아버지를 쳐다보다 힘없이 말한다.

"그런데, 휘아에게 가르칠 무공이 있기는 있을까? 삼 년을 찾아봐도 없잖아. 고생만 하고……."

휘아는 다가가던 발걸음을 돌려 몰래 그곳을 빠져나왔다.

아버지들은 자신을 위해서 무공을 찾으러 다니시는가 보다. 말로는 그저 철광석이 어디 또 없나 다니시는 거라고 했었는데… 그게 아니었던 것 같다. 아무래도 아버지들에게 졸라댔던 것이 부담이 되었던가 보다.

나도 이제 다 컸는데(?) 내 일은 내가 알아서 해야겠다.

'세 아버지들보다는 그래도 내가 힘도 더 세고, 더구나 나는 발까지 있잖아?'

마침내 열 살이 되던 해, 휘아는 자립하기로 마음을 먹었다.

"뭐? 이제 네 일은 네가 알아서 한다고?"

휘아를 바라보는 조동인의 눈이 휘둥그레 커졌다.

"너… 지금 네가 몇 살인 줄이나 아냐?"

진형구가 어이가 없는지 휘아의 나이를 물었다.

"열 살."

휘아의 대답에 여강두가 고개를 끄덕인다.

"잘 아네, 뭐."

진형구의 부릅뜬 눈이 여강두의 머리를 쪼갤 듯이 노려본다.

"에라이, 지금 그게 중요하냐? 저 쬐끄만 것이 지가 알아서 살아가겠다는데?"

"솔직히 휘아가 우리보다 더 낫다는 건 사실이잖아. 그리고 그렇게 되면 우리가 더 안 돌아다녀도 되고……."

조동인이 조심스럽게 자기의 의견을 말하자 진형구의 일그러진 얼굴이 조동인을 향했다.

"그건… 그렇지만…… 그래도… 우리가 아버진데……."

"아, 생각해 보라구. 휘아가 여길 떠나는 것도 아니고, 우리 아들이 아닌 것도 아니고, 우리가 휘아의 아버지가 아닌 것도 아닌데 도대체 뭐가 문제야?"

잠시 머뭇거린 사이 조동인의 말에 힘이 실렸다. 그러자,

"문제야… 없지."

진형구의 어깨가 축 처진다.

그라고 왜 모르겠는가.

휘아가 자신들을 졸라대지 않은 지 삼 년, 행여나 졸라댈까 두려워 무공을 찾으러 다니느라 얼마나 고생했던가. 그런데 이제 안 해도 된다. 분명 몸이 편해질 것이다.

한데… 왜 이리 마음은 편하지를 않단 말인가.

'후우, 자식을 멀리 떠나보내는 부모의 심정이 이러할까?

진형구는 문득 어릴 적 무공을 배운다며 집을 도망쳐 나올 때, 싸리문 너머에서 눈물짓던 어머니가 생각이 났다.

"크흑! 어머니……."

자신도 모르게 눈물이 흘렀다. 그 모습을 조동인이 바라본다. 여강두도 바라본다. 하염없이 바라본다. 끝내 눈자위가 붉어졌다.

'조또, 왜 어머니를 부르는… 거야……. 크윽, 어무이!!'

주르륵 눈물을 흘리는 세 아버지를 쳐다보는 휘아의 눈이 글썽거린다.

"씨이, 아부지들, 왜 우는 거야! 휘아가 잘못했어! 앞으론……."

헉, 안 돼! 세 아버지의 눈물이 뚝 그쳤다.

"자립해라!!"

"니 맘대로 해라!"

"거럼, 나이가 몇인데!"

뚱한 표정의 휘아가 세 아버지를 돌아다본다. 눈물은 그렁그렁 하지만 진심이 잔뜩 담겨 있는 눈빛이다. 얼떨결에 고개를 끄덕이는 휘아.

"알았… 어."

6

세 아버지의 거처 옆에 있는 자그마한 동굴을 손보기 시작했다. 이제부터는 자립을 위한 준비를 해야 한다.

철광석도 캐야 하고, 먹을 것도 자신이 알아서 챙겨야 한다. 적어도 자립을 생각했으면 이제부터는 혼자 살아가는 방법을 터득해야 하는 것이다.

시간이 날 때마다 이빨아저씨의 동굴도 찾아가고 도사할배의 동굴도 찾아갔다.

이빨아저씨는 자신이 갈 때마다 벙긋 웃으며 반겨준다.

어쩐지 더 늙은 것 같은 도사할배의 기침 소리는 여전하다.

그렇게 단조로운 생활이 지속되던 어느 날, 천공을 바라보며 누워서 신주령의 법문을 거꾸로 암송하고 있을 때였다.

"휘… 아……."

어디선가 자신을 부르는 소리가 들린다. 한껏 발달된 귀는 호수 동굴의 천장에서 떨어지는 물방울 소리도 들을 정도이니 잘못 들은 것은 아닐 것이다.

벌떡 일어나 귀를 기울이고 방향을 가늠해 봤다.

"휘……."

또 들린다. 오른쪽, 도사할배의 동굴이다.

휙.

바위에서 뛰어내린 휘아의 발걸음이 날듯이 동굴로 향했다.

"도사할배?"

동굴 안에서는 아무 소리도 들리지 않았다.

더 안으로 들어가 보았다. 누워 있는 도사할배가 보인다.

"도사할배?"

"으음, 휘… 아."

도사할배의 안색이 조금 이상하다. 평상시보다 훨씬 붉어진 안색에 숨소리도 거칠기 그지없다. 처음으로 보는 모습이었다.

'가만? 지금 시간이면?'

문득 기이한 생각이 들었다.

지금 시간은 도사할배가 정신을 놓고 있을 시간이다. 제정신이 아니어야 한다는 말이다. 자신의 이름이 무엇인지도 모를 때라는 말이다. 한데, 자신의 이름을 불렀다.

'어찌 된 거지?'

도사할배하고 만난 지 몇 년 만에 처음 있는 일이다.

"할배, 정신 들었어?"

"으음, 휘아… 냐?"

"응, 휘아야. 그런데 오늘은 이상하네? 어떻게……."

"잘 들어……. 삼신주… 삼신주를 찾아……."

"응? 그게 뭔데?"

"본 문의 모든 것……. 삼신주를 찾아……. 여기에……."

"하, 할배!!"

점점 더 붉어지는 도사할배의 안색에 휘아는 어쩔 줄을 모르고 있다가 무슨 생각이 들었는지 벌떡 일어서며 소리쳤다.

"잠깐 기다려! 염소아부지 데려올게!"

후다닥 뛰쳐나가는 휘아를 바라보는 도사할배의 눈에 안타까운 빛이 떠올랐다.

"잠… 휘아… 돌… 신발……."

달려나가는 휘아의 귀에 도사할배의 말이 아스라이 들려온다.

'할배, 조금만 기다려! 내가 염소아부지 데려올 거야!'

"염소아부지!!"

휘아의 외침이 동굴을 울리며 퍼져 나갔다.

느닷없는 외침에 여기저기서 죄수들이 고개를 내민다. 침을 질질 흘리는 그들에게 휘아의 외침은 그저 돌아오지 않는 메아리일 뿐이다. 하지만 모두가 그런 것은 아니었다.

도사할배의 반대편에 자리한 동굴에서 고개를 내미는 자의 눈에는 분명 의혹이라 할 만한 눈빛이 떠올라 있었다. 이빨아저씨라 불리는 자의 눈빛이었다.

그리고 세 아버지가 기거하는 동굴에서도 반응이 있었다.

"뭐야? 휘아 아녀?"

"왜 그러지?"

"어디 다친 것 아냐?"

각기 다른 세 가지 대답, 그러나 반응은 하나였다.

"뭐? 다쳐? 휘아가?"

"어디를 다쳤는데?"

"얼마나 다쳤는데?"

넘어지지 않는 것이 다행일 정도로 빠르게 손을 놀리며 튀어나오는 세 아버지의 얼굴에 놀란 표정이 역력하다. 그러자 빠르게 달려오던 휘아가 오히려 당황해 버렸다.

자립한 이후로 못 본 체하며 자신에게 신경을 끊은 듯하지만, 아버지들의 속마음은 그것이 아니었던가 보다. 괜히 코끝이 찡해진다.

"그게 아니고……."

자신들의 걱정과 달리 휘아의 모습에 다친 곳이 없는 듯하자 세 사람은 가슴을 쓸어내렸다.

"험, 험, 무슨 일이냐?"

조동인이 제일 먼저 마음을 진정시키고 휘아에게 말을 건넸다.

"도사할배가 이상해. 나를 부르기에 가봤는데, 몸이 많이 아픈가 봐. 염소아부지가 빨리 가서 봐줘."

"응? 도사영감이? 가만… 아직 정신이 들 시간도 아닌데?"

"그게… 나도 이상하긴 했는데, 어쨌든 정신이 들었거든? 그런데 얼굴이 빨개져 가지고 곧 죽을 것처럼……. 뭐 해, 아부지? 빨리 가자니까?!"

"어? 어, 그래. 가보자."

네 사람이 정신없이 도사할배의 동굴로 들어가서 본 것은, 붉게 변한 눈을 부릅뜨고 거친 숨을 몰아쉬는 노인의 모습이었다.

조동인이 다급히 다가가 노인의 맥을 짚어보았다. 그러다 무얼 느꼈는지 후다닥 손을 놓았다.

"왜 그래?"

조동인의 행동이 이상해 보였는지 진형구가 물었다.

"이, 이, 이건 산 사람의 맥이… 아니야……."

"무슨 소리야?"

"맥이… 안 뛰어……."

"……?"

"아직 숨을 쉬고 있는데 맥이 안 뛴단 말이야!"

"으헉!"

동굴 안에 침묵의 어둠이 내려앉았다. 그 사이로 거친 도사할배의 숨

소리만이 흐른다.

"푸우……."

침묵이 부담스러웠던지 휘아가 숨을 크게 내쉬었다.

"아부지 말 대로라면 도사할배가 죽었단 말이야? 숨을 쉬고 있는데?"

"그게… 그래서 아버지도 놀랐다니까!"

휘아가 도사할배에게 다가갔다. 아무리 쳐다봐도 살아 있는 것만 같다. 이상한 마음에 휘아는 도사할배의 이마에 손을 얹고 떨리는 목소리로 도사할배를 불러봤다.

"도사할배… 안 죽은 거지?"

아무런 대답이 없다.

그러나 잠시 후, 사람들은 놀라운 광경에 눈을 크게 뜨고 말을 잃었다.

노인의 무섭게 보일 정도로 붉게 물들었던 안색이 제 색을 찾아간다. 부릅떠졌던 새빨간 눈이 스르륵 감겨진다. 그리고 숨소리마저 서서히 잦아들더니, 종내에는 안도의 표정만을 남긴 채 모든 것이 멈추어 버렸다.

모두가 믿을 수 없다는 표정으로 도사할배의 변화를 지켜보았다. 그는 죽은 것이 분명했다.

참으로 알 수 없는 괴이한 현상이었지만, 누구도 그 원인을 알 수는 없었다.

휘아의 눈에서 눈물이 방울져 떨어졌다. 지금껏 여러 사람이 죽는 것을 보았지만, 가까이 지냈던 사람으로는 처음으로 맞이하는 죽음이었다.

왠지 자신도 모르게 눈물이 맺혔다. 이게 슬픔이란 걸까?

휘아가 아무런 말도 없이 눈물만 흘리고 있자, 조동인이 슬며시 진형구의 팔을 잡아당겼다. 멍하니 있는 여강두의 머리를 톡, 쳤다. 그리고 두 사람에게 바깥을 향해 손짓했다.

'놔두고 나가자.'

군이 말이 필요없었다.

세 사람이 나간 동굴 안에는 휘아와 도사할배의 시신만이 남아 있었다.

새삼 도사할배의 빈자리가 다가온다.

항상 중얼거리듯 신주령을 외우며 자신에게 강호의 이야기를 드문드문 하던 할배가 눈앞에 누워 있는데……. 이제는 이야기를 할 수도, 들을 수도 없게 된 것이다.

"도사… 할배……. 흑, 흑……."

눈물이 뚝뚝 떨어져 바닥을 적셨다. 무릎에 떨어지더니 미끄러져 흘러내린다.

휘아는 하얀 손등으로 쓰윽 눈물을 훔치고 도사할배의 평온한 표정을 바라보았다. 그리고 그의 입에서 중얼거리는 소리가 새어 나왔다.

신주령이라 이름 붙여진 기나 긴 주문 같은 구결이었다.

"하늘을 우러르며 양기의 바다를 헤엄치니 곧 천령이… 땅을 보듬어 안고 음기의 호수에 몸을 담그니 지령이… 대기에 내 마음을 담고 하늘과 땅을 바라보니 그 모든 것에 나의 영혼이 깃들어 풍령이……."

전문(前文)인 삼령에 대한 부름 구결이 끝나면 각기 이어지는 서른세 가지의 후결이 이어진다.

한 시진에 이른 신주령의 암송이 끝나자 휘아는 조용히 도사할배를 내려다보았다.

어쩐지 도사할배의 얼굴이 편안해 보인다. 휘아는 조용히 일어나 도사할배를 향해 절을 올렸다.

"할배, 휘아는 할배의 제자야. 그렇지? 그러니까 편히 가. 아부지가 가끔 그러는데 저승도 여기보다는 나을 거래."

휘아가 잠시 도사할배를 쳐다보다가 몸을 일으키려 할 때였다.

문득 머리를 스치는 생각.

'아까… 할배가 뭐라 했는데……. 음.'

골똘히 생각에 잠겼던 휘아의 눈이 번쩍 뜨인 것은 일각가량이 흘러서였다.

'돌… 신발? 분명 돌, 신발… 어쩌구 했는데…….'

주위를 둘러보았다. 하지만 돌로 된 신발 비슷한 것도 보이지 않았다.

이곳에서 신발을 신고 다니는 사람은 없다. 옷도 제대로 입고 다니는 사람이 없거늘 신발이라니. 게다가 돌로 된 신발?

미치지 않고서야……. 아니지, 미치긴 미쳤었지. 그래도 설마?

'이상하네?'

분명 돌, 신발이라고 했었다.

고개를 갸웃거리던 휘아의 눈이 어느 구석에 가서 멈췄다. 돌무더기가 잔뜩 쌓여 있는 곳. 도사할배가 정신만 들면 절을 하는 벽 앞이었다. 도사할배의 발이 묘하게 틀어져 뻗어 있다.

휘아는 도사할배를 돌아다봤다.

'할배, 저기야?'

'그래.'

평온한 표정이 마치 '네 말이 맞아' 하는 표정이다.

다가가서 돌무더기를 하나하나 들어내 보았다. 상당히 많은 양이 쌓여 있었다. 수백 개의 돌을 쌓아 만든 돌무덤 같았다.

돌을 들어내고 나서야 그곳이 본래는 움푹 패었던 곳임을 알 수 있었다. 그러다 보니 생각보다도 많은 양을 들어내야만 했다. 그리고 휘아의 눈에 들어온 것, 그것은 삭아서 문드러지기 직전인 한 짝의 낡은 가죽신이었다.

가죽신을 바라보는 휘아의 눈에 의혹이 가득 찼다.

"신발은 발에 신는 것이라고 했는데 저걸 어떻게 신어?"

그랬다. 휘아가 아는 신은 그런 것이었다. 한 번도 신어보지 않았고, 보지도 못했으니 그저 짐작만 할 뿐이었다. 아무리 그래도 저것은 너무했다는 생각이 들었다. 신을 수 없는 신발이라니.

'가만? 할배가 신지도 못하는 신발을 신으라고 다 죽어가면서 말했을 리는 없는데……'

손을 뻗어 신발을 들어내려 할 때였다. 부스러지는 가죽의 촉감이 손안 가득 느껴졌다. 그리고 그 속에서 누런 무엇인가가 속살을 드러냈다.

'뭐지?'

삭은 가죽을 조심스럽게 털어내자 누런 물체가 분명하게 드러났다. 그것은 매우 얇으면서도 묘한 재질의 천 석 장과 평범해 보이는 천 한 장이었다. 그리고 거기에는 깨알 같은 글씨가 빼곡히 적혀 있었다.

휘아는 먼저 평범해 보이는 천의 글을 읽어보았다. 거기에는 적어도 이십 년 전에 적은 도사할배의 글이 있었다.

정신이 가물가물해진다. 그동안 붙잡고 있던 정신이 흐트러지는 것을 느끼고 훗날을 기약하며 삼령문의 삼십칠대 제자 운몽이 글을 남긴다.

본 문의 모든 정신이 담긴 삼신주를 찾아 무저와옥에 들어온 지 이십 년이 되었다. 백오십 년 전, 본 문의 삼십삼대 문주 지양선인께서 삼신주를 지니고 행방이 사라지면서 본 문의 맥이 끊기고 말았다.

일인전승의 문파는 아니었으나 본 문의 전승을 이을 만한 제자를 찾기가 힘들었으니, 실질적으론 일인전승보다도 더 어렵게 이어져 온 본 문이었다. 나의 사부께서도 오십여 년을 헤매어 겨우 세 명의 제자를 찾을 정도였으니 말해 무엇 하랴. 하지만 그것도 백오십 년 전부터는 말뿐인 문파요, 대를 잇지 못하는 제자가 되어버렸다. 그 모든 것이 선대에 잃어버린 삼신주로 인한 것이었다.

삼신주가 없이는 본 문의 공부를 어느 경지 이상 익힐 수 없고, 삼신주가 없이는 본 문의 계승 자체가 인정이 되지 않음이니, 곧 삼신주가 본 문의 모든 것이라 할 수 있었다.

……(중략)…….

나는 십수 년을 헤맨 끝에 마침내 선대 문주님께서 마지막으로 가셨을 만한 곳, 세 곳을 알아낼 수 있었다. 그리고 두 사제와 함께…….

……(중략)…….

설마 무저뇌옥에 들어가는 죄수들에게 이렇게 심한 금제를 가할 줄은 생각지도 못했었다. 뇌호혈을 파괴하다니……. 나는 하는 수 없이 본 문의 공부 중 정신을 뒤바꾸는 방법을 써야만 했다.

이혼령(離魂靈)의 법(法).

뇌호혈에 꽂은 침으로 인해 파괴된 정신의 세계 안으로 멀쩡한 정신을 억지로 집어넣었다. 그리고 반쯤 파괴된 정신을 멀쩡한 쪽으로 이동시켰다. 한마디로 희석을 시킨 것이다. 그리고 절대 잊어서는 안 되는 기억을 한쪽으로 몰아넣었다.

이 법은 본 문의 공부를 익히던 중, 잘못되었을 경우의 부작용인 마성의 침탈에 대항하기 위한 마지막 수법으로, 최악의 경우가 아니면 써서는 안 되는 금단의 법이었다.

겨우겨우 삼 할 정도의 정신을 한쪽에 몰아넣을 수 있게 되었다. 앞으로는 하루에 서너 시진 정도만 제정신으로 지내게 될 것이다. 하지만… 세월이 흐르면, 정신이 들어 있을 때에도 내 자신을 찾기가 힘들게 될지도 모른다.

오오, 하늘의 보살핌이 없다면…….

……(중략)…….

여기에 들어온 지 이십 년이 흘렀음에도 아무것도 찾지 못했다. 분명 세 곳 중 이곳을 가장 가능성이 많은 곳으로 생각했거늘……. 하늘이 원망스럽기만 하구나. 진정 모든 것을 이대로 묻고 죽어가야 한단 말인가?

이 글을 보는 이여, 그대가 이 글을 볼 때쯤이면 나는 이미 제정신이 아니던가, 아니면 죽어 있을 것이다. 하지만 그대에게 이 글이 이어졌다는 것은 그대와 나의 인연이 이어져 있음이니…….

그대에게 내가 가진 것을 남긴다. 당장 그리 큰 힘은 되지 않을 것이나, 참오하고 참오하다 보면 깨달음이 있을 것이다. 혹시라도 그대가 밖으로 나갈 수 있게 되거든 본인의 두 사제를 찾아라. 두 사제 역시 삼신주를 찾아 두 곳의 금지에 들어갔으니… 그곳은…….

부디 두 사제가 삼신주를 찾았기만을 바랄 뿐이로다. 하늘과 땅과 바람의 삼신이여, 삼령의 혼을 돌보소서…….

기나긴 글이 끝났다.

휘아의 얼굴은 멍하니 굳어져 있었다. 머리 속은 실타래가 엉킨 듯이 뒤죽박죽이다.

'그러니까 도사할배는 여기에 삼신주인가 뭔가를 찾으러 들어왔지만 아무것도 찾지 못하고 죽었다. 뭐, 그런 말인데…….'

세 아버지들이 몇 년간 동굴을 뒤지고 다녔지만 아무것도 찾지 못했다고 했다, 도사할배와 마찬가지로. 그렇다면 여기에는 삼신주라는 것이 없다는 말이 아닌가?

'가만?'

자신이 알기로 동굴 몇 개는 뒤지지도 못했다. 발을 못 움직이는 사람은 접근할 수도 없을 정도로 험난한 곳에 위치해 있었기 때문에.

'혹시?'

삼신주가 뭔지는 모른다. 그러나 도사할배가 애타게 찾을 정도면 평범한 물건은 아닐 것이다.

바깥 세상에선 보물이라는 것을 차지하기 위해서 사람들이 서로를 죽이기도 한다고 하던데……. 그런 보물일까? 하지만 아닐 것 같다는 생각이 든다. 그런 거라면 굳이 억지로 여기까지 들어올 이유가 없으니까.

'그럼 뭐지?'

머리를 털어 일단 복잡한 생각을 걷어내고 다른 천에 적힌 글을 살펴봤다.

모두 석 장이었다. 누런색에 부드러우면서도 질겨 보이는 천이었다. 거기에 깨알같이 작은 글씨가 쓰여 있었다. 만일 일반적인 글씨라면 족히 수십 장에 적혀야 할 양이었다.

태초에 세상이 만들어지며 하늘의 천신, 땅의 지신, 대기의 풍신이 있었도다.

삼신께선 세상을 혼탁케 하는 삼악을 소멸시키기 위해 당신의 아들들에게 한 가지씩의 힘을 주어 이 세상에 내려 보내시니, 하늘의 양, 땅의 음, 대기의 풍이라.

천양의 법은……

지음의 법은……

대기의 법은……

이 모든 힘은 삼신의 뜻으로 삼악을 누르기 위함이니…….

휘아의 이마가 찌푸려졌다. 글씨부터가 평범하지가 않았다. 하지만 정 못 읽을 글은 아니었다. 한데 문제는, 휘아가 조동인에게 배운 글로는 그 뜻을 해석하기가 힘들 정도로 난해하다는 데 있었다. 게다가 사이사이 섞여 있는 이상한 글씨들.

위안이라면 신주령의 법문과 비슷한 구석이 있어서 그럭저럭 읽을 수는 있다는 것이었다. 그리고 그 끝에는 도사할배가 나중에 가르쳐 준 혼을 다스리는 방법이 따로 쓰여 있었다.

얼마가 지나고, 휘아는 천에 적힌 글을 다 읽고 나자 몸을 일으켰다. 옆에는 여전히 도사할배가 편안한 표정으로 누워 있었다.

"할배, 휘아가 삼신주라는 거 꼭 찾아볼게. 알았지?"

그날부터 휘아에게 두 가지 일거리가 늘어났다.

한 가지는 물론 삼신주를 찾아 동굴을 헤매는 일이었다.

그리고 두 번째는 도사할배가 남긴 석 장의 누런 천에 쓰인 글을 해석하는 것이었다. 그 때문에 휘아는 자신이 그리 똑똑하지 않다는 생각에 자괴감이 들 지경이었다.

아버지들은 자신이 너무 똑똑해서 탈이라 했는데, 그것도 아닌 것 같다.

'아부지들, 순 거짓말쟁이야!'

7

깡! 깡! 깡!

철광석을 캐는 일은 갈수록 어려워졌다. 가진 연장이라곤 오래전에 내려 보내준 망치와 정이 전부였다. 한데 그 마저도 이제는 많이 닳아서 손에 쥐면 그 끝이 나오지 않을 정도였다. 그러다 보니 걸핏하면 손을 다치기 일쑤였다.

그뿐이 아니었다. 무저뇌옥에 신참 죄수가 들어오지 않는다. 그 이유에 대해선 아무도 모른다.

십이 년 전 휘아의 어머니가 들어온 것이 마지막이었다. 그것도 일 년만의 일이었다 한다. 그나마 먹을 것을 끊지 않고 있는 것이 다행일 정도다. 하기는 올려주는 철광석이 있으니······.

한 사람, 두 사람 죽어가더니, 이제 남은 사람은 일곱 명뿐이다. 그 바람에 남은 사람들이 더 일을 많이 해야 한다. 그래야 먹을 것이라도 풍족하니 먹을 수 있으니까.

얼마 지나지 않으면 대부분이 죽을 것이다. 그러다 결국 남는 사람은 휘아 자신뿐일 것이다. 그걸 생각하면 자신도 모르게 무서워진다.

매일같이 일상사가 반복이었다.

잠에서 깨면 뛰는 것부터 시작한다. 뛰면서 신주령의 법문을 암송하고 이빨아저씨의 다섯 걸음을 반복하며 뛴다.

처음에는 발이 꼬여 넘어지기 일쑤였다. 그 바람에 온몸에 상처가 아물 날이 없었다. 너무 힘들어 포기할까 생각도 했지만 오기가 일어 멈추지 않았다. 그렇게 수년, 이제는 자연스럽게 움직여진다.

아버지들은 자신이 뛰는 것을 보고 머리가 아프다고 한다. 눈이 나빠졌는지 흐릿하게 보인다고도 하고, 때로는 대여섯으로 보인다고도 한다. 왠지는 휘아도 모른다. 자신이 뛰는 것을 자신은 멀리서 볼 수 없으니까.

"후우! 후우!"

지칠 때까지 뛰고 나면 온몸이 상쾌해진다. 특히 신주령을 암송하며 뛰면서부터는 더 기분이 좋아졌다. 숨을 가라앉힌 휘아는 문득 구석진 곳의 동굴을 쳐다보았다.

"오늘은 이빨아저씨한테 가봐야겠다. 많이 아프다던데······."

도사할배가 죽고 나서는 부쩍 신경이 쓰인다.

휘아는 희미한 빛이 들어오는 천공을 한 번 올려다보고는 이빨아저씨가 기거하는 동굴로 향했다.

누워 있는 이빨아저씨의 모습은 많이 초췌해져 있었다.

"많이 아퍼?"

"휘아… 왔구나……."

"응."

억지로 웃음을 짓는 이빨아저씨를 바라보는 휘아의 눈에 그늘이 졌다. 그가 얼마 살지 못하리라는 것을 본능으로 느끼고 있는 것이다. 하지만 자신이 해줄 수 있는 일은 별것 없었다.

"먹을 거 갖다 줄까? 아니면 물 떠다 줘?"

이런 정도일 뿐이었다.

"아니, 그보다……."

"말해, 뭐든."

"음, 오보천환… 어디까지……."

"다섯 걸음? 그거, 한 걸음에 다섯……."

이빨아저씨의 눈에 만족감이 떠올랐다. 하지만,

"그 다섯을 또 다섯. 음, 그럼 백스물다섯인가?"

이어지는 휘아의 말에 눈꺼풀이 바르르 떨렸다. 그것은 분명 경악의 표정이었다.

"백… 스물… 다섯?"

"응. 더 하려고 했는데 아직은 잘 안 돼."

"더… 한다고?"

이제는 경악을 넘어 마치 못 볼 것을 본 것마냥 눈동자마저 흔들렸다.

'세상에! 어느 정도 예상은 했지만…….'

그는 자신이 그 정도까지 익히는 데 어느 정도 걸렸는지 생각해 보려 했지만 머리가 빠개지는 고통에 생각을 멈추어야 했다.

"제, 제법이구나."

"쳇, 할 것이 없어 그것만 하니까 그렇지."

'너는 모를 것이다, 지금 네가 해낸 것이 얼마나 대단한 것인지. 운이 닿아 밖으로 나갈 수 있다면 좋으련만……'

이빨아저씨, 이진생은 안타깝기만 했다. 저렇게 총명하고 자질이 있는 아이가 동굴에 갇혀 지내야 하다니…….

게다가 자신이 익혔던 심법을 가르쳐 주지 못한다는 것이 더욱 이진생을 답답하게 했다. 뇌호혈에 침이 박히면서 과거의 것은 그 무엇도 깊게 생각을 할 수가 없는 것이다.

사실 오보천환(五步天幻)이나마 가르칠 수 있었던 것도 자신이 평생을 몸으로 익혀왔기에 가르쳐 줄 수 있었던 것이다. 참으로 천행이라 할 수 있는 일이었다.

멍하니 있는 이진생을 바라보던 휘아가 몸을 일으켰다.

"나 갈게. 빨리 나아야 돼?"

"흘, 그래, 알았다. 으음, 우리 휘아하고 놀기 위해서라도 일어나야지……."

동굴을 나온 휘아는 문득 고개를 들었다.

높은 곳에 있는 동굴이 보였다. 다섯 개의 동굴, 높이만도 삼 장 이상이 된다. 발 받칠 곳이나 틈도 없어 올라갈 수가 없었던 동굴들이다. 하지만 조금만 지나면 올라갈 수 있을 터였다. 시간 날 때마다 정으로 쪼아서 구멍을 만들고 있는 중이었던 것이다.

일단 오늘은 다른 곳을 둘러보기로 했다. 전부터 노리고 있던 곳을.

'그전에 아버지들을 만나봐야지……'

3장
죽은[死] 자와의 인연

1

　세 아버지는 자신들이 아들에게 해줄 수 있는 것이 없다는 것을 알고
나서부터는 의기소침해져 있었다.

　먹을 것도 자기가 찾아서 먹고, 무공을 익히는 것도 오래전에 자기들
의 능력을 벗어나 있었다. 감각이 뛰어나서 진맥하는 것도 조동인보다
더 세밀하게 한다. 무엇 하나 자신들보다 못한 것이 없었다.

　그간 들려준 세상 사는 방법도, 이제는 할 말이 동이 나 한 말을 계속
반복할 뿐이다. 세상 사는 방법은 직접 겪지 않고는 모른다고 하면서. 백
번 들어도 모자란 것이라고 둘러대면서. 그러나 그것도 한계가 있었다.

　그렇게 세 사람이 힘없이 동굴에 누워 있을 때 휘아의 목소리가 동굴
에 메아리쳤다.

　"아부지!"

　느닷없이 휘아가 불러대는 소리에 우르르 좇아나오는 세 아버지의 표
정들에는 반가운 기색이 역력했다. 그래도 말은 퉁명스럽게 튀어나온다.

진형구가 먼저 튕겼다.

"웬일이냐? 험."

"에이, 물어볼 것이 있는데 그렇게 딱딱하게 말하면 못 물어보잖아."

휘아의 투정 아닌 투정에 조동인이 뽀르르 앞으로 나섰다.

"음하하! 그래, 우리 사랑스런 아들이 웬일이야? 뭘 물어보려고?"

진형구의 얼굴이 졸지에 일그러진다. 마치 믿었던 연인에게 배신당한 사람의 얼굴처럼.

'배신자! 조금 전만 해도 아버지의 위엄을 지켜야 한다고 침 튀기며 말하던 놈이!'

그러든 말든.

"아버지가 우리 아들에게 어찌 딱딱하게 말을 한단 말이냐? 절대 아니지……. 고럼!"

한다한다 하니까 더 한다. 게다가,

"그런 놈 있으면 나한테 말해! 내가 박치기로 받아버릴 테니까!"

멍청한 여강두 놈이 불을 지핀다.

"니네들이 다 해 먹어라!"

빽 소리치며 돌아선 진형구를 바라보는 두 아버지의 어깨가 축 처졌다.

"그래두… 아들이잖냐……. 헤헤."

별수있나. 세 사람에게는 감히 아들을 내칠 용기도 배짱도 없는 것을.

진형구가 손을 놀리며 일그러진 얼굴로 휘아에게 다가갔다. 그리고 조용히 입을 열었다.

"아들아, 나에게만 살짝 물어봐라. 히히, 그래도 내가 제일 많이 아니까."

"……."

조동인과 여강두의 입이 쩍 벌어졌다. 어이가 없었다. 휘아가 한숨을 내쉬며 질문을 던졌다.

"후우, 참나, 아버지들도……. 그럼 하나만 물어볼게. 저기, 호수 동굴에 들어가 봤어?"

"어."

"건너가 봤어?"

"아니."

"건너에 뭐 있는 줄 알아?"

"몰라."

"그럼 호수 동굴에 대해서 아는 게 뭔데?"

"……."

진형구의 고개가 푹 수그려졌다. 그러더니 순간적으로 번쩍 들린다.

"너? 거기에 가려고?"

"응."

"건너서?"

"응."

"헤엄 칠 줄 알아?"

"……."

'짜식이, 헤엄도 못 치면서.'

"그럼, 헤엄부터 배워라."

"응……."

얼마 만인지 모른다, 아들에게 뭘 가르칠 수 있다는 것이. 뒷짐 진 진형구가 기세등등하게 한껏 무거운 목소리로 말했다.

"개헤엄부터 배워!"

"나는 송장헤엄을 가르쳐 주지. 힘!"

조동인도 어깨에 힘을 줬다. 그러자 골똘히 생각하던 여강두가 소리쳤다.

"좋아! 나도 가르쳐 준다! 잠수헤엄!"

2

풍덩! 풍덩!

어둠의 세계에서 누만 년을 조용히 잠들어 있던 호수가 진저리를 치고 있다. 아닌 밤중에 몰려든 시커먼 인간들로 인해 몸부림을 치고 있다.

지금껏 살짝살짝 적셔지기는 했어도 처녀지신 같던 뽀얀 살결, 아니, 맑은 살결이 뿌옇게 흐려지다 못해 시커먼 먹물이 번지고 있는 것이다.

휘아가 언제 제대로 목욕을 해봤을까. 진형구 등이 언제 제대로 때를 밀기를 했을까. 시커멓지 않은 게 이상한 일이지. 한데 무슨 생각이 들었는지 물가에서 풍덩거리고 있던 휘아가 고개를 쳐들고 묻는다.

"아부지! 물이 시커멓게 됐는데 어떡하지?"

진형구가 신이 나 있다가 되물었다.

"뭘?"

"우리가 나중에 먹어야 하잖아."

"……."

슬그머니 풍덩거리다 말고 물에서 나오는 진형구, 신나게 놀고 있는 조동인과 여강두를 바라보았다.

"니네들은 그쪽 거 퍼 먹어라."

조동인과 여강두도 흠칫, 물에서 기어 나온다. 그러거나 말거나 휘아는 처음으로 물에서 노는 재미에 나올 줄을 모른다.

"휘, 휘아야, 너는 물 안 먹을 거야?"

"어차피 더러워졌는데 뭐."

"그… 런가? 에라, 모르겠다. 야호!"

풍덩!

다시 세 사람이 물속으로 뛰어들었다. 신이 난 세 사람이었다. '까짓거, 먹는다고 죽겠냐?'였다.

"이야! 재밌다! 왜 우리가 이런 걸 몰랐지?"

"바보야! 먹을 물에 뛰어들어서 노는 놈이 이상한 거지!"

"발을 잘 이용해야 돼!"

"그게 아니라니까! 손을 양옆으로 이렇게, 이렇게 저어!"

"처음에는 코를 잡고 들어가야 돼! 코로 물 들어가면 눈물 나오거든!"

"힘들 때 누워서 쉬는 데는 송장헤엄이 최고야!! 힘을 빼고. 그렇지! 우리 아들 잘한다!"

휘아는 하루 만에 헤엄을 익혔다. 개헤엄도, 송장헤엄도. 잠수헤엄은 숨만 안 쉬면 되니 더 쉬웠다. 그리고 다음날, 휘아는 호수 안으로 헤엄쳐 들어갔다.

어제 그렇게 더러워졌던 물이 다시 깨끗해졌다. 아마도 어디선가 적지 않은 물이 들어오는 것 같다. 먹을 물 걱정은 안 해도 될 듯싶다.

안으로 들어가자 천장이 매우 낮아졌다. 물 위에서 손을 뻗으면 닿을 정도였다.

십오륙 장을 들어갔는데도 여전히 올라갈 만한 곳은 보이지 않는다.

'쳇! 아무래도 여기에는 아무것도 없는 것 같다.'

실망이다. 그래도 제일 가망성이 있던 곳인데.

몸을 돌려 밖으로 향했다. 그때였다. 몸을 돌리다 보니 물속에서 뭔가가 희끗 보인다.

'응?'

숨을 멈추고 머리를 물속에 집어넣어 봤다.

보인다. 바위 틈바구니에 낀 옷자락이 보인다. 사람 같기도 하고 아닌 것도 같다. 사람이라면 죽은 지 오래된 시체일 것이다. 하지만 크기가 그리 크지 않은 것이 사람은 아닌 듯하다.

물구나무 서듯이 하고 들어가 봤다. 이럴 땐 석두아버지의 잠수헤엄이 최고다.

손에 옷자락이 잡힌다. 잡아당겨 보지만 쉽게 빠지지를 않는다. 천천히 옷자락을 잡은 채 바위에 바짝 몸을 붙이고는 발로 바위를 밀면서 옷자락을 당겨봤다.

조금씩 옷자락이 딸려 나온다. 그러더니 결국 옷자락이 완전히 빠져나왔다. 뭔지 모르지만 묵직한 것이 느껴진다.

휘아는 그대로 한 손으로 옷자락을 잡고 몸을 물 밖으로 빼냈다.

"푸우!"

나오긴 했는데 옷 때문에 헤엄을 칠 수가 없다.

잠시 발을 놀리며 생각에 잠겼던 휘아는 옷자락을 뭉쳐 쥐더니 앞쪽으로 던져 버렸다. 천장이 낮아서 일 장을 겨우 날아갔다. 하지만 그게 어딘가.

몇 번 반복하는 사이, 어느덧 호수의 가장자리가 보인다.

호숫가로 나온 휘아는 두근거리는 마음을 진정시키고는 옷자락을 바라보았다.

뭐가 있을까?

맛있는 꿀떡을 아껴 먹으려 조금씩 베어 먹는 심정으로 스을쩍, 옷자락을 한 겹 들추어봤다. 아직 몇 겹이 남아 있다.

한 겹, 한 겹, 벗겨가는 손이 가늘게 떨렸다. 자신이 처음으로 발견한

물건이다. 어찌 떨리지 않을 건가. 하지만,

"쳇! 내가 봐도 남자가 너무 쪼잔한 것 같네. 아부지가 남자는 통이 커야 한다고 했는데."

펄럭! 펄럭!

순식간에 옷자락이 벗겨졌다. 그러자 나타나는 물건. 그것은 하나의 단단해 보이는 목함이었다.

"뭐야?"

한참을 살펴보던 휘아의 입에서 마침내 참지 못하고 한 소리가 터져 나왔다.

"어떻게 여는 거야?"

이음매가 보이지 않는다. 열쇠 구멍도 없다. 이건 함이 아니라 나무토막이라고 해도 믿을 지경이다.

"젠장! 기껏 건져 왔더니 나무토막이잖아? 치이!"

이만저만 실망이 아니다. 아무리 살펴봐도…….

"응?"

따그락!

무슨 소리가 난다. 손에 느껴지는 감촉도 안에 뭐가 있는 것처럼 느껴진다.

휘아의 손은 그야말로 예민하기 그지없었다. 자칭 진맥의 대가인 조동인도 인정할 정도로.

그렇다면 안에 무언가가 있다는 건 분명하다. 다시 한 번 살펴봤다. 혹시나 했지만 역시나였다. 도대체 어떻게 된 물건이 이음매가 없다.

'부숴 버려?'

그러다 안에 있는 물건까지 부서지면……? 그건 안 되지!

'잘라내?'

뭘로?

'에이, 아버지에게 물어봐야겠다.'

3

아직은 어린 휘아였다.

휘아는 목함(?)을 옷으로 싸 들고 아버지들에게 달려갔다. 그리고 그 날부터 세 아버지에게는 고민이 하나 늘어났다.

오랜만에 아들이 물건 하나를 건졌는데 문제는 그것을 열 수가 없는 것이다. 이리 해보고, 저리 해봐도 열 방법이 없다. 얼마 남지 않은 머리가 다 빠져나갈 판국이다. 하필 가져와도 이런 물건을 가져와서…….

그렇다고 아들을 원망할 수도 없었다. 자기들은 이런 물건도 못 건졌지를 않은가.

부술까? 자를까? 처음 생각은 똑같았다. 애나 어른이나.

하지만 역시 경험은 무시할 수 없었다. 사흘째 되던 날, 조동인이 마침내 작은 실마리를 찾아낸 것이다. 못 쓰는 정을 갈아 만든 침으로.

처음에 정을 갈아서 침을 만든다고 했을 때 얼마나 비웃었던가. 일 년이 지나 마침내 침이 완성되었을 때도 '미친놈!' 소리가 절로 나왔었다. 한데 그 침이 제 몫을 해냈다. 그리고 조동인의 고개가 하늘 높은 줄 모르고 뻣뻣하게 세워졌다.

목함의 이음매를 옆면에서 찾으려 하는 것은 어찌 보면 당연한 생각이었다. 하다못해 위나 아래에서 찾으려 하는 것도 당연한 생각이다.

조동인은 도저히 이음매의 틈새를 찾을 수 없자 아끼던 침을 꺼내 이곳저곳을 쑤셔봤다. 그래도 찾지를 못했었다. 그러다 우연히 모서리를 긁어댔다. 그것은 순전히 답답해서 한 행동이었다. 마치 답답하면 머리를 긁듯이 긁어댄 것이다. 한데……

"어? 뭐야?"

모서리에 침이 살짝 걸치는 느낌이 전해져 온다. 눈을 뒤집고 자세히 살펴봤다. 틈이라 하기에는 뭐하지만, 그나마 목함에서는 유일하게 침이 들어간 곳이었다.

열심히 긁어댔다. 아까운 침이 다 닳도록. 그리고 마침내, 한 푼 정도까지 침이 박히자 그때서야 조동인은 목함의 구조를 조금이나마 알 수 있었다.

"만세!"

휘아의 표정이 환해졌다. 진형구와 여강두는 박수… 는 치지 못할망정 아니꼽다는, 그까짓 거 갖고 되게 잰다는 듯이 째려보고 있다. 그래도 조동인은 아들의 환한 웃음을 본 것이 더 즐거웠다.

'짜식들! 부러우면 부럽다고 하지. 쫀쫀한 놈들!'

"험! 이게 어떻게 된 거냐 하면 말이다. 요… 구석을 정확하게 깎아서 맞춘 다음 아교로 붙인 것이다."

"아! 그렇구나!"

"나뭇결까지 같은 걸로 봐서는 통나무를 그대로 잘라서 만든 것 같다. 아주 세밀하게 작업된 것이 예사 물건이 아니다."

"뭐가 들었을까?"

모두가 궁금해하는 것을 여강두가 물었다. 그러자 자신있는 조동인의 대답.

"열어보면 알겠지!"

"어떻게?"

"……."

아!! 제기랄! 또 고민이다. 확! 부숴 버려?

목함을 여는 것은 세 아버지에게 맡겨두고 휘아는 호수 동굴을 더 탐색해 봤다. 그러나 삼 일을 뒤져 봤지만 아무것도 찾을 수 없었다.

그럼 다음은 높은 곳에 있는 다섯 개의 동굴을 탐색할 차례다.

휘아는 자신이 파놓은 발 디딜 구멍을 바라보았다.

세 치 정도의 깊이, 두 자 정도의 간격으로 삼 장 높이의 동굴에까지 파여져 있었다. 열 몇 개의 구멍을 파다가 하마터면 떨어질 뻔한 적도 몇 번이나 있었다. 다행히 떨어지지 않은 것은 석두아버지가 자신의 신체를 워낙 잘(?) 단련시켜 놓았기 때문이다.

첫 번째 동굴에 들어가자 그는 새삼 마음이 두근거려졌다. 여기는 아버지들도, 죄수들 그 누구도 들어와 보지 못한 곳인 것이다.

오래전, 일 년에 한 번씩 들렀다는 간수들이나 들어올 수 있었을까? 그러나 그것은 이십 년도 넘은 이야기이니, 최소한 이십 년 만에 자신이 처음으로 들어온 동굴이라 할 수 있었다.

마음을 가라앉히고 천천히 발걸음을 옮겨놓았다. 사방을 훑어가며.

삼 장을 들어갔지만 눈에 띄는 것은 그저 평범한 석벽, 군데군데 부서진 돌무더기뿐, 그다지 눈여겨볼 만한 것은 보이지 않는다. 칠 장 정도를 들어가자 동굴의 끝이 보였다.

"허탕인가?"

나오면서 다시 세밀하게 탐색해 보았다. 결국 휘아는 첫 번째 탐색에서 아무것도 발견하지를 못했다. 하지만 아직 동굴은 네 개가 더 남았다.

두 번째 동굴을 들락거리길 삼 일째, 이곳은 첫 번째 동굴보다 훨씬 길었다. 거기다 갈라져 있다.

오른쪽으로 먼저 갈까? 왼쪽으로 먼저 갈까?

손바닥에 침을 뱉고 탁!

"왼쪽이 먼저네."

일 장 높이의 동굴이 들어갈수록 낮아진다. 아무래도 틀린 것 같다. 십여 장을 더 이어지다가 막혀 버렸다.

젠장! 쳇! 이다!

털레털레 되돌아 나와 오른쪽 동굴로 들어갔다. 오 장 정도를 들어가자 갑자기 동굴이 넓어졌다. 높이는 그대론데 넓이가 삼 장에 달한다. 게다가…….

"어? 바람이?"

안쪽에서 바람이 불어온다. 거의 느껴지지 않을 정도의 약한 미풍이. 다시 십 장 정도를 들어갔을 때였다.

"앗!"

외마디 비명과 함께 주르륵, 휘아의 몸이 경사로를 따라 미끄러져 내려간다. 다행히 급격한 경사는 아니어서 크게 다친 곳은 없지만 마찰에 의해서 복숭아뼈 부근의 살이 살짝 벗겨졌다.

"으, 쓰라려."

슬쩍 진저리를 친 휘아는 정신을 차리고 주변을 돌아보았다. 순간, 휘아의 눈에 뭔가가 들어온다.

'와! 뭐냐?'

아픈 것도 잊어버렸다. 쪼르륵 달려가 자신이 본 것을 살펴봤다.

삭아버린 옷가지, 그 속의 뼈다귀. 분명 사람의 흔적이었다.

두근두근.

조심스럽게 옷가지를 걷어본다. 어찌나 삭았는지 언제 부서질지 모를 지경이다.

옷가지와 뼈다귀까지 다 치워봤지만 보이는 것은 아무것도 없다. 이만

저만 실망이 아니다. 한데,

'응?'

다섯 자 정도 떨어진 바위 위, 뭐가 또 보인다. 앗! 돌로 긁어 쓴 글씨다! 이야! 드디어…….

이 글을 보는 놈이 어떤 놈인지는 몰라도 좋아하지 마라. 아마 네놈도 나처럼 탈출을 하려는 놈이 아니면 뭔가 없을까 해서 들어왔겠지. 미안하지만 여기가 끝이다. 제기랄, 가끔 나처럼 제정신이 조금 들어서 이곳을 나가려는 놈들은 탈출을 꿈꾼다. 그래서 동굴들을 뒤지지. 그러다 절망한다. 발만 성했어도 여기를 벗어날 수 있을 텐데…….

지미랄, 먹을 것이 이틀 치밖에 안 남았다. 이틀 뒤부터는 굶다가 결국은 죽겠지. 크크크, 천하의 광랑이 굶어 죽다니. 이 얼마나 어이없는 일이란 말인가. 이 글을 보는 놈, 네놈도 내 옆에서 죽어가겠지. 죽기 전까지 심심하거든 이거나 익혀봐라. 혹시 아느냐? 살아서 나갈 수 있을지.

"엥? 뭐야? 두서없는 내용에 한탄하는 심경만 잔뜩 써놨잖아? 그런데 뭘 익히라는 거지?"

글 옆에는 세 송이의 꽃이 그려져 있었다. 연꽃인지, 불두화인지 몰라도 수많은 꽃잎이 겹쳐져 있는 그림이었다. 한데…….

"하! 선이 하나도 안 끊어지게 잘도 그렸네."

휘아의 말대로였다. 언뜻 보면 별것 아닌 것 같아도 제법 잘 그려진 그림이었다. 그건 그렇고…….

"쳇! 당신은 발이 없어서 여기서 죽었는지 몰라도 미안하지만 나는 아니네. 내가 미쳤다고 여기서 죽어?"

경사진 비탈을 올려다봤다. 삼 장 정도의 높이에 급경사를 이루고 있다. 그래도 못 올라갈 정도는 아니다. 문제는 제법 미끄럽다는 것이다. 하긴 그래서 못 올라가고 죽었겠지.

'가만? 그런데 여기까지는 어떻게 왔지? 다리도 성치 못했으면서 오 장 높이의 절벽을 어떻게 올라왔을까?'

휘아는 의문이 일지 않을 수가 없었다. 그러나 그것도 여길 나간 다음 에 고민할 문제였다.

휘아는 바위 위에 그려진 세 송이의 꽃을 다시 살펴보았다. 왠지 보면 볼수록 눈을 떼기가 힘들었다. 한참을 그렇게 살펴보더니, 선의 흐름이 완전히 머리 속에 자리를 잡았다는 생각이 들었는지 미련없이 뒤돌아섰 다. 그리고 비탈을 올라가기 시작했다.

주르륵……

얼래? 어디, 다시 한 번.

주르륵……

"어? 이거 장난이 아니네?"

그제야 휘아의 얼굴에 심각한 표정이 떠올랐다. 일단 바위 표면을 다 시 한 번 자세히 살펴봤다.

언뜻 바위가 갈라지며 생긴 자그마한 틈이 보였다. 어른의 손은 몰라 도 자신의 가느다란 손가락은 들어갈 수 있을 것도 같았다. 손가락을 틈 바구니에 찔러 넣어봤다. 조금 좁긴 하지만 다행히 손가락이 걸쳐진다.

그렇다면 문제가 될 것도 없었다. 틈바구니는 위에까지 제법 길게 나 있으니까.

일각을 씨름하고서야 겨우 위로 올라설 수 있었다.

"휴, 그 틈도 없었으면……."

부르르……

생각해 보니 큰일날 뻔했다. 내려다보니 생각보다도 경사가 심해 보였다. 가슴을 쓸어내리며 막 돌아서려 할 때였다. 휘아의 눈에 뭉텅이져 있는 물체가 하나 뜨였다.

"뭐지?"

좀 전에는 구석진 곳, 바위에 가려져 있어 미처 못 봤던 것이다. 집어들고 자세히 살피던 휘아의 입에서 탄성이 터졌다.

"어? 머리카락이잖아?"

놀라운 일이었다. 그것은 족히 육칠 장은 되어 보이는 밧줄이었다. 한데 머리카락을 꼬아 만든 것이다. 그리고 그 끝에는 갈고리 같은 것이 매달려 있었다.

"대체 얼마나 많은 사람의 머리카락이 있어야 이 정도 길이의 밧줄을 만들까?"

적어도 수십 명의 머리카락을 사용했을 것이다. 아마 굴러떨어진 광량이라는 자는 이 밧줄을 이용해 여기까지 올라온 듯했다.

휘아는 밧줄을 몇 번 잡아당겨 보았다. 제법 질기다. 허리에 둘러보니 촉감도 그다지 나쁘지가 않다.

"좋았어!"

오늘은 최근의 탐사 중 제일 나은 성과를 올린 날이었다. 사람의 흔적도 보고 쓸 만한 밧줄도 얻었다. 아직 꽃 그림에 대한 것은 알 수 없지만.

휘아가 만족한 기분으로 동굴을 빠져나올 때였다. 바깥에서 누군가가 자신을 부르는 소리가 들린다.

"휘아야! 휘아야!!"

다급한 목소리다. 무슨 일인지는 몰라도 좋았던 기분이 다 날아갈 정도로 안 좋은 느낌이다.

후다닥 달려가 밑을 쳐다보자 석두아버지가 보였다.

"아부지! 무슨 일이에요?"

석두아버지가 위를 올려다보며 소리친다, 눈물이 그렁그렁 맺힌 채.

"휘아야, 이빨이… 이빨이… 죽었다!"

4

천공이 그 어느 때보다 더 어두워 보이고, 휘아의 피부보다 더 하얀 눈이 송이송이 떨어지던 날, 자신에게 다섯 걸음, 오보천환을 가르쳐 준 이빨아저씨가 죽었다.

그가 죽음으로써 이제 무저뇌옥의 죄수는 여섯 명만이 남았다.

휘아와 세 아버지, 그리고 제정신이 아닌 상태로 말도 못하면서 끈질기게 살아남은 두 명이 전부였다.

하지만 그들도 얼마나 살 수 있을지…….

돌로 쌓아 만든 이빨의 무덤 앞에 네 사람이 앉아 있었다. 휘아와 세 아버지였다.

말없이 무덤을 바라보는 그들의 눈에선 눈물조차 흐르지 않고 있었다. 눈물을 흘리는 것조차 사치가 되어버렸다.

암울한 상황이었다. 더 이상의 죄수는 들어오지 않을 듯하다. 밖에서는 도대체 무슨 생각을 하고 있는 걸까. 밖의 상황을 알 수 없으니 암담할 뿐이었다.

답답한지 조동인이 한숨을 내쉬며 말했다.

"후우, 아무래도 안 되겠다."

진형구가 이마를 찌푸리며 반문한다.

"어쩔 건데? 뭐 좋은 생각이라도 있나?"

"어떻게든 휘아를 내보내야 되겠어."

"어떻게?"

"지금부터 생각해 봐야지."

"여기가 어딘지 잊은 건 아니겠지?"

"대철혈성의 무저뇌옥, 지금껏 탈출한 사람이 한 명도 없는 전설의 지옥, 됐냐?"

"알긴 아네. 그런데 무슨 수로 어린 휘아를 탈출시킨다는 거냐?"

"……."

조동인이 눈을 감고 입을 꾹 다물었다. 하지만 아무도 입을 열지 않고 침묵만 지킬 뿐이다. 잠시 후, 눈을 뜬 조동인이 느릿느릿 입을 열었다.

"내 생각인데…… 아무래도 밖의 상황이 우리가 들어올 때와는 많이 달라진 것 같다."

"달라졌다고? 뭐가?"

"죄수가 들어오지 않은 지 십삼 년이다. 휘아의 어미 이후에는 죄수가 끊겼어. 바깥 세상에 악인이 다 없어졌다면 몰라도 이건 도저히 이해할 수 없는 상황이야."

"다른 곳에 뇌옥을 만들었을 수도 있잖아."

"이보다 더 완벽한 뇌옥을 어디다? 차라리 철혈성이 망했는지 모르겠다고 해라."

"그럴 수도……."

"미친놈!"

"아니면… 변질됐을 수도 있고……."

"……."

그것은 가능성이 있는 일이었다. 사람 사는 세상, 악인이 선인되는 것은 보기 어려워도 선인이 악인이 되는 일은 비일비재하니까. 더구나 철혈성은 정사 중간의 문파가 아니었던가.

하지만 모든 것은 추론일 뿐이었다.

진형구와 여강두를 둘러보며 눈을 치켜뜬 조동인이 이를 지그시 깨물고 말을 이었다.

"우리가 살면 얼마나 살겠냐. 일 년? 이 년? 글쎄, 지금이라도 음식이 끊기면 우리는 굶어 죽어야 한다는 걸 잊어서는 안 돼. 우리야 살 만큼 살았으니 미련은 없다만, 휘아는 내보내야 한다."

진형구가 무겁게 고개를 끄덕였다.

여강두가 그 큰 머리를 푹 처박고 시무룩하니 대답한다.

"그건… 그렇지……."

그때, 아무런 말도 없이 무덤만 바라보고 있던 휘아가 나직하니 말문을 열었다.

"나는… 나갈 거야."

세 사람의 시선이 휘아를 향했다.

"그리고… 아부지들을 데리러 올 거야……."

"휘, 휘아야……."

"그때까지… 아부지들은 살아 있어야 돼……. 알았지?"

"그, 그래……."

"크윽……."

끝내 여강두의 큰 눈에서 닭똥 같은 눈물이 떨어졌다. 다른 두 사람도 말만 없다 뿐이지 심정은 여강두와 다르지 않았다.

5

그렇게 이빨이 죽고 두 달 뒤, 끝내 조동인이 목함을 열었다. 무려 석 달 열흘에 걸친 목함과의 싸움 끝에 얻어낸 결과였다. 조동인이 아끼던 다섯 개의 침과 바꾼 결과였다.

조동인이 네 사람을 불러 모았다.

잠시 후, 옹기종기 모인 사람들 앞에서 목함이 공개되었다. 그리고 모두가 목함을 만든 자의 치밀함에 질려 버렸다.

"세상에!!"

목함의 안쪽으로 뾰족한 침이 삼십여 개나 박혀 있었는데, 움푹 패인 그곳에는 하나의 백색 자기병이 들어 있었던 것이다. 아마 목함을 부순답시고 두들겨 댔더라면 그 안의 내용물은 얻을 수 없었을 것이었다.

조동인은 조심스레 백색 자기병을 꺼내 들었다.

뭘까?

궁금하지 않다면 사람도 아닐 것이다. 네 명은 자신들이 사람이라는 것을 확인이라도 시켜주려는 듯 백색 자기병에서 눈을 떼지 못하고 있었다. 궁금해서 미치기 일보 직전이었다.

반 각 정도가 지난 후, 떨리는 손으로 뚜껑을 열고 한참 동안 안을 들여다보던 조동인이 어이없다는 표정을 지으며 말했다.

"뭐야? 이거! 애들 영양제 아냐?"

"응? 애들 영양제?"

"뭔데?"

"어, 소젖 같이 생긴 건데, 애들에게 좋다는 영양제야."

"에이, 좋다 말았네. 휘아야! 너 먹어라!"

진형구의 말에 여강두가 헤벌쭉 웃었다.

"나는 좋기만 하고만, 우리 휘아가 먹으면 되잖아!"

휘아는 고개를 빠끔히 내밀고 바라보다 애들 영양제라는 소리에 실망감을 감추지 못하고 있었다. 한데, 세 아버지들은 그래도 아들에게 먹일 수 있어 좋다고 말한다. 코끝이 찡해지는 휘아였다.

"에이 씨, 기왕이면 아버지들 먹을 수 있는 걸 주워올걸……."

휘아가 서운한 표정으로 중얼거리자 조동인이 자기병을 들어올렸다.

"입 벌려라! 이런 건 오래 두면 똥 된다. 병 열었을 때 바로 먹어야 돼! 어서!"

서두르는 모습이 조금 이상하기는 했지만, 휘아는 할 수 없이 입을 벌리고 고개를 내밀었다.

"아……."

입으로 쏟아지는 액체, 입 안 가득히 퍼지는 향기, 그야말로 천상의 향기가 있다면 이런 냄새일 것 같았다.

그때서야 무언가가 이상하다는 생각이 들었다. 하지만 액체는 입으로 들어오자마자 목구멍으로 스며들듯이 빨려들어 가버렸다.

꿀꺽!

"어? 아부지!"

"왜?! 더는 없어! 더 달라고는 하지 마라!"

"이, 이거……."

"우리한테는 아무 쓸모 없는 거라니까!"

더 말할 필요 없다는 듯 휘아의 말을 끊어버리는 조동인이다. 그러자 진형구도 맞장구를 친다.

"우리가 뭐 어린애냐?"

"맞어."

"씨이……."

아닌 것 같다. 분명 아버지들이 먹어도 몸에 좋은 것일 것 같다.

뿌연 액체가 뱃속으로 들어가자마자 시원한 기분이 들더니, 운기를 하지 않았음에도 전신으로 치달리는 기운이 장난이 아니다. 마치 온몸이 공중에 붕 뜬 것 같은 기분이다.

휘아는 자신도 모르게 도사할배가 가르쳐 준 호흡법 대로 호흡을 시작했다.

시간이 조금 지나자 전신에서 모공을 통해 보일 듯 말 듯 뿌연 기운이 몸 밖으로 빠져나온다. 그럴수록 시원함은 더해지고, 결국 이각이 넘어가자 휘아의 입에서 절로 한 소리가 터져 나왔다.

"어? 아부지! 몸이 이상해!"

정신을 차리고 주위를 둘러봤지만 어느새 아버지들은 보이지 않았다. 휘아의 몸에서 뿌연 기운이 뿜어져 나오는 것을 보고는 행여나 휘아가 뱉어내겠다고 할까 봐 몸을 피한 것이다.

조동인이 아무리 돌팔이래도 명색이 의원이거늘 영양제와 영약을 못 알아볼까? 다만 자신의 힘으로 영약의 기운을 이끌어줄 수 없다는 것이 한스러울 뿐이었으니…….

"아! 젠장! 아무 데나 침을 꽂을 수도 없고……."

며칠이 지나면서 휘아는 그 액체가 결코 영양제 따위가 아닐 거라는 확신이 들었다.

신주령을 외우며 달리다 보면 전신에서 솟구치는 기운이 온몸의 내부를 휘젓고 다니는 것을 느낄 수 있었다. 힘도 훨씬 더 세진 것 같고.

신주령을 외우지 않고 달리면 오히려 견디기가 힘들 정도의 거센 기운이었다. 그리고 언제부터인지 그 강하면서도 부드러운 기운들이 신기하게도 신주령의 법문에 따라 상중하로 갈리더니, 결국은 단전의 기해혈에 자리를 잡고 뭉치기 시작했다.

어쩌면… 이대로 일이 년만 지난다면… 도사할배가 남긴 삼령문의 법을 조금이나마 익힐 수 있을 것 같다는 생각이 드는 휘아였다.

4장
세상 밖으로

1

시간은 살과 같이 흘러갔다.

목함의 비밀이 밝혀진 지도 벌써 일 년이 다 되어간다. 그러던 어느 날, 진형구가 시름시름 앓기 시작하더니 끝내 자리에서 일어나지 못할 정도가 되었다.

휘아의 슬픔은 도사할배나 이빨이 죽었을 때와는 비교가 되지 않을 정도로 컸다. 그 자신도 자신의 자그마한 가슴속 깊이 이토록 큰 슬픔이 묻혀 있을 줄은 꿈에도 몰랐었다.

"빼빼아부지!! 죽으면 안 돼……. 아부지……."

"빼빼야! 너 죽으면 우리 심심해서 어떻게 하라고. 응? 어여 일어나! 돌팔아! 빼빼 안 죽는 거지? 그렇지?"

여강두의 울음 섞인 물음에 조동인은 벌게진 눈으로 하염없이 진형구를 바라만 볼 뿐이다.

그는 느끼고 있었다. 자신들의 나이는 육십을 넘어 칠십이 다 되어간다. 게다가 오랜 동굴 생활로 피폐해질 대로 피폐해진 몸이었다. 도저히 노구로는 견딜 수 없는 생활에 몸이 만신창이가 된 것이다. 그나마 지금까지 견뎌온 것도, 어쩌면 휘아 덕분이었을 것이다.

수심에 잠겨 있던 조동인이 힘없는 목소리로 입을 열었다.

"우리 나이가 몇이냐? 죽을 때가 된 거지, 뭐."

사흘 후, 끝내 빼빼아버지 진형구가 숨을 멈췄다. 죽기 전에 휘아에게 한마디만을 남기고.

"휘, 휘아야…… 삼류무사도 사람이다……. 놈들에게 그걸 알려줘야……."

"아부지! 아부지!! 엉! 엉!!"

울어도 울어도 눈물이 마르지 않는다.

몸속이 온통 눈물로 가득 차 있는 것만 같다.

흐르는 슬픔은 골을 따라 바닥을 적시고, 정한(情恨)은 가슴에 쌓여 무게만 더해간다.

무거운 정적만이 내려앉은 무저동, 휘아의 흐느낌만이 세 사람의 어깨를 짓눌렀다.

2

빼빼아버지가 돌아가신 지 일년이 지났다. 나도 이제 열다섯이 되었다.

새로운 죄수는 여전히 들어오지 않는다. 이제 동굴 안에서 살아 있는 사람은 세 사람뿐이다. 제정신이 아니었던 두 명의 죄수 노인 역시 얼마 전에 나란히 죽음을 맞이했다. 게다가 염소아버지와 석두아버지의 몸도 좋지 않은 상태다.

슬퍼해도 소용없는 일이었다. 염소아버지 말대로 나이를 먹으니 어쩔 수 없는 모양이다. 바깥 세상에선 약이란 걸 먹으면 병이 낫는다고 하던데……

아버지들은 내가 있었기에 행복했다고 말한다. 하지만 나는 아버지들이 있어 아예 외로움이란 것을 몰랐었다. 그런데 몸이 안 좋은 아버지들을 바라보면 언제고 혼자가 될지 모른다는 생각에, 요즘은 가끔씩 외로움을 느낀다.

염소아버지 왈, 나이를 먹어가니 그런 거라고 하는데… 나는 잘 모르겠다.

얼마 전부터는 삼신주를 찾는 것조차 포기했다.

삼 년에 걸쳐 모든 동굴을 이 잡듯 뒤져 봤었다. 호수 동굴의 가장 깊은 곳까지. 하지만 아무것도 발견할 수가 없었던 것이다.

그렇다면 포기할 것은 포기하고 이제부터는 본격적으로 나갈 연구를 해야겠다. 우선 알고 있는 것들부터 차분히 돌아보고 완벽한 내 것으로 만들어야 할 것 같다.

신주령을 외우며 몸을 일으키고, 이빨아저씨의 다섯 걸음, 오보천환을 연습하는 걸로 일과를 시작했다.

전 같으면 체력 훈련을 하는 데 하루의 반을 소비했다. 그러나 요즘은 해야 할 일이 더 늘었다.

그 하나는 도사할배가 남긴 삼령문의 법이라는 것을 해독하는 일이었다. 전에도 하기는 했지만 너무 어려워 포기하다시피 했었다. 하지만 이제는 더 이상 미룰 수 없다. 힘이라면 뭐든 하나라도 더 얻어야 하니까.

그리고 또 다른 하나는, 최근에서야 그 난해함 속에 숨은 무서움을 깨닫게 된, 동굴 속 광량이라는 자가 남긴 세 송이 꽃을 연구하는 일이었다.

그것은 하나의 선이었다. 끊어지지 않는 선. 그리고 무서운 길이기도 했다.

언제부턴가 그 그림을 생각하면 내부에서 한 가닥 기운이 그 길을 따라가기 시작했다. 그리고 마지막 변화는 손끝에서 일어났다. 아지랑이 같은 기운이 허공에 꽃을 그린다. 결코 끊어지지 않는 선으로 된 꽃 그림을.

때로는 하얗게, 때로는 빨갛게.

그 꽃을 쳐다보고 있으면 나도 모르게 소름이 끼친다. 선을 따라가면 그 동선의 끝에서 뭔가가 부서지고, 잘라져, 조각조각 스러지는 것만 같은 것이다.

부르르…….

만일 내 손에 칼이 들려 있다면…… 내 앞에 누군가가 있다면…….

'제기랄! 삼신주는 찾지도 못하고 살벌한 수법만 얻었네.'

그래도 익히는 것을 게을리할 수는 없었다. 언제 나갈지는 몰라도 나가면 무슨 일이 닥칠지를 모른다. 그렇다면 내 한몸을 지킬 수법이 한 가지쯤은 있어야 할 게 아닌가.

3

또 일 년이 지나갔다.

삼령문의 삼법은 아직 걸음마 단계다.

이제 겨우 우수에 열기를 피워 올리고, 좌수로 바람을 불러오며, 발끝으로 대지의 기운을 느낄 수 있을 뿐이다. 그나마 그 정도라도 하게 된 것은, 꾸준히 신주령을 외워온 덕에 법문의 구결을 조금이라도 해석해

냈고, 염소아버지가 먹인 그 뿌연 액체―일명 애들 영양제―덕분이었다.

하지만 휘아는 느끼고 있었다. 처음이 문제였을 뿐, 점점 내부의 힘이 커지고 있다는 것을. 아마 머지않아 삼법의 첫 번째 술(術)을 조금쯤은 익힐 수 있을 것 같다.

하지만 오보천환은 그럭저럭 자신이 생각해도 대견하다 할 정도로 익숙해졌다. 그리고 휘아가 혈련삼화(血蓮三花)라 이름 붙인 세 송이 꽃도, 이제는 잠깐이나마 허공에 머무르게 할 정도는 되었다.

"쿨룩! 쿨룩!"

기침 소리가 동굴을 울린다. 요즘 와서 염소아버지의 기침이 잦아졌다. 석두아버지의 허리도 구부정해졌다. 그리고 얼마 전부터는 말도 없어졌다.

가슴이 아리하게 아파온다. 아무래도 나가는 것을 서둘러야 할 것 같다. 그래야 아버지들이 살아 계실 때 밖으로 모실 수 있을 테니까.

휘아가 자신이 세운 계획표에 따라 수련에 수련을 거듭하고 있던 어느 날이었다. 조동인이 힘없는 목소리로 휘아를 불렀다.

"휘아야."

"아부지! 왜?"

가부좌를 틀고 앉아 손끝에 머금은 붉은 열기를 신기한 눈으로 바라보고 있던 휘아가 다급히 아버지들의 동굴로 뛰어갔다. 아무래도 아버지의 목소리가 심상치 않게 들린 것이다.

"아부지, 많이 아파?"

"으음, 그게 아니고. 이리 와봐라."

휘아가 가까이 다가가자 주섬주섬 품에서 뭔가를 꺼내더니 휘아에게 내밀었다.

"받아라. 이제부터 네 거다."

"뭐야?"

"…네 어미 거다."

"……."

휘아가 차마 말은 못하고 가늘게 떨리는 눈길로 조동인이 내민 물건을 바라보았다.

하나의 찢어진 옷자락이었다. 검게 변색된 것이 보였다. 핏자국인 것 같다.

"어… 머니… 것?"

천천히 손을 뻗어 옷자락을 받아 펼쳐 봤다.

그의 생각이 맞았다. 검은 자국은 핏자국이었다. 한데 그 핏자국 아래쪽에 글씨가 보인다. 다 해봐야 열 자 정도…….

"그걸 쓰는 데… 내가 알기로는 일 년도 더 걸렸을 것이다. 우리도 죽은 후에야 발견할 수 있었다."

휘아의 손이 격하게 떨렸다. 자신도 모르게 눈에 물기가 서렸다. 열 자를 쓰는 데 일 년이 더 걸렸다는 것이 무슨 말인 줄 아는 것이다.

손을 못 쓰셨다고 했다. 말도 못하고. 더더구나 걸을 수는 더욱 없었고. 그런 어머니가 이 글을 쓰기 위해서는 피눈물 나는 고통을 참으며 맨손으로 돌에 글을 새기듯이 쓰셨을 것이다.

옷자락에 피로 쓰인 글을 읽어가던 휘아의 눈에서 끝내 방울방울 눈물이 맺혀 떨어졌다.

아(兒)… 애(愛)……. 사랑한다, 아이야…….

"칫! 어머니도……."

이 한마디를 쓰시면서 얼마나 울었을까? 쓰윽 눈물을 훔치며 아래 글을 읽어봤다.

"낙양… 유벽혜?"

조동인이 흐릿한 눈으로 휘아를 보며 말했다.

"아마… 네 어미의 고향하고 이름인 것 같다."

"어머니… 이름? 낙양의 유… 벽… 혜?"

한참을 쳐다보고서야 겨우 읽을 수 있을 정도로 흐트러진 글씨였다. 그야말로 읽을 수 있다는 것이 다행일 정도였다. 하지만 그렇기에 더 가슴 아픈 글이었다.

그 밑으로 세 글자가 더 있었다. 그런데 그 글자들은 알아보기는 쉬워도 이해하긴 어려운 글자였다.

휘아가 잔뜩 이마를 찌푸리며 글을 쳐다보자 조동인이 다시 힘없는 목소리로 입을 열었다.

"그게 좀 이상하더라……. 자신을 그렇게 만든 사람을 알고 있는 것 같은데……. 마지막에 아니다라고 하는 말이… 뭔 말인지……."

부(不)… 이(耳)… 부(否)…….

"아마… 누군가를 의심하다 그가 아닐 거라는 생각에 혼돈이 온 것 같은데?"

"너도 그러냐?"

"응. 그런데 귀는 뭔 말이지? 염소아부지가 보기엔 어때?"

"내 생각으로는… 가까운 사람을 의심했던 것 같다. 그리고 귀하고 뭔가 연관이 있고."

"한쪽에 반쯤 지워진 글자가 혹시?"

"그래……."

사실 가까운 사람이든 먼 사람이든, 휘아에게 그것은 그리 중요한 것이 아니었다.

그에게 가까웠던 사람은 세 아버지를 비롯한 동굴의 사람들. 그 외에는… 모두가 먼 사람들이었다. 적어도 지금까지는……

휘아가 잠깐 상념에 잠겨 있자 조동인이 다른 것도 내밀었다.

"이것도 받아라."

목함이었다. 자신이 호수 동굴에서 주워왔고, 일명 애들 영양제가 들어 있었던 그 목함.

"그거… 뭐에 쓰게요?"

조동인의 주름진 입가가 슬쩍 일그러진다. 그가 웃으며 말했다.

"흐흐흐, 그게 말이다. 자세히 보니까 이게 제법 귀한 물건이지 뭐냐. 이게 바로 철령침목이다. 같은 무게의 금만큼 비싸다는 것이지."

"금은 굉장히 비싼 거라고 아부지가 그랬잖아?"

"그래. 그런데 이것도 굉장히 비싼 거야. 가볍고 비싸고. 나갈 때 가지고 가기에 이보다 더 좋은 건 없다."

"귀찮지 않을까?"

"그래도 가지고 가라. 나가면 돈이 꼭 필요하다. 없으면 거지 소리 듣거든. 나는 내 아들이 거지 소리 듣는 거 싫다!"

"…알았어. 가져가지 뭐."

만족한 듯 고개를 끄덕이던 조동인이 또 다른 것을 내민다. 한데 이번 건 도무지 알 수가 없는 물건이다.

"이걸 뒤집어써라."

"응? 뒤집어써? 왜?"

"내 생각이 맞다면… 너의 가장 무서운 적은 철혈성의 무사들도 아니고, 저 까마득한 천공의 높이도 아니다. 그것은… 바로 햇빛일 것이다."

"햇빛?"

"너는 지금까지 이곳에서만 살았다. 그래서 햇빛을 한 번도 보지 못했지. 햇빛은 너에겐 천하의 그 무엇보다도 더 무서운 적이 될 것이다."

"천공의 빛을 봐도 이상이 없었잖아."

"햇빛은 천공의 빛에 비하면… 백 배? 천 배? 아니, 그보다 훨씬 더… 네가 상상할 수 없을 정도로 강하지. 햇빛은 멀쩡한 살도 태울 정도로 뜨겁고, 멀쩡한 눈도 멀게 만들 정도로 밝단다."

생각도 못했던 장벽에 멍하니 조동인을 바라보던 휘아가 더듬거리며 말했다.

"그, 그럼… 그것으로 가리면 괜찮은 거야?"

"그건… 나도 장담 못한다. 다만 최선을 다할 뿐이지."

조동인의 말이 끝나자마자 휘아가 손을 내밀었다.

"줘봐!"

그것은 머리카락으로 만든 천이었다. 어찌나 조밀하게 짰는지 눈을 가리자 앞이 안 보일 지경이었다. 휘아의 뛰어난 안력으로도.

"정말 이렇게까지 해야 돼?"

휘아의 말에 조동인이 힘없이 웃으며 손을 뻗더니 한쪽 구석에서 뭔가를 꺼내 든다. 지그시 입꼬리를 올리며.

"히히히, 이것도 있지."

"서, 설마……. 그걸? 아부지!!"

말 그대로 넝마였다. 서너 개의 헤진 옷자락을 깨끗이 빨아서 머리카락을 꼰 실로 꿰맨 것이었다. 그것도 두껍게.

"이걸 어떻게 입으라고……."

휘아의 얼굴이 우는 듯 찡그려졌다. 그러자 조동인이 나직이, 그리고 자신의 몸무게보다 열 배는 더 무겁게 느껴지는 목소리로 휘아를 짓눌렀다. 도저히 빠져나갈 수 없는 구석으로.

"그걸 입지 않으면… 여기서 나가는 순간, 너는 내 아들이 아니다."

"아부지?"

휘아의 눈이 더할 수 없이 크게 떠졌다. 세상에, 지금 아버지가 한 말이 뭔 말이지?

"왜냐하면… 나에게는 아버지를 믿지 않는 아들은 없거든!"

"크으, 알았어. 입을게! 입는다구!"

"암! 그래야 내 아들이지. 흐흐흐."

느물거리는 조동인의 눈에 언뜻 안개 같은 이슬이 서린다.

얼마 남지 않은 아들과의 이별이 현실로 다가오고 있는 것이다.

절대 붙잡을 수 없는 이별이, 붙잡아서는 안 되는 헤어짐이.

눈물을 보여선 안 되는데, 왜 이리 눈앞이 뿌옇게 가려지나.

잠시 침묵이 흘렀다.

가슴에서 복받친 감정이 목구멍까지 치솟아 있었다.

입을 열면 금방이라도 울음이 터질 것만 같았다.

한쪽에서 구부정한 허리로 두 사람을 쳐다보며 가끔씩 고개만 끄덕이고 있던 여강두가 온몸을 짓누르는 침묵의 무게를 참지 못하겠는지 휘아를 바라보며 말문을 열었다.

"휘아야, 밖에 나가면 여기서 최대한 멀리 도망가. 알았지? 죽어라 뛰어서 도망가……."

"석두아버지……."

"철혈성의 무사들은 진짜 무섭다. 그러니까 무조건 도망가. 멀리멀리……. 다시는 여기 오지 말고. 우리는… 괜찮아. 그렇지? 돌팔아?"

"어? 어! 그럼! 그럼!!"

두 사람의 장단에 휘아가 말도 안 된다는 듯 두 아버지를 번갈아 바라보더니 버럭 소리를 질렀다.

"석두아버지!! 염소아부지!! 다.시.는. 그런 말 하지 마!! 만일 내가 왔을 때, 휘아야! 하고 안 부르면 나 아버지들 아들 안 할 거야!! 알았지?"

두 노인네의 눈에 끝내 이슬이 뭉치더니 뚝, 떨어졌다.

"어……."

"힝."

4

천공이 그 어느 때보다도 어둡게 보이던 날, 마침내 세 사람이 천공의 아래에 섰다.

고개를 꺾어 천공을 바라보던 조동인이 말했다.

"휘아야, 아버지가 한 말 명심해야 한다."

"응. 사람 조심! 햇빛 조심!"

"특히! 사람 조심. 아버지들이 왜 여기에 잡혀왔는지 알지?"

끄덕끄덕.

"빼빼는 재수가 없어서, 나는 비밀을 알았다고, 석두는 좋은 일하고도… 잡혀왔다. 그리고 네 어미는… 잘은 몰라도 가까운 사람에게 당해서……."

"…알았어. 사람을 사귀거나 상대할 때는, 두 번 세 번 생각하고 행동할게. 그럼 되지?"

"휘아야……."

"응."

"그중에서도 열 번을 생각하고도 한 번 더 생각해야 할 사람이 있다."

"응? 누구?"

"여자."

끄덕끄덕.

여강두가 힘차게 고개를 끄덕였다.

"맞아! 세상에서 젤 무서운 게 여자다! 정말이야!!"

끄덕끄덕.

조동인이 고개를 끄덕였다.

"나중에… 알게 될 거다."

그렇게 휘아는 여자의 무서움을 머리 속 깊이 간직하고 세상에 나갈 준비를 하기 시작했다.

일단 철광석 중에서도 홈이 많이 파인 돌을 골라냈다. 그 다음에는 넓적한 돌을 골라냈다. 그리고 넝마 같은, 아니, 진짜 넝마 옷을 몸에 걸쳤다.

전신을 둘러싼 옷이어서인지 거치적거렸지만, 안 입으면 염소아버지가 화낼 것 같아서 걸쳐야만 했다. 그 모습을 바라보던 조동인이 휘아의 품속에 목함과 머리카락 복면을 넣어주었다.

휘아는 느낄 수 있었다, 염소아버지의 손이 가늘게 떨리고 있는 것을. 하지만 아무 말도 할 수가 없었다.

여강두가 머리카락 밧줄로 연결한 두 개의 갈고리를 건네주었다. 못 쓰는 정을 휘어서 만든 갈고리였다. 갈고리를 통해서 석두아버지의 숨결이 느껴진다. 석두아버지가 휘아의 두 손을 꼭 잡고 말했다.

"한중에 가거든 돌팔이네 가족 찾아보는 거 잊지 마라."

어찌 잊을 수 있을까. 세 아버지 중 혼인을 하고 가족을 이루고 있었던 사람은 염소아버지뿐이었다. 다른 두 아버지는 떠돌아다니느라 혼인도 못해보고 이곳에 잡혀 들어왔다.

말로는 마음에 드는 여자가 없어서 때를 놓쳤다고 했지만, 그걸 믿는 사람은 아무도 없었다.

휘아가 당연하다는 듯 크게 소리쳤다.

"당연히 찾아봐야지! 내 가족인데!"

차마 말을 못하고 있던 조동인이 주르륵 눈물을 흘렸다.

"그, 그래……. 크흑!"

일전에 이런 저런 바깥 세상을 이야기할 때, 각자의 가족 이야기를 했었다. 하지만 빼빼아버지와 석두아버지는 혼인도 하지 않은 데다 살아 있는 가족이 없으니 할 이야기도 없었다. 다만 염소아버지만이 한중에 의원을 열고 가족이 있다 했었다.

아내와 아들 하나가 있다고 들었다. 자신이 느닷없이 잡혀오는 바람에 자신이 여기에 있는 줄도 모른다고 한다. 지금은 밖의 가족도 살았는지 죽었는지…….

염소아버지는 가족 이야기가 나올 때마다 자신의 가슴속에 묻어버렸다고 하지만, 아마 하루도 잊은 날이 없었을 것이다.

물끄러미 염소아버지를 바라보던 휘아가 팔을 뻗어 그의 작은 체구를 끌어안았다.

"아부지, 걱정 마. 휘아는 꼭 살아서 나갈 테니까. 그래서 아부지를 가족들에게 데려다 줄 거야. 휘아 믿지?"

"그, 그래……. 엉엉!!"

"이씨, 오늘은 휘아가 세상으로 나가는 날인데 왜 자꾸 울어? 나도 울고 싶어지잖아!!"

눈자위가 붉어진 여강두가 울먹이며 소리쳤다. 그때였다.

스르륵…….

줄이 풀리는 소리가 들린다.

세 사람은 눈물 가득한 눈을 들어 위를 쳐다봤다. 조동인이 떨리는 목소리로 입을 열었다.

"내려… 온다……."

바구니가 내려오고 있었다.

한을 싣고, 절망을 담고 내려오던 바구니가 오늘은 희망을 담아가기 위해 내려오고 있었다.

"준비해라!"

턱!

바구니가 바닥에 닿았다.

세 사람은 바구니에 철광석을 싣기 시작했다. 처음에는 홈이 많이 파이거나 굴곡이 많은 광석을 먼저 집어넣었다. 조금씩 띄어서. 그 위에 넓은 돌들을 올려놓았다. 그리고 제일 위에다 일반 철광석을 얹어놓았다.

마침내 바구니를 다 채웠다. 그렇게 함으로써 보이는 것은 보통 때와 같은 양이지만 무게는 훨씬 가볍게 되었다.

두 아버지가 서로를 마주 보더니 바구니의 양쪽을 잡고 고개를 끄덕인다. 휘아는 손을 뻗어 밧줄을 움켜쥐었다. 그리고… 흔들었다. 다 실렸다는 신호였다.

가볍게 한 번 출렁인 밧줄이 천천히 감겨 올라가기 시작했다.

두 아버지가 양쪽에서 바구니를 눌러댔다. 서서히 올라가던 바구니가 세 자 높이까지 올라가자 휘아가 재빨리 밑으로 들어갔다. 그리고 머리카락 밧줄이 달린 갈고리를 바구니의 양쪽에 걸었다.

바구니의 높이가 넉 자가 되었을 때, 휘아의 고개가 끄덕여졌다.

조동인과 여강두가 긴장한 표정으로 천천히 바구니를 누르고 있던 손을 떼어내고, 휘아의 몸이 밧줄에 걸린 채 서서히 바구니를 따라 허공으로 솟아오르기 시작했다. 위에서는 무게의 차이를 느끼지 못했는지 머뭇거림이 없이 계속 감아 올리고 있다.

일단은 성공적인 출발이었다.

멀어진다. 아버지들의 얼굴이 멀어진다.

입을 반쯤 벌리고 올려다보는 석두아버지의 큰 얼굴에서 눈물이 흘러 귓바퀴를 적시고 있다.

이를 악물고 울음을 참고 있는 염소아버지의 작은 얼굴이 더욱 작아져 가고 있다.

"아부지!! 빨리 올게!!"

한 소리 외치는 소리에 손을 흔드는 두 아버지의 모습이 점점 흐릿해져 가고 있다. 휘아가 소리쳤다.

"아부지! 내 이름이 뭐지?"

"휘… 아……."

"그럼 내 성은?"

"……."

"휘아 성은… 진… 조… 여!! 그러니까!! 진.조.여.휘.가 내… 이름이야!! 알았지?"

"어, 진조여휘가… 우리 아들… 이름이다……. 어헝!"

울음 섞인 아버지들의 목소리가 작게 메아리져 울린다.

십 장… 이십 장… 오십 장…….

까마득한 점처럼 보이던 두 아버지의 모습이 끝내 눈에서 사라져 가고, 휘아의 눈에 매달렸던 눈물 방울이 뚝, 까마득한 아래로 떨어져 갔다.

'아부지! 아부지! 나 올 때까지 살아 있어야 해!'

휘아도 알고 두 아버지도 안다, 그것이 단지 희망 사항일 뿐일지도 모른다는 것을.

누군가가 무저뇌옥에서 탈출했다는 것이 알려지면 저들은 틀림없이 무저동 안으로 조사단을 파견할 것이고, 아버지들은 결코 무사하지 못할 것이다. 다만 희망이라면, 목숨만이라도 붙어쥐 있기만을 간절히 바랄 뿐이었다.

육십여 장을 올라가자 동공이 급격히 좁아지기 시작했다. 그러더니 동굴의 벽면이 눈앞에 보일 정도로까지 좁아졌다.

그때였다. 휘아의 눈에 가로로 길게 찢어진 동굴이 하나 보였다. 언뜻 보면 볼 수 없는 위치였다. 안력이 뛰어나지 못하면 볼 수 없는 거리였다.

한데 어둠만이 가득 들어찬 동굴이 어쩐지 휘아 자신을 부르는 것만 같이 느껴진다. 뒷덜미를 잡아당기는 그런… 끈적거리는 느낌.

일 장 정도를 더 올라가자 동굴은 더 이상 보이지 않는다. 그야말로 그 동굴을 볼 수 있는 위치는 불과 이삼 장을 지나는 그 순간뿐이었다.

'혹시?'

바구니를 흔들면 건너갈 수도 있을지 모르지만 그것은 너무나 위험한 생각이었다. 한 번 실패하면 다시는 무저뇌옥을 나갈 생각을 버려야 하는 것이다. 게다가 음식을 내려 보내지 않으면 아버지들의 목숨도 위험하고.

얼마를 더 올라갔을까, 빛이 밝아지기 시작했다. 일반인 같으면 아직도 어둡다고 생각할 정도였지만 휘아에게는 눈을 뜰 수 없을 정도의 밝기였다. 새삼 염소아버지의 생각이 옳았음이 입증되는 순간이었다.

복면을 꺼내 뒤집어썼다. 그러자 눈을 뜰 수 있었다. 하지만 점점 올라갈수록 빛은 더욱 밝아지고, 복면 속에서조차 눈을 뜨기 힘들 정도가 되었다.

'얼마 남지 않은 것 같다.'

그랬다. 이제 천공의 입구는 불과 십 장 정도만을 남겨놓았을 뿐이었다.

실눈을 뜨고 사방을 살펴보았다.

아버지들의 말대로 인공으로 쌓은 석벽이 보였다. 전신이 긴장으로 후끈 달아올랐다. 휘아는 긴장을 풀기 위해 신주령을 암송했다. 서서히 마음이 가라앉는 것이 느껴졌다.

그사이 빛은 더욱 밝아지고, 어느 순간, 휘아의 실눈에 무저뇌옥의 입구로 보이는 석벽의 끝이 보였다.

밧줄을 움켜쥔 두 손에 땀이 고였다. 머리 속으로는 쉴 새 없이 신주령을 외우며 대기의 법 중 풍령의 호흡을 끌어올렸다.

그것이 실제 상황에서는 얼마만한 힘을 발휘할지 모른다. 동굴 속에서는 풍령의 호흡을 한 채 몸을 날리면 삼 장 정도는 거뜬히 날았었다. 그걸 보고 아버지들이 얼마나 즐거워했던가. 우리 아들이 하늘을 난다고.

하지만 지금은 상황이 다르다. 바구니에 매달린 상태에서 얼마만큼의 반진력이 있을지 의문인 것이다. 그래도 석벽까지는 갈 수 있을 것이다. 그리고 문제는 그 다음부터였다.

위에 있는 철혈성의 무사들에게서 벗어나기 위해서는 얼마만큼 빨라야 할지, 아무것도 모르는 상태였다. 다만 휘아로서는 죽을힘을 다해 최선을 다할 뿐이었다.

잠깐 생각에 잠긴 사이 석벽의 끝이 다가왔다. 순간,

'이때다!'

파앗!

있는 힘을 다해 바구니를 차고 갈고리를 잡아당기며 몸을 날렸다.

환한 빛이 휘아의 눈으로 쏟아져 들어왔다.

아찔한 현기증에 머리가 멍할 정도였다. 하지만 휘아는 멈출 수 없었다. 아니, 절대 멈추어서는 안 되었다.

5장
철혈성(鐵血城) 상무원(尙武園)

1

　지금은 무저정(無底井)이라 불리는 무저뇌옥의 입구. 물레를 돌리고 있던 철혈성의 말단 무사 정가는, 바구니가 거의 다 올라오자 숨을 크게 내쉬며 옆의 동료를 돌아보고 소리쳤다.

　"동가야! 좀 더 힘 써봐라! 어제 술 먹은 게 아직도 안 깼냐? 좀 있으면 비가 쏟아질 텐데, 비 맞고 갈래?"

　"지랄하네! 힘은 나만 쓰고 있고만. 너나 힘 좀 써……."

　동가성의 무사가 정가를 노려보며 한 소리 할 때였다.

　출렁!

　"헛! 뭐야?"

　느닷없이 바구니가 출렁이더니 뭔가 거적처럼 보이는 것이 바구니의 밑에서 빠져나오는 것이 눈에 들어왔다. 놀랄 틈도 없이, 거적덩어리가 순식간에 무저정(無底井)의 난간을 넘어 쏜살같이 날아간다.

　"으악!!"

정가의 비명에 동가마저 그 자리에 주저앉았다.

"귀, 귀신?"

몸을 날린 휘아는 아찔한 현기증에 잠시 멈칫했지만, 이를 악물고 난간을 잡은 손에 모든 힘을 쏟았다. 그리고 있는 힘껏 석벽을 박찼다.

휙!

순식간에 난간을 타 넘은 휘아의 신형이 삼 장을 쏟아져 나갔다. 그리고 다시 도약, 그야말로 눈 깜짝할 사이에 무저정으로부터 십 장을 벗어났다.

눈에 바늘로 찌르는 듯한 고통이 밀려온다. 그렇다고 발걸음을 멈출 수는 없다.

이를 악물고 가늘게 실눈을 뜬 채 앞을 바라보았다.

하늘을 향해 팔을 벌린 나무들이 십 장 높이로 솟아 있었다.

'나무라는 것들이 뭉쳐 있는 곳, 숲이다!'

염소아버지가 말한 숲이라는 곳을 향해서 혼신의 힘으로 땅을 박찼다. 세 번을 더 도약하자 숲이 지척으로 다가왔다. 가늘게 뜬 눈에 푸른 나뭇잎이 하늘을 덮은 게 보인다. 짙푸른 녹색…… 처음으로 보는 색깔이다.

정가는 놀라 소리치다 동가가 주저앉자 그제야 정신이 들었다.

"타, 타, 탈출… 이다……."

기어들어 가는 목소리가 정가의 목에서 새어 나왔다. 동가가 겨우 들을 수 있을 정도의 작은 소리였다.

막 숲으로 들어가던 휘아는 뒤에서 들리는 소리에 정신을 가다듬고 아픈 눈을 조금 더 크게 떴다. 푸른색을 느낄 수도 없을 만큼의 충격이 눈을 통해 전달됐다.

이를 악물었다.

길게 뻗은 나뭇가지가 눈에 들어왔다. 마침내 숲이다.

휘청!

흔들리는 신형이 유령처럼 나뭇가지 사이를 통과해 안으로 쏘아져 갔다. 오보천환. 몇 개의 가로막는 나무와 늘어진 나뭇가지 사이를 통과하는 휘아의 신형은 유령의 몸짓, 바로 그것이었다.

정가의 입이 쩍 벌어졌다. 동가의 눈이 놀람으로 휘둥그레졌다.

숲을 향해 쏘아져 가던 거적때기가 나무를 향해 돌진하는 듯하더니 흐릿한 잔상과 함께 그대로 나무를 통과해 사라지는 것을 본 것이다.

"으으으, 유, 유령…… . 진짜 귀신이다!!"

"맙소사!! 대낮에 거적귀신이…… ."

툭! 툭! 투두두둑!

짙은 먹구름 낀 하늘에서 빗방울이 떨어지기 시작한다. 유령이 지나간 자리를 굵은 빗방울이 가로막아 버렸다.

"동, 동가야, 우리가 지금 뭘 본 거냐…… ."

주저앉아 있던 동가가 어정쩡하니 일어나다가 망설이며 대답했다.

"나, 나는… 아무것도 못 봤다…… . 정가야, 너, 뭘 봤는데……?"

"나? 나도, 못 봤다. 아무것도…… ."

"그래, 우리는 아무것도 못 봤다…… . 그렇지?"

"음."

천천히 고개를 끄덕이던 두 사람이 서로를 노려봤다. 그 눈빛에는 '말하면 너도 죽고 나도 죽는다' 라는 뜻이 담겨 있었다.

숲 속에 들어간 휘아는 아무도 뒤따라오는 것이 느껴지지 않자, 커다란 나무 아래 구석에 웅크리고 앉아 머리를 감싸 안았다. 눈을 찌르는 통증에 머리가 멍해졌다.

염소아버지가 햇빛의 무서움을 말할 때만 해도 설마 했었다. 그런데 그 말조차 햇빛의 무서움을 반도 표현 못한 것이었다. 설마 눈을 가렸는데도 이 정도의 고통이라니……. 더구나 시커먼 먹구름에 가려 햇빛은 보이지도 않건만…….

그렇게 휘아가 웅크리고 있을 때였다. 허공에서 무언가가 떨어진다. 그리고 주위는 더욱 어두워졌다.

천천히 눈을 떠봤다. 강하긴 하지만 조금 전보다는 훨씬 약해졌다.

손을 땅바닥에 대고 지음의 법 중 지령흡기의 술을 행해봤다. 그것은 땅의 기운을 빌어 자신의 기운을 채우는 술(術)이었다. 일반적으로 시간이 많이 걸려 그 효과를 빨리 볼 수 없다는 단점이 있지만, 지금은 그보다 더 효과적인 방법을 찾을 수가 없었다.

잠깐 사이에 일단 눈의 통증이 조금 가라앉았다. 그것만으로도 휘아는 도사할배에게 한없이 고마운 마음이 들었다.

'할배, 고마워.'

문득 부드러운 흙의 감촉이 느껴졌다. 생경한 느낌. 움켜쥐자 차가운 감촉이 기분을 상쾌하게 한다. 고개를 쳐들었다. 가늘게 실눈을 뜨고 하늘에서 떨어져 내리는 것을 보았다. 비였다.

말로만 들었을 뿐, 처음으로 비라는 것을 본 휘아는 하늘에서 물이 떨어진다는 것이 그렇게 신기할 수가 없었다.

'하늘에는 호수도 없고, 물을 담아놓을 만한 데도 없는데…….'

비가 얼굴을 때리자 고개를 내려 앞을 바라보았다.

무저뇌옥의 입구에서 놀란 외침이 들렸었다. 한데 아무도 뒤따라오는 것 같지는 않았다.

푸른 나뭇잎 사이로 저 멀리 무저뇌옥의 입구가 보인다. 두 명의 무사가 어쩔 줄 모르고 허둥대고 있었다. 천만다행이었다. 만일 저들이 쫓아

왔더라면 과연 자신이 도망갈 수 있었을까? 자신할 수 없는 일이었다.

두 명의 무사가 바닥에 있던 바구니를 드는 것이 보인다.

'제발… 제발……'

바구니 속의 물건을 무저뇌옥에 쏟아 넣는다.

'아! 다행이다!'

가장 염려했던 일 중의 하나가 음식의 중단이었다. 한데 저들은 음식을 아버지들에게 보내주었다. 비록 밀가루로 만든 만두와 잡다한 소채가 전부였지만, 그것은 무저동 안의 두 아버지에겐 목숨과도 같은 것이었다.

'훗날 저들과 만날 기회가 닿는다면, 나는 저들에게 오늘의 고마움을 갚아주리라!'

빼빼아버지가 그랬었다. 원한은 백 배로, 은혜는 천 배로 갚아야 하는 것이 사람이 행해야 할 도리라고. 특히 남자라면.

휘아는 빼빼아버지의 말을 실행할 거라고 다짐했다. 비록 백 배, 천 배는 아니더라도 말이다.

주위를 돌아보던 두 명의 무사가 정신없이 빗속으로 뛰어가는 것이 보였다. 탈주자를 찾는 것을 포기한 것 같았다. 아니, 아예 찾을 생각도 안 하는 것 같다. 조금은 이해할 수 없는 행동들이었다.

"후우."

휘아의 입에서 안도의 한숨이 새어 나왔다.

눈앞에서 나뭇잎이 비바람에 흔들린다. 새파란 진녹의 떡갈나무 잎이었다. 휘아는 새삼 나뭇잎을 보며 눈을 뗄 수가 없었다.

녹색, 처음으로 보는 색깔이다.

도사할배나 세 아버지에게 들었기에 나무에 매달린 잎 색깔이 녹색이라는 생각을 할 뿐이었다. 빨간색은 피 색이고, 검은색은 질릴 정도로 보아온 어둠의 색깔이다. 하지만 녹색은… 휘아에게 신비의 색깔이었다.

"아름답다……."

절로 탄성이 터져 나왔다.

빗줄기는 점점 더 거세지고 있었다. 둘러쓴 넝마가 너무 젖어 몸에 달라붙을 지경이었다.

'안 되겠다. 어디로든 일단 몸을 피해야겠다.'

생각 같아서는 계속 비를 맞고 싶은 기분이었지만, 넝마 옷이 몸에 달라붙는 감촉은 그리 달갑지가 않았다. 게다가 떠나간 무사들이 다시 돌아올지도 모르는 상황이다.

일단 몸을 일으켜 사방을 둘러보았다.

무저동의 건너편은 절벽으로 가로막혀 있다. 높이만도 이십 장이 훌쩍 넘을 것 같다. 좌측은 숲이 이어지다가 그 끝에 한 채의 커다란 전각이 서 있다. 염소아버지가 알려준 대로라면 무사들이 굉장히 많이 산다고 했으니 저긴 안 되겠다.

우측은… 헉! 거긴 훨씬 많은 집이 있다. 아무래도 철혈성의 본전이라 할 수 있는 곳 같다.

'그럼 어디로 가지?'

휘아는 잠시 망설이다가 물끄러미 손에 들린 갈고리를 쳐다보았다. 휘아의 입가로 씩, 웃음이 떠오른다.

'좋았어! 한번 올라가 보자!'

갈고리에 매달린 머리카락 밧줄의 길이는 칠 장 정도. 허공을 올려다보았다. 빗줄기가 얼굴을 세차게 때린다.

밧줄을 늘어뜨리고 갈고리를 휘돌렸다. 삼 장 정도 높이에 가로로 걸쳐진 굵은 나뭇가지가 보인다.

휙!

떨어지는 비를 가르고 솟구친 갈고리가 나뭇가지를 휘감았다.

뿌르르.

다람쥐가 울고 갈 정도로 빠르게 밧줄을 타고 올라간 휘아의 신형이 나뭇가지 위에 올라선 것은 그야말로 눈 깜짝할 순간이었다.

나뭇가지 위에 올라서자 눈앞이 확 트여 보인다. 순간적으로 밝은 빛에 아찔하기도 했지만, 이미 한 번 겪은 바가 있기에 전보다는 훨씬 빨리 눈을 뜰 수 있었다.

빗줄기 사이로 뒤쪽 숲 너머에 작은 집들이 보였다. 우측의 거대한 전각군은 휘아가 감히 다가갈 수 없는 철옹성처럼 느껴졌다. 좌측의 한 채의 거대한 전각은 이층으로 되어 있었다. 그곳도 휘아에게는 여전히 부담이 가는 곳이었다.

그렇다면… 한 곳뿐이다. 뒤쪽, 나무 사이로 슬쩍 드러나는, 지붕이 낮은 집들이 모여 있는 곳.

휘아는 재빨리 나무에서 내려와 숲 뒤쪽을 향해 움직이기 시작했다. 그리고 그것은 또 하나의 운명이었다.

'이상하다?'

십여 장을 기다시피하며 전진하던 휘아의 고개가 갸웃거려진다. 자신이 알고 있는 철혈성과 지금의 철혈성과는 뭔가 다르다는 생각이 들었다. 물론 아버지들이 잘못 알았을 수도 있는 것이기는 했지만… 그래도 이상하다.

팔패의 하나라는 대철혈성이었다. 당금 강호에서 가장 강하다는 여덟 개 세력 중 한 곳인 것이다. 아버지들의 말에 의하면, 그야말로 무시무시한 곳이 바로 철혈성이었다. 한데 이건… 아무리 생각해도 아니올시다였다.

무저뇌옥을 지키는 사람만 해도 열 명은 된다고 했다. 그리고 정기적인 순찰무사들이 있으니 극히 조심해야 한다고 했다. 그런데… 그가 본 사람은 처음의 두 사람이 전부였다. 그들마저도 자신들의 할 일을 하자마자 도망치듯 떠나 버렸다.

순찰무사는 아예 보지도 못했다. 대체 어찌 된 일인지…….

'비가 와서 그런가? 비가 오면 사람들이 게을러진다고 하던데…….'

휘아로서는 도무지 알 수 없는 일이었다. 그래도 조심에 조심을 해야 한다.

스슥, 스스슥.

이십여 장을 조심스럽게 전진했다.

숲이 끝나가고 있었다. 저 앞쪽이 밝게 보이는 것은 나무들이 우거진 숲이 끝나고 있다는 증거였다. 아니나 다를까, 숲이 끝나고 길게 둘러진 담장이 보였다. 하지만 사람은 보이지 않았다. 그것도 이상한 일이었다.

대철혈성의 인원이 천 명도 넘는다 했었다. 무저뇌옥은 그렇다 해도 그렇다면 다른 곳이라도 사람이 보여야 했다. 아무리 비가 온다고 해도 지나치는 사람들이 하나도 없다니……. 휘아로서는 머리가 빠개지도록 생각해도 이해할 수 없는 일이었다.

'에라, 나도 모르겠다. 우선은…….'

좌우를 둘러보았다.

우측에 커다란 고목이 한 그루 보였다. 자세히 살펴보니 중간에 얽어진 나뭇가지들이 하늘을 가리고 있다. 비를 피할 정도는 될 듯했다.

다시 갈고리를 써서 나무 위로 올라갔다.

역시 생각대로다. 고목이라 그런지 한가운데가 움푹 파여 있어 휘아 한 사람 정도는 충분히 머무를 수 있을 것 같았다. 게다가 위에 펼쳐진 굵은 나뭇가지로 인하여 빗물이 떨어지지 않는다. 아래쪽에서는 자신을 볼 수 없는 위치이기도 했다.

웅크리고 앉아 멍하니 앞을 보았다. 별의별 생각이 다 들었다.

반 시진 전만 해도 자신은 무저뇌옥에 있었다. 그런데 지금은 바깥 세상에 나와 있다. 그렇게도 염원했던 곳.

진녹의 나뭇잎, 빗물을 머금은 갈색의 나무들, 좌우로 늘어선 전각들. 그가 살아오며 한 번도 보지 못했던 것들이 사방에 널려 있다. 아니, 모든 것이 처음 본 것들뿐이다. 심지어는 질척질척한 땅의 흙까지.

공연히 눈물이 나온다. 아버지들은 이 모든 것을 잃고 이십 수년을 뇌옥 속에서 살아오셨다. 아무 잘못도 없으면서.

'그에 대한 보답은 어떻게든 내가 받아낼 것이다. 불쌍한 아버지들을 대신해서…….'

살짝 복면을 걷어봤다. 눈부신 빛이 쏟아져 들어온다, 도저히 견딜 수 없을 정도의 빛이.

아버지 말에 의하면 오늘 같은 날씨는 구름이 많이 꼈기 때문이라고 했다. 그래서 오늘 같은 날이 아니면 탈출하기가 더욱 어려울 거라고 했었다. 그런데 이 정도의 빛도 견디기가 힘들다. 만일 해라도 뜬다면……. 나는 눈을 감고 다녀야 할 것이다.

'옷도 두껍게 입어야 하겠지?'

이런 저런 생각을 하다 보니 깜빡 잠이 들었나 보다.

"헛! 이런!"

휘아가 흠칫 놀라 눈을 떴을 때는 이미 사위가 컴컴한 밤이 되어 있었다.

푸드득! 삐비빅!

휘아의 일 장 앞 나뭇가지에 앉아 졸고 있던 야조 한 마리가 깜짝 놀라 날아오른다.

비는 멈추어 있었다.

휘아는 천천히 복면을 벗어봤다. 앞이 어둑하기는 했지만 눈은 더할 수 없이 편했다.

잠시의 시간이 지나자 모든 것이 잘 보인다. 순간,

"아!"

휘아의 입에서 탄성이 터졌다. 저 높이, 하늘에 점점이 박힌 보석들이 빛나고 있었다.

'별, 별이다!'

말로만 들었던 별이 셀 수조차 없을 정도로 많이 하늘에 떠 있었다.

"이야! 진짜 멋지다!!"

그것은 경이 그 자체였다. 수많은 별들이 흐르고 있다. 내가 되어 흐르고 있다. 붉은색, 푸른색, 가지각색의 별들이 서로 아름다움을 뽐내며 하늘을 수놓고 있다. 그리고…….

"헉!"

휘아는 급히 눈을 감고 고개를 돌려야만 했다.

고개를 동쪽으로 돌렸을 때였다. 커다란 빛이 눈 가득 들어온다. 너무나 밝아서 눈을 뜰 수 없을 정도였다. 하지만 눈에 통증은 느껴지지 않는다. 문득 아버지들이 말한 달이 생각났다.

"맞아! 저건 달이다!"

가늘게 실눈을 뜨고 바라보자 그럭저럭 바라볼 수가 있었다. 마치 석두아버지의 민대머리가 번쩍번쩍 빛나는 것 같다.

"정말 멋지다!"

흐르고 있었다. 별도, 달도. 나뭇잎에 가려졌다가 다시 보이고, 가려졌다가 다시 나타난다.

별들의 환상적인 향연에 휘아는 시간 가는 줄도 모르고 넋을 놓고 있었다. 그러던 어느 순간이었다.

알 수 없는 기운이 자신을 감싸온다. 무겁고도 맑게 느껴지는 기운이……

흠칫.

휘아가 놀라 뒤돌아서려 할 때였다. 차가운 밤공기를 가르는 묵직한 목소리가 휘아의 뒷덜미를 지그시 낚아챘다.

"너는 누구지?"

2

고봉천은 비가 오고 난 후의 맑은 하늘을 아주 좋아했다. 더구나 밤에 펼쳐지는 별들의 군무는 항상 그에게 화두를 던져 주는 스승이었다.

오늘도 거세게 내리던 비가 멈추고 하늘이 맑게 개더니, 끝없는 별 무리가 하늘을 가득 메웠다. 참으로 보기 좋은 광경이었다. 이런 날일수록 유성우의 모습이 더 잘 보인다. 자신이 좋아하는 유성우가.

오죽하면 고봉천을 가리켜 강호의 말 많은 사가들이 유성비월객(流星飛月客)이라는 별호를 붙여줬을까, 할 정도로 그는 유성우가 쏟아지는 밤을 좋아했다.

한 잔의 철관음으로 마음을 달래던 고봉천은 흥이 동하는지 오랜만에 거실을 나와 밤 산책을 하고 있었다.

살짝 젖은 청석로는 중년의 발걸음을 더욱 애절하게 붙잡는다. 나뭇잎에 맺혀 있던 물방울들이 심술 궂은 바람결에 흩날리다 그의 어깨에 살며시 떨어진다. 고봉천은 그 모든 것이 다 좋았다.

매일같이 이런 기분만 느낄 수 있다면, 이곳에 유폐되어 지낸 십 년 세월도 그리 아깝지만은 않을 것 같았다.

'후우, 벌써 십 년이구나.'

회한이 깃든 한숨이 그의 이 사이로 새어 나왔다.

유성비월객 고봉천은 철혈성의 전대 성주인 철혈패황 철무경의 넷째 제자였다.

대제자인 철운양, 둘째 제자이자 현 철혈성주인 철운성, 셋째 제자인 혁수녕, 그 다음이 고봉천이었다.

그는 철혈성을 한때 무림팔패에 올려놓았던 철혈의 도전을 계속해야 한다고 강력하게 성주에게 대들었다가, 후원인 상무원(霜霧院)에 유폐되었다. 가족들은 출입이 자유로워도 그만은 절대 상무원을 나가서는 안 되었다. 그러다 보니 그에게 할 수 있는 일이란 한정될 수밖에 없었다. 지금처럼 비 오고 난 뒤의 하늘이나 쳐다보며 별을 구경하는 것이 유일한 소일거리일 정도로.

비 젖은 담장을 따라 걷던 고봉천이 상념에서 깨어나 의아한 표정으로 고개를 든 것은, 한없이 맑은 하늘에서 십여 줄기의 유성우가 서쪽 소령산 너머로 쏟아져 내릴 때였다.

"정말 멋지다!"

어디선가 들려오는 탄성.

'응?'

분명 어린 소년의 음성이었다. 청량하고도 여린 음성은 결코 어른이 낼 수 있는 소리가 아니었다. 한데.

'이곳에 남자 아이가 있던가?'

그의 기억이 잘못되지 않은 한 상무원에 남자 아이는 없었다. 계집아이는 있어도.

오랜만에 기운을 끌어올려 주위를 탐색해 봤다.

'어?'

지상이 아니었다. 나무 위, 그것도 제법 높은 나무 위였다. 고개를 들자 담장 밖의 거대한 고목이 눈에 들어왔다. 사람의 기운이 고목 위에서 느껴진다.

'이상하군.'

이곳 상무원은 결코 아무나 가까이 올 수 없는 곳이다. 게다가 야밤에 나무 위라니……. 불청객이 아니면 있을 수 없는 일이었다.

생각은 잠깐, 고봉천의 신형이 가볍게 허공으로 떠올랐다.

'신법을 펼치는 것이 얼마만이지?'

비월신영(飛月身影)이라는 신법이었다. 십 년간 상무원에만 있었으니 신법을 펼칠 기회가 언제 있었을까. 그래도 녹슬지는 않았는지 둥실 떠오른 신형이 순식간에 고목 위로 날아간다.

얽혀진 고목의 나뭇가지를 밟고 서서 아래를 내려다보았다. 사람이 보인다, 뭔가 거적 같은 것을 뒤집어쓴 사람이. 게다가 손에는 복면까지 들고 있다.

'적인가?'

고봉천의 오른손 검지가 밝게 빛을 발한다. 관월지(貫月指)였다. 그가 침입자를 제압하기 위해 관월지를 쏘아내려 할 때였다. 순간적으로 고봉천의 눈빛이 가볍게 흔들렸다.

몰래 침입하기 위해 복면을 쓴 자가 복면을 벗고 있다니…….

문득 조금 전에 들었던 맑은 음성이 생각났다. 그 음성대로라면 침입자는 어린 소년이다.

고봉천은 손을 내리고 조용히 기운을 흘려 상대가 도망갈 방위를 가로막은 다음, 복면을 벗어 들고 있는 침입자를 바라보았다. 하얀 옆모습이 보인다. 달빛을 받은 얼굴이 하늘의 달빛보다도 더 환하게 보인다. 생각대로 어린 소년의 얼굴이었다.

'대체 누구지?'

의문이 일었다. 한데 그때였다. 소년이 움찔 몸을 떨며 자신을 향해 몸을 돌리고 있다.

왜? 설마?

'저 아이가 나의 존재를 눈치챘다!'

믿을 수 없는 일이었다. 자신이 누구던가. 아무리 십 년간 상무원에 처박혀 있었다지만 그래도 한때 천하를 질타하던 유성비월객이 아니던가?

고봉천은 자신도 모르게 소년의 뒷덜미를 향해 물음을 던졌다.

"너는 누구지?"

휘아는 어디로든 도망가고 싶었다. 하지만 움직일 수가 없었다. 뭔가 알 수 없는 기운이 자신을 감싸고 놓아주지를 않는 것이다.

'안 돼! 여기서 잡힐 순 없어!'

신주령의 법문을 외우며 혼신의 힘을 끌어올렸다. 마지막 발악이라도 해야 할 판이다.

순식간에 온몸을 휘돌던 기운이 아랫배 쪽에 뭉쳐지더니 사지백해로 퍼져 나간다. 휘아의 이가 악물렸다. 그때, 위쪽에 있던 사람이 다시 물어온다.

"너는 누군데 이곳에 있는 것이냐? 이곳은 아무나 들어와서는 안 되는 곳인 줄 몰랐단 말이냐?"

고봉천은 부드럽게 물으면서도 놀라움을 금할 수가 없었다.

소년은 분명 내공을 연마하지 않은 아이처럼 보였었다. 그런데 어느 순간, 소년의 전신에서 제법 강력한 힘이 꿈틀대는 것이 아닌가.

어이없는 일이었다. 저 정도의 내력을 감지하지 못했었다니. 만일 적이었다면? 자신의 능력을 숨기고 있던 적이, 멋모르고 다가간 자신을 느닷없이 공격한다면?

등줄기로 싸늘한 바람이 스쳐 지나간다.

'너무 오래 쉬었나?'

그는 자신도 모르게 두 손을 움켜쥐고 소년을 바라보았다.

휘아는 맹렬히 머리를 굴렸다.

저 사람은 자신이 무저뇌옥에서 나온 사람이란 걸 모른다. 아니, 알 턱이 없다. 그렇다면……

일단 끌어올렸던 기운을 풀어버리고 침착하게 대답했다.

"미처 몰랐… 어요. 하늘의 별이 하도 멋져서……"

밖에서는 나이 먹은 사람에게는 존댓말을 써야 한다고 했다. 잘못하면 말 한마디에 죽고 사는 게 강호라 했다.

고봉천이 다시 되물었다.

"몰랐다? 그럼 너는 이곳이 어딘 줄은 아느냐?"

"……"

휘아가 알 리가 없다.

"몰랐다고 했잖아요……"

일단 저 사람은 손을 쓸 생각이 없는 듯하다, 내가 덤벼들지 않는 한. 자신을 에워싸고 있던 기운을 거두어들이는 것이 느껴지는 것이다. 그리고 보니 표정도 그리 사납게 보이지는 않는다. 하기야 무저뇌옥 죄수들의 귀신같은 행색만 보아온 휘아에게, 어떤 자가 사납게 보일까마는……

휘아의 속마음을 알 길 없는 고봉천이 미간을 찌푸리며 다시 물었다.

"철혈성에 사는 사람이 이곳을 모른다는 것이 말이 된다고 생각하느냐?"

"저는 이곳에 온 지 얼마 안 됐어요. 그래서 어디가 어딘지 잘 몰라요."

교묘한 대답이었다. 거짓도 없고, 진실도 없는 말이다. 무저동에서 나온 지 얼마 안 됐으니 거짓도 아니고, 온 곳을 밝히지 않았으니 진실에서도 벗어나 있다.

하지만 고봉천은 휘아가 무저동에서 나왔으리라고는 꿈에도 생각할 수 없었으니, 그저 흔들림없는 맑은 눈동자로 보아 거짓을 말하고 있지 않다는 것을 느낄 수 있을 뿐이다.

조금 전에 일었던 강력한 기운이 마음에 걸리기는 했으나, 고봉천은 그저 그럴 수도 있는 일이라고 속 편하게 생각했다.

아주 어렸을 때부터 부단히 노력을 했다면 이삼십 년의 내력을 갖는다는 것이 아주 불가능한 것만은 아니었으니까. 한데,

'이곳에 온 지 얼마 안 됐다고?'

문득 고봉천의 눈빛이 기이하게 번뜩인다. 입가로는 슬쩍 미소가 떠올랐다가 사라졌다.

"그럼 너의 이름은 무엇이냐?"

"진조여휘……. 남들은 휘아라 불러요."

"흠, 특이한 성이구나. 휘아라… 한데 어디에 속해 있지?"

곤란한 질문이었다. 그렇다고 오래 망설일 수도 없었다.

"온 지 얼마 안 됐다고 했잖아요. 아직…….."

"그래?"

고봉천은 문득 자신의 기분이 좋아지고 있다는 것을 깨달았다. 그 자신도 왜 그런지는 정확히 알 수 없는 일이었다. 그냥 눈앞에 있는 소년의 눈을 쳐다보다 보니 기분이 좋아질 뿐이었다.

말 그대로 티 없이 맑은 눈동자.

느닷없이 나타난 자신을 보면서도 흔들리지 않는 배짱.

모든 것이 그의 기분을 좋게 하는 요인이었다. 그러다 보니 묻는 말도

기분 좋게 나온다.

"흠! 아직 배치 받은 곳이 없단 말이지?"

"…예."

사실이 그랬다. 뜻이야 어쨌든.

"알았다! 그럼 나를 따라오너라!"

"아저씨를요?"

아저씨… 오랜만에 들어본 소리였다. 고봉천의 입가에 잔주름이 그어졌다.

"하하! 그래! 아저씨를 따라오너라!"

고봉천이 나무 아래로 가볍게 신형을 날렸다. 그러다 무슨 생각이 들었는지 다시 신형을 나무 위로 날리려 할 때였다. 그의 눈이 놀람으로 크게 뜨여졌다.

본래 아래에 내려서던 그는, 어린 소년이 내려오기에는 나무가 너무 높지 않나 생각이 들었다. 그래서 다시 올라가 데리고 내려오려 했었다. 그런데… 소년이, 휘아가 밧줄을 이용해 바람을 타듯이 가볍게 바닥으로 내려서고 있는 것이 보이는 것이었다.

그것은 신법도 뭣도 아니었다. 하지만 너무 자연스러운 몸놀림이었다. 바람과 한 몸이 된 것 같은 몸놀림이었다.

"제법이구나."

진심이 서린 감탄이었다. 그걸 느낀 휘아도 기분이 좋아졌다.

"그냥 전에 많이 하던 놀이일 뿐이에요."

"그래? 가자!"

이제는 쏘아진 화살이다. 오직 앞으로 갈 수 있을 뿐, 뒤로 물러날 수 없는 길이다.

'그래, 어차피 멀리 도망갈 생각은 아니었으니까.'

가까이 있다 보면 오히려 아버지들을 구할 기회가 많아질 것이 아닌가.

휘아는 앞장서 가는 중년인에게 자신의 패를 던지기로 작심했다. 염소 아버지가 가끔씩 쓰던 문자, 진인사대천명(盡人事待天命)이라는 말 그대로……. 게다가 첫인상이 그리 나쁘지 않다는 것도 한몫했고, 또 지피지 기라는 말도 있지를 않던가.

3

철혈성 깊숙이 자리잡은 상무원은 다섯 채의 단층 가옥으로 이루어진 독립된 후원이었다. 규모로 봐서는 족히 이삼십 명이 생활할 수 있을 정도였다. 하지만 두 사람이 걸어가고 있는데도 나와 보는 사람이 한 명도 없었다. 늦은 밤이라 그럴 수도 있지 않나 생각할 수도 있었지만, 그렇다고 해도 한 명도 보이지 않는다는 것은 이상할 수밖에 없는 일이었다.

두리번거리는 휘아의 마음을 알았는지 고봉천이 나직이 말을 했다.

"여기에는 우리 가족 셋을 포함해서 여섯 명밖에 없다."

그렇다면 더욱 기이한 일이다. 도대체가 헷갈리는 일투성이다.

"사실 우리 가족을 위해서 세 명의 가솔을 보내준 것만 해도 고마워해야 할 일이지."

독백하듯 중얼거리는 고봉천의 말에 처연한 심정이 묻어 나온다. 왜 그럴까? 철혈성은 강호에서 유명한 대문파라 했는데……. 어째 처음부터 이상하더니 아버지들의 짐작대로 무슨 일이 있기는 있는 모양이었다.

휘아가 생각에 잠긴 채 걸어갈 때였다. 제일 안쪽의 건물로 다가간 고봉천이 휘아를 돌아보았다.

"여기가 내 방이다. 일단 들어오너라."

말을 마친 그는 휘아의 말은 들을 생각도 안 하고 방문을 잡아당겼다.

"헉!"

휘아의 입에서 다급한 신음이 터지자, 의아한 고봉천의 눈길이 휘아를 바라보았다.

"왜 그러느냐?"

고개를 돌린 채 눈을 감은 휘아의 머리 속이 맹렬히 회전했다.

"제가… 눈이 안 좋아서 갑자기 밝은 빛을 보면 눈이 아프거든요."

"허! 등잔불을 보고 눈이 아프다는 얘기는 처음 듣는군."

어이없다는 고봉천의 말에 휘아는 황급히 말을 이었다.

"그래서 이 천을 가지고 다녀요. 가리면 좀 낫거든요."

손에 든 머리카락으로 만든 복면을 보여주었다. 그제야 고봉천은 왜 휘아가 복면을 손에 들고 있었는지 이해할 수 있었다.

"희한한 병이구나."

"의원께서 시간이 흐르면 낫는다고 했으니 나중에는 괜찮아질 거예요."

염소아버지가 그랬었다.

"흠, 다행이구나. 그럼 일단은 그걸 쓰거라."

복면을 뒤집어쓰자 등잔불이 켜진 방 안이 자세히 보였다.

휘아에게는 방 안의 모든 것이 신기했다. 복면을 쓴 채 이곳저곳을 돌아보는 휘아가 고봉천에게는 더 신기하게 보였지만.

입가에 웃음을 띤 고봉천이 의자를 가리켰다.

"앉거라!"

처음으로 앉아보는 의자에 조심스럽게 앉자 고봉천이 입을 열었다.

"나는 이곳에 유폐되어 있는 상황이다. 해서 너에게 이것저것 심부름을 시킬까 한다. 한데 너는 눈이 안 좋아서 당분간은 아무 일도 못할 것 같구나."

휘아의 마음이 다급해졌다. 이곳에 머물 수 있는 기회를 놓칠 수는 없는 것이다.

"며칠만 지나면 괜찮아질 거예요."

"그래? 그럼… 기다려 보도록 하지."

"고마워요."

고개 숙인 휘아를 바라보는 고봉천의 눈가에 묘한 웃음이 떠올랐다.

'그래, 나도 며칠 두고 보마. 네가 어떤 아이인지 말이다. 후후후……'

4

방 하나가 주어졌다. 휘아에겐 생애 처음으로 방에서 잠을 잔 날로 기록될 날이었다. 주위를 둘러보았다. 온통 처음 보는 물건들뿐이다. 당연히 그럴 수밖에.

침상을 만져 봤다. 만지는 손길이 가늘게 떨리기조차 한다. 조금 딱딱하긴 했지만 어찌 돌 침상에 비하랴. 게다가 한쪽에 놓인 이불, 처음 보는 것이지만 잘 때 덮는 이불이란 것 같다.

문득 아버지들이 생각난다. 눈가에 살짝 이슬이 맺힌다.

'빨리 꺼내 드려야 이런 침상에, 이런 이불을 덮고 주무실 텐데.'

하지만 우선은 자신이 먼저 이곳에 적응해야 한다. 그래야 뭘 해도 할 수 있을 테니까.

손에 든 복면을 품속에 집어 넣었다. 불을 켜지 않았으니 굳이 복면은 필요없었다.

침상 위에 올라가 가부좌를 틀고 앉아 도사할배가 가르쳐 준 호흡법대로 숨을 들이쉬었다. 길게 들이키고, 더욱 길게 내쉬었다.

많은 일을 겪은 날이다.

무저동을 벗어나 세상 밖으로 나온 날이다.

아버지와 헤어지고 새로운 사람을 만난 날이다.

생각해 보니 지금까지의 상황이 천행인 것만 같았다.

만일 밖에서 지키는 사람이 많았다면? 햇빛이 더 강했다면? 이곳의 주인 아저씨가 나쁜 사람이었다면?

안정되어 가던 마음이 다시 두근거린다. 꼭 쥐어진 두 주먹에 땀이 배인다.

'그래! 지금까지는 천행이었다. 그렇다고 앞으로도 항상 운이 좋으란 법은 없다. 언제 어느 때고 조심, 또 조심, 절대 마음을 놓아서는 안 된다! 나에겐 세 아버지들의 한과 어머니의 한이 함께하고 있으니까!'

휘아의 입이 악다물리고 눈빛은 심해의 암동처럼 깊어졌다.

'세상아! 세 아버지를 둔 진조여휘가 밖으로 나왔다! 하늘이든 땅이든, 어디 내 앞길을 막아봐라!'

각오를 다지는 휘아의 깊은 눈에서 어둠을 뚫고 뇌전이 작렬했다.

그렇게 얼마나 지났을까.

"후우."

깊은 숨을 내쉬며 온몸의 긴장을 늦춘 휘아는 차분히 내일에 대해 생각을 했다. 먼 훗날을 위해선 당장 내일의 일부터 해결해야 하는 것이다.

음식이 동굴에 던져졌으니, 아버지들은 휘아가 무사히 탈출했다고 생각할 것이다. 다만, 오늘 본 두 명의 무사가 내일은 과연 어떻게 나올지……. 오늘 한 행동을 봐서는 괜찮을 것 같기도 하지만, 안심할 수는 없는 일이었다.

입술이 지그시 깨물렸다.

"문제는 내일이다."

그렇다. 오늘은 어떻게 보냈다고 하지만, 내일은 휘아에게 수많은 시험이 치러지는 날인 것이다. 아마 지금 날씨로 봐서는 날이 밝자마자 태양이 뜰 것이다. 그게 첫 번째 시험이 될 것이다.

염소아버지의 말대로라면 하늘 아래 가장 무서운 적이 태양이었다. 자신도 절실히 느끼고 있는 사실이었다.

어찌해야 할까.

우선은 복면을 써야겠지. 그러나 오늘의 경험으로 봐서는 복면만으로는 결코 태양의 빛을 견디지 못할 것이 분명하다.

그럼 어떻게 해야 하지?

눈을 감고 방안을 생각해 봤다. 별의별 생각을 해도 방도가 떠오르지 않는다.

'그냥 무작정 시간이 지나기만을 기다려야 하나?'

하지만 그럴 수도 없다. 이 집의 주인 아저씨는 무작정 기다려 주지는 않을 것이다. 그럼…….

'일단 부딪쳐 봐? 그러다 눈이 멀면……. 응? 가만… 부딪친다? 부딪친다는 것은, 결국 그대로 받아들인다는 것과 반대되면서도 어찌 보면 같은 뜻이다.'

받아들인다라…….

'좋아! 일단 해보자! 해보고 안 되면 다른 방법을 생각해 보지 뭐.'

시간이 흐르자 어둠이 밀려나고 날이 밝아온다.

방문을 통해서, 창문을 통해서 빛이 들어온다.

급히 복면을 뒤집어썼다. 잠시 후, 단순한 빛이 아닌 거센 광선이 창문 틈을 통해 쏘아져 들어왔다. 복면을 쓰고 있음에도 눈이 따가워진다. 염소아버지의 말은 틀리지 않았다.

신주령의 법문을 암송하며 천양의 법을 떠올렸다. 순간적으로 몸이 후끈 달아오른다. 무저동에서 행하던 때와는 비교도 할 수 없는 기운이 쏟아져 들어온다. 온몸이 타버릴 것만 같다.

'으윽, 너무 거세다!'

이를 악물고 천양의 법을 되뇌었다.

'천지만물의 기운을 양생함에 하늘의 양기가 그 바탕이라…….'

독맥을 따라 기운을 이끌었다.

티끌 같던 불꽃이 점점 커지더니 불덩이가 되어간다. 척추를 타고 불덩이가 오르내린다. 그럼에 따라 점점 더 고통이 심해진다.

"크읍……."

자신도 모르게 신음이 새어 나왔다.

그때였다. 몸속 깊은 곳에서 묘한 기운이 반응하기 시작했다. 차가우면서도 부드러운 기운이었다.

그거다! 일명 애들 영양제라 불렀던 정체불명 영약의 차가운 기운! 그 기운이 뜨거운 기운을 급격히 가라앉히고 있다.

지속적으로 천양의 법문을 떠올리며 기운을 조절했다. 그러자 두 기운이 얽혀들더니 서로를 감싼 채 휘돌고 있다. 뭐가 어떻게 되는지 생각할 겨를도 없이 급격한 변화가 이루어진다. 그러던 어느 순간, 두 기운이 갈라서기 시작했다.

명문에서 시작된 뜨거운 기운은 영대, 신주, 대추를 거쳐 풍부혈에 이르고, 기해에서 일어난 차가운 기운은 뜨거운 열기가 가라앉자 다시 기해로 돌아갔다.

"휴……."

얼마의 시간이 지나고, 휘아는 천천히 눈을 떠봤다.

복면의 틈으로 빛이 보인다. 조금씩 눈을 크게 뜨자 강한 빛이 눈을 부시게 한다. 그래도 전과 같은 고통은 많이 가신 상태였다. 시간이 지나자 사물도 제대로 보이기 시작했다.

'후우, 며칠만 계속하면 적응 기간이 빨라질 것 같구나.'

그래도 아직 밖에 나간다는 것은 엄두도 낼 수가 없었다. 창문을 통한 빛에도 이런데 밖의 빛은……

아침은 밝아오고 휘아의 고민은 더욱 깊어만 간다.

이곳에 있는 세 명의 일꾼은, 밥을 하는 할멈과 정원을 가꾸는 구 노인, 그리고 잡다한 일을 하는 어린 시비 청아가 다였다.

부엌이 휘아의 방과 그리 멀지 않은 탓인지 식사는 늙은 할멈이 가져다주었다.

할멈은 새로운 식구가 들어온 것이 마음에 드는 듯 낄낄거리다가, 휘아의 옷을 보고는 혀를 찼다. 허름한 넝마 옷을 입고 있는 것이 안 되어 보였나 보다. 그래도 들은 말은 있는지, 복면에 대해선 조금 신기하다는 눈으로 볼 뿐 별다른 반응은 보이지 않았다.

무엇으로 만든 음식인지는 몰라도 식사는 꿀맛 같았다.

꿀을 먹어보지는 않았지만, 아버지들의 말로는 무지 맛있다고 했었다. 문득 먹다 말고 아버지들이 생각나 우울해진다.

'치이, 약해지면 안 되는데……'

자신도 모르게 흘러나온 눈물이 반쯤 들린 복면을 적셨다. 바깥 세상에서의 휘아의 첫 식사 시간은 그렇게 눈물과 함께 지나갔다.

할멈이 옷 한 벌을 가져다주었다.

"조금 크지만 입을 만할 게야. 에구, 불쌍도 하지……."

보면 볼수록 불쌍해 보이나 보다. 옷도 그렇고, 눈까지 아픈 아이로 알고 있었으니 그럴 만도 했다.

"맛있게 먹었어요, 할머니."

"그래, 그래, 더 필요하면 이 할미에게 말해."

"예."

잠깐 우울해지긴 했지만 할멈 덕분에 기분 좋은 첫날이 되었다.

둘째 날도 밤새도록 법문을 외우며 내기를 다스리는 일에 열중했다. 잠이야 할 일도 없는 낮에 실컷 잤으니, 밤에는 자신이 알고 있는 공부들을 자신의 것으로 만드는 데 모든 힘을 쏟기로 한 것이다. 그중에서도 삼령문의 법문들을 중점으로 연구하기로 했다.

만물이 생동하는 새벽.

어스름한 빛이 어둠을 몰아내고 온 세상에 빛을 뿌리려 할 때, 그 시간이 휘아에게는 가장 중요한 순간이었다. 빛에 적응하기에는 새벽만큼 도움이 되는 때가 없었던 것이다.

서서히 빛이 밝아온다. 휘아는 실눈을 뜨고 밝기에 따라 눈을 조금씩 크게 떠갔다. 아직 복면을 벗을 정도는 아니었지만, 이제 해가 뜨기 전에는 그다지 눈에 부담이 가지 않았다.

"후우."

다행이었다. 조금만 더 노력한다면 밖에도 나갈 수 있을 것 같다.

해가 떠오르고 얼마 후, 할멈이 식사를 놓고 갔다. 바라보는 눈에는 여전히 불쌍하다는 눈빛이 어려 있었다.

그렇게 아침을 먹고 이런 저런 생각에 잠겨 있을 때였다. 누군가가 방문을 슬며시 열더니 자신을 쳐다본다.

자그마한 아이였다. 자기보다 머리 하나는 작은 계집아이였다. 아마 열 살 정도 되지 않았나 싶다.

휘아가 고개를 돌리자 깜짝 놀라 재빨리 문을 닫는다.

삼 일째가 되었다.

아이가 또 찾아왔다. 한데 이번에는 도망가지 않고 자신을 빤히 바라본다. 신기한 동물을 바라보듯이. 그러다 뭐가 궁금했는지 조그맣고 앙증맞은 입으로 물어온다.

"오빠, 누구야? 오빠, 눈이 많이 아파? 아버지가 그러는데… 눈이 아파서 복면을 쓰고 있다며?"

아저씨에게 들었나 보다. 그런데 오빠? 오빠라…….

웃음이 절로 나온다.

오빠, 오빠, 오빠…….

아직 어린아이이긴 하지만, 처음으로 들어보는 여자의 목소리다. 어떻게 저런 맑은 목소리가 나는지 신기할 뿐이다.

아이가 다시 입을 연다.

"음, 나는 연아야. 고연연."

"나는……."

그때였다. 밖에서 여인의 목소리가 들렸다.

"연아야! 뭐 하니?"

아이의 고개가 밖을 향해 돌아갔다. 그러다 다시 안을 보고는 배시시 웃더니 밖으로 뛰어나갔다. 미처 휘아가 자신의 이름을 말해 줄 틈도 없었다.

"훗!"

절로 나오는 웃음에 휘아는 가슴이 아팠다. 지금도 아버지들은 무저동에 갇혀 지내는데 이렇게 웃어도 되는 걸까?

이곳에 사는 사람들도 철혈성의 사람들이니, 어찌 보면 자신에게는 원수라 할 수 있는데 이렇게 웃어도 되는 걸까?

모르겠다. 진짜 모르겠다.

휘아는 머리 속이 복잡해졌다. 사실 무저동에서도 얼마 전까지는 원수니 뭐니 그런 건 생각해 보지도 않았었다.

오늘은 무엇을 할까, 언제 밖으로 나가지? 이런 저런 생각을 하며 하루하루 지내는 것이 삶의 모든 것이었으니까.

아무것도 모르고, 심지어 절망이라는 것도 모르고 지내온 십수 년, 아버지들은 행여나 어린 마음에 부담이 될까 봐 아무것도 알려주지 않았다. 알려줄 필요도 느끼지 못했을 것이다. 그러다 나가기로 결심을 굳히고 준비를 하면서부터 이런 저런 말을 해줬다.

아버지들이 잡혀온 이유도 자세히 이야기해 줬고, 염소아버지는 가족들에 대한 이야기도 해주었다. 어머니에 대한 것은 나올 때야 들을 수 있었다.

그런데 아버지들은 복수를 원하지 않으셨다. 그저 운명이니 어쩔 수 있느냐 하셨다. 휘아가 생각하기로는 행여나 무리하게 덤벼들다 해라도 당할까 봐 그러셨던 것 같다.

하지만 휘아는 그 모든 일에 대해 모른 체할 수가 없었다. 아니, 그냥 넘어갈 생각 자체가 없었다. 철혈성으로 하여금 어떻게든 대가를 치르게 할 생각이었던 것이다.

그런데 막상 밖에 나와보니 상황이 변한 것 같다. 아직은 잘 모르겠지만…….

뒤죽박죽 복잡해진 상황에 휘아는 고개를 내저었다.

"일단은 부딪치고 보자. 뭘 알아야 복수고 뭐고 할 게 아냐?"

그건 그렇고. 앞으로 뭘 하지?

일단 아버지들을 구해내는 것이 우선인 건 분명하고. 아버지들이 억울하게 갇힌 것에 대해서 책임을 물어야 하겠지? 내 힘으로 그게 가능할까?

어머니에 대해서도 알아봐야 할 텐데……. 누가 어머니를 그렇게 했는지…….

도사할배의 삼령문이 어떻게 됐는지도 알아봐야 하고…….

참! 염소아버지의 가족들은 언제 만나러 가지?

생각해 보니 알아봐야 할 일도, 해야 할 일도 제법 많았다.

하지만 일단은 그 무엇보다도 이 세상에 적응할 수 있는 몸을 만들고 힘을 길러야 한다. 힘을……. 그런데 힘을 어떻게 기르지?

'아이고, 머리야!'

에라, 모르겠다. 우선은 당장 오늘 일부터 천천히… 하나하나…….

닷새가 지났다. 낮에는 방 안에서 지내고 밤에만 밖으로 나간다.

이곳에는 고 아저씨의 가족 세 명과 일꾼 세 명, 그리고 자신이 있을 뿐이다. 누구도 해가 지고 밤이 으슥해지면 밖으로 돌아다니지 않는다. 오직 휘아만이 돌아다닐 뿐이다.

언제부턴지 휘아는 자신만의 세상인 밤을 즐기고 있었다. 방을 나와 청석을 밟고 다니는 것도 좋았고, 흙을 밟고 다니는 것도 좋았다.

휘아가 흥얼거리며 정원을 거닐고 있을 때였다.

"흠, 휘아가 이제는 복면을 쓰고 다니지 않아도 되는 모양이구나."

고봉천의 목소리가 들렸다. 그동안 밤에 한 번도 나오지 않더니 오늘은 무슨 회가 동했는지 휘아가 활동하는 늦은 밤에 나온 것이다. 하늘도 뿌옇게 흐려 별들도 보이지 않는데.

"안녕하셨어요?"

휘아는 이제 인사하는 법도 배웠다. 다 고연연에게 배운 것이다.

어제 연아가 찾아왔을 때였다.

"피이! 오빠는 인사할 줄도 몰라?"

"어, 아버지하고만 살아서……. 네가 가르쳐 주면 되잖아."

농담처럼 말했는데, 이럴 땐 이렇게, 저럴 땐 저렇게 인사하는 법을 가르쳐 준다. 어찌나 귀엽던지 휘아는 자기도 모르게 또 웃어버렸다. 그리고 오늘 처음으로 인사말을 해봤다.

고봉천이 웃으며 말했다.

"하하하! 연아가 인사법을 가르쳐 줬다더니 잘하는구나."

연아가 자기 아버지에게 이야기를 다 한 모양이다.

"그런데 밤에 어쩐 일이세요?"

"후, 마음이 좀 답답해서 나왔다."

고봉천은 하늘을 보고 한숨을 짓다가 문득 휘아를 돌아보았다.

"아!"

그의 입에서 가벼운 탄성이 터졌다.

처음 보았다. 처음 데려올 때만 해도 자세히 보지를 못했다. 하긴 거적 같은 넝마 옷을 뒤집어쓰다시피 하고 있었으니.

그 후로도 복면을 쓴 모습밖에는 보지 못했다. 그런데 오늘, 마침내 복면을 벗은 모습을 처음으로 자세히 본 것이다. 비록 달도 뜨지 않은 밤이었지만 고수인 고봉천에게 이 정도 어둠은 무얼 보는 데 그리 방해가 되지 않았다.

하얀 얼굴, 눈으로 빚어진 것처럼 하얀 얼굴에 송충이 같은 시커먼 눈썹, 게다가 얼굴이 하얘서 더욱 돋보이는 붉은 입술은 고봉천의 눈을 휘둥그렇게 만들기에 충분했다.

아름답게까지 느껴지는 얼굴이었다. 아직 어려서이기 때문이겠지만, 마치 아름다운 여인이 하얗게 분단장을 한 것 같은 얼굴이었다.

"후우."

고봉천의 입에서 좀 전과는 다른 뜻의 한숨이 새어 나왔다.

"휘아야."

"예."

"어디 가서 함부로 얼굴 보이지 말거라."

"예?"

휘아가 무엇을 아랴.

의아해하는 휘아를 바라보는 고봉천의 표정이 묘하게 변했다.

'서역으로 가면 얼굴이 희고 눈이 새파란 색목인들이 산다던데, 휘아가 색목인의 후예일까? 눈이 검은 걸 보면 아닌 것 같기도 하고……'

그러면 어떻고 아니면 어떤가?

그동안 살펴본 바에 따르면 이 아이는 매우 순수한 아이였다. 음식을 갖다 주는 할멈의 말을 들어도 그렇고, 딸인 연연의 말을 들어도 그렇다. 특히 연연은 빨리 복면을 벗은 모습을 보았으면 좋겠다고 할 정도다. 문득 그의 입가로 하얀 웃음이 떠오른다.

'후후후, 연연이 휘아의 진실된 모습을 보면 어떤 표정을 지을까?'

고봉천이 웃음 띤 표정을 숨기지 않은 채 휘아를 향해 물었다.

"그래, 언제면 눈이 다 나아서 정상적으로 생활할 수 있겠느냐?"

그는 아직도 휘아가 눈 때문에 빛에 약하다 생각하고 있었다.

"이삼 일이면 가능할 것 같은데……. 저, 그래도 당분간은 얇은 천으로라도 가려야 할 것 같아요."

고봉천의 얼굴에 빙그레 웃음이 걸렸다.

"내가 얼굴을 가릴 면사를 하나 주마. 마침 나에게 네가 쓸 만한 면사가 하나 있거든. 그리고 그게 나을 것 같기도 하고 말이다."

조금 이상한 뜻이 담긴 말이었다. 뭐가 낫다는 말일까?

"……?"

6장
멋진 사부, 멋진 제자

1

아침 해가 밝아온다.

휘아는 창문을 뚫고 빛이 들어오는 것을 보면서도 면사를 걸치지 않았다. 눈만 가늘게 뜨고 빛에 적응될 시간을 기다렸다. 뿌옇게 흐려 보이던 방 안의 광경이 차츰차츰 제 모습을 잡아간다.

상무원에 들어온 지 팔 일째 되는 날이었다.

이제는 제법 햇빛을 보고도 참을 만했다. 물론 해를 직접 볼 수는 없지만, 그늘진 곳에서 나무에, 돌담에, 지붕에 드리워진 햇살을 보는 것 정도는 가능하게 된 것이다. 천양의 법을 매일 쉬지 않고 여섯 시진씩 익힌 결과였다. 그리고 그 덕분에 많은 것도 얻었다.

우선은 몸 안의 내기가 훨씬 강해졌다. 무저동에서보다 두 배는 됨 직하다. 영양제의 기운이 제법 많이 몸에 흡수되어서인 것처럼 생각이 되었다.

또 다른 것은 두 가지 기운, 천양의 기운과 지음의 기운이 완전히 자리를 잡았다는 것이다. 그 바람에 지음의 법에도 조금씩 진전이 있는 것처럼 느껴진다. 땅을 밟고 걸을 때마다 마치 땅이 속삭이는 것처럼 느껴지는 것이다.

그렇게 햇빛에 적응하면서 생각에 잠겨 있을 때였다. 문득 누군가가 다가오고 있는 것이 느껴졌다. 아마 할멈인 것 같다.

휘아는 손을 뻗어 면사를 집어 들고 얼굴을 가렸다.

고 아저씨가 이틀 전에 건네준 면사였다. 머리를 반쯤 가릴 수 있는 흑색 면사는 무엇으로 만들어져 있는지 얇으면서도 머리카락 면사보다 훨씬 질기고도 촘촘했다. 그러면서도 앞을 보는 데 아무 지장이 없을 정도로 투과율이 좋았다.

고 아저씨 말대로라면 칼로도 잘려지지 않는다 했다. 정말 그럴지는 아직 모른다. 칼로 잘라보지 않았으니까.

면사로 얼굴을 가리자마자 방문이 열리고 할멈이 음식을 들고 들어왔다.

"이제 좀 괜찮은 것 같구나. 에구, 불쌍한 것……."

항상 할멈이 하는 소리다. 휘아는 빙그레 웃었다. 할멈은 못 보지만.

"예. 이제 거의 다 나았어요, 할머니."

"에구, 그래, 그래야지……. 참! 내 정신 좀 봐! 주인나리가 밥 먹고 주인나리 방으로 오라시더구나."

무슨 일일까?

"예, 알았어요."

식사를 마치고 휘아는 방을 나섰다. 고봉천의 방까지는 그리 멀지 않은 거리다. 하지만 휘아는 조심스럽게 그늘 쪽으로만 이동해서 움직였다.

어제 멋모르고 시험 삼아 직사광선이 내리 쪼이는 햇살 아래 들어섰다가, 하마터면 손이 불에 타버리는 줄 알았다. 황급히 방으로 돌아와 살펴보니 벌겋게 변한 손이 눈에 들어왔었다. 얼굴은 그나마 면사로 가려져 있었기에 괜찮았지만.

휘아는 그 일로 새삼 면사가 보통 물건이 아니라는 것을 알 수 있었다.

이미 한 번 덴 경험이 있는 휘아는 조심스러울 수밖에 없었다. 피할 그늘이 없는 곳은 달리듯이 재빨리 움직였다. 그렇게 고봉천의 방으로 들어가자 탁자에 두 개의 잔을 놓고 있는 고봉천이 보였다.

"부르셨어요?"

"음, 앉거라."

자리에 앉자 고봉천이 물끄러미 휘아를 바라보았다.

"몇 가지 물어볼 것이 있다. 솔직하게 대답해 줄 수 있겠느냐?"

그답지 않게 신중한 물음에 휘아는 손에 땀이 배는 것 같았다.

혹시 나에 대해서 알아낸 것이 있나? 그때 무저정을 지키던 무사가 찾아온 것은 아닌가?

휘아는 긴장한 채 고봉천을 바라보았다.

"예, 말씀하세요."

"우선… 너는 부모님이 계시느냐?"

"아뇨. 두 분 다 돌아가셨어요."

염소아버지와 석두아버지에겐 미안하지만 빼빼아버지와 어머니는 돌아가셨으니 거짓말은 아니다.

"그럼, 너를 보호해 주는 사람은 있느냐?"

"없어요."

"음, 그럼… 사부는 있느냐?"

"지금은 안 계시지만… 사부라 생각했던 분은 계셨어요."

고봉천의 이마가 깊게 찌푸려졌다.

"너는 네 몸에 제법 많은 내력이 깃들어 있다는 것은 아느냐?"

"예."

"설명해 줄 수 있느냐?"

"도사할배라고, 다 죽어가던 그분이 가르쳐 준 호흡법을 어릴 때부터 익혔어요."

그것도 거짓말이 아니다.

"그분은 살아 계시느냐?"

"아뇨. 오래전에 돌아가셨어요."

고봉천의 눈빛이 깊은 곳에서 번뜩이기 시작했다. 이제부터가 중요한 질문이라는 듯, 보다 신중한 목소리로 묻는다.

"너는… 무공을 배우고 싶지 않느냐? 배우겠다면 내가 가르쳐 주고 싶다만."

휘아의 심장이 거세게 뛰었다.

고 아저씨는 철혈성에서도 제법 지위가 높은 사람이다. 그렇다면 가르쳐 준다는 것도 결코 예사 무공이 아닐 것이다.

어떻게 힘을 얻을 건지를 걱정했었다. 마침내 힘을 얻을 기회가 왔다. 그런데 문제는 그 기회가 자신이 상대해야 할 철혈성의 사람에게서 나왔다는 것이다.

어떡해야 하나. 받아들여야 하나, 말아야 하나.

생각은 잠시, 휘아는 결정을 내려야만 했다.

"한 가지만 물을게요."

"물어봐라."

"아저씨는 철혈성의 사람이죠?"

"그래."

"제가 철혈성의 사람과 원한이 진 일이 있어서 그 사람과 다툰다면 아저씨는 어떻게 생각하세요?"

"흠."

고봉천은 물끄러미 휘아의 면사 쓴 얼굴을 쳐다보았다.

"너는 내가 누군지 정확히 아느냐?"

"아뇨. 아무도 말해 주지 않았어요."

"그래, 사실 그것은 그리 중요한 일이 아니지……. 대답해 주마!"

고봉천이 휘아의 얼굴을 뚫어져라 쳐다보며 입을 열었다.

"너는 철혈의 도전이 무엇인지 아느냐?"

뜬금없는 말이었지만, 휘아는 머뭇거림없이 대답했다.

"예. 도사할아버지가 말하길, 철혈의 도전은 원한이 있거나 철혈성에 따질 일이 있을 때, 일 대 일로 대결하는 강호에서 가장 유명한 철혈법이라고 했어요."

고봉천의 얼굴에 기분 좋은 미소가 맺혔다가 곧바로 굳어졌다.

"그렇지! 멋진 법이었지! 하지만 모두가 알다시피 이제 철혈의 도전은 없어졌다."

예?

휘아는 목구멍까지 올라온 물음을 삼켜야만 했다.

"나는 철혈성이 존재하는 한 철혈의 도전을 계속해야 한다고 우기다가 이곳에 유폐되었다."

고봉천의 눈에서 불길이 일었다. 처음에는 작았지만 점차 걷잡을 수 없이 커져 갔다.

"아느냐? 나는 철혈성이 없어지더라도 철혈의 도전은 계속되어야 한다고 했고, 다른 자들은 그나마 철혈성을 보존키 위해서는 철혈의 도전을 중단해야 한다고 말했단 말이다!"

으르렁거리는 사자의 울부짖음이었다.

"그래서 어떻게 되었느냐? 철혈성은 종이호랑이로 전락해 버렸다! 아니지! 호랑이라는 말도 쓰기 민망할 정도다. 고양이라고 해야 맞을 것이다!"

울부짖던 사자가 고개를 쳐들고 한스러운 눈빛을 지었다. 사자의 눈에 언뜻 이슬이 보인 것 같이 느껴진 것은 휘아만의 착각일까.

한데… 철혈성이 종이호랑이, 아니, 종이고양이라니……. 무슨 뜻일까…….

설마… 지금까지 이상했던 것이 그래서…….

"나는… 지금도 내 주장이 옳다고 생각한다. 무슨 말인 줄 알겠느냐?"

"예……."

왠지 대답을 해야만 할 것 같았다. 안 하면 고 아저씨가 눈물을 흘릴 것만 같았다. 휘아는 왠지 몰라도 그것이 보기 싫었다.

잠시 침묵이 흘렀다. 얼마나 지났을까, 고봉천은 마음이 가라앉았는지 나직이, 그러나 힘있게 말을 이었다.

"나는… 네가 철혈의 도전법에 따른다면 그 어떤 것이라도 승낙을 할 것이다."

그것이었다. 고봉천에게 철혈의 도전은 그의 모든 것이었다. 비록 이제는 철혈성이 종이고양이로 전락했다지만, 그의 마음속에는 그 옛날 천하를 질타하던 사나이의 웅지가 남아 있었던 것이다.

"어찌 하겠느냐?"

휘아가 대답했다.

"할게요. 휘아의 은원은 오직 철혈의 도전법에 따라서만 해결할게요."

"좋아! 아주 좋아!"

고봉천은 '과연 내가 사람을 잘 봤구나' 하는 생각이 들었다.

어쩌면 자신이 꾸고 있던 꿈이 이루어질지도 모른다는 허무맹랑한 생각이 들 지경이었다.

하지만 고봉천은 꿈에도 모를 것이다. 휘아의 도전이 어디까지 이어질지…….

"나를 사부로 인정하겠느냐?"

휘아는 이를 악물었다. 사부라니…….

무공을 배우려면 사제 간의 예를 갖추는 것은 당연한 일이다. 한데… 마음에 걸리는 것이 있다. 휘아는 도사할배를 마음의 사부로 섬길 생각이었다. 삼령문을 자신의 사문으로 할 생각이었던 것이다.

휘아는 천천히 고개를 들고 고봉천을 바라보았다.

"저는 전에 만난 도사할아버지를 마음의 사부로서 생각하고 있어요."

주사위는 던져졌다.

"그래? 하나 돌아가셨다고 하지 않았느냐? 더구나 호흡법을 제외하곤 특별한 무공을 배운 적도 없고."

"그래도 가르침을 받았는걸요?"

주사위가 한 바퀴 굴렀다.

"살다 보면 비일비재하게 일어나는 일이다. 무엇을 하나 배웠다고 해서 사부로 섬겼으니, 다른 사부를 섬길 수 없어 보다 더 나은 것을 배울 수 없다면 너무 아쉬운 일이 아니겠느냐?"

"그럼 아저씨는 제가 도사할아버지 말고 다른 사부를 모셔도 된다는 말인가요?"

주사위가 두 바퀴 굴러간다.

"흠, 일반적으로는 진정한 사부를 섬기면 다른 사부를 섬기지 않는 것이 보편화된 예라 할 수 있다. 하나 일반적인 것이란 것은 또 다른 말로 해석할 수도 있다. 진심이 따를 수만 있다면 두 사부를 섬겨서 안 될 것도 없다는 말이지. 더구나 너 같은 경우는 굳이 다른 예를 들먹이지 않아도 누구나 고개를 끄덕일 것이다."

고봉천이 휘아를 보며 가벼운 웃음을 짓고 있었다.

"아저씨가 이해해 주신다면… 저는 아저씨를 사부로 모시겠어요."

마침내 주사위가 멈춰 섰다. 드러난 면에는 한 점도 찍혀 있지 않았다. 이긴 사람도 진 사람도 없었다. 이제부턴 두 사람이 새로 시작해야 하는 일만 남은 것이다.

휘아가 일어서더니 천천히 절을 올린다.

일 배…….

가늘게 떨리는 어깨를 타고 격동이 흐른다. 고봉천의 눈꼬리도 파르르 떨리고.

이 배…….

휘아의 눈에 끝내 이슬이 맺히자, 고봉천의 입가에 그려진 옅은 웃음 사이로 미미하게 고개가 끄덕여졌다.

삼 배…….

뚝 떨어진 이슬이 바닥에서 튀어 올랐다. 세상을 향한 폭발처럼!

사 배… 오 배… 구 배.

고봉천은 위엄있게 앉아 아홉 번에 걸쳐 절을 하고 있는 휘아를 내려다보았다. 격동하던 마음도 진정이 된 듯, 한 점 흔들림없는 눈빛이 깊기만 하다.

용이 될지 뱀이 될지는 그도 모른다. 하지만 누가 물어본다면 그는 망설임없이 대답할 것이다.

두고 보게! 나도 모르니까!

그리고 껄껄껄 웃을 것이다.

용? 뭔 용? 요즘 강호에 진정한 용이 얼마나 있던가? 그깟 용, 다른 사람이 되라고 하게! 나는 이 아이를 무인으로 만들 거네! 진짜 무인으로 말이야! 그리고 그 다음부터는 이 아이가 만들어갈 거네. 그러니 나도 모르는 거지.

절을 마치고 일어선 휘아를 바라보는 고봉천의 눈빛에 자애로운 빛이 가득했다. 유폐 기간 중에 제자를 들일 거라고는 생각도 못했던 일이었다. 한데 제자가 생겼다, 그것도 마음에 드는 제자가.

고봉천은 마치 십 년간 자식이 없다가 늦둥이라도 얻은 것처럼 기분이 좋았다. 연아가 들으면 충분히 삐치고도 남을 만한 일이었다.

"이제 너는 나의 제자가 되었다! 그것은 나의 자식이 되었단 말과도 같다. 너는 행동에 있어서도 말에 있어서도 그 점을 잊어서는 안 될 것이다!"

기분이 좋다 보니 공연히 말이 떨려 나온다. 제자 앞에서 주책없이.

"예, 아저… 사부님."

무저동에 계신 아버지들이 이 말을 들었다면 어떤 표정이실까. 아마 서운함에 삼 일간은 말을 안 하실지도…….

'염소아버지, 석두아버지, 그래도 제게는 세 분이 진짜 아버지세요. 알죠?'

휘아가 잠시 두 아버지를 생각하고 있을 때 고봉천이 나직이 입을 열었다.

"내 나이 마흔다섯, 늦게 혼인한 부인과의 사이에 연아가 생기자마자 이곳에 유폐되었다. 십 년을 이곳에서 지내다 보니 이제는 꿈도, 웅지도, 모두 가슴 저 밑바닥으로 가라앉아 버렸다. 그러던 차에 네가 나타난 것이다."

조용한 고봉천의 음성이 실내에 울려 퍼졌다. 독백 같기도 하고, 회상 같기도 한 말이.

"너를 보다 보니 젊을 적의 내가 그리워졌다. 왜 그런지는 나도 모르겠다. 아직 어린 너를 보고 그런 생각이 들었다는 것도 우습고. 하나… 그렇다고 너에게 나의 꿈을 강요할 생각은 없다. 아니, 강요하지 않을 생각이다. 나는 그저 네가 가고자 하는 길의 안내인이 되어주고자 할 뿐이다."

휘아는 사부의 눈에 불이 담겨 있다는 생각이 들었다. 깨끗하고 맑은 불이. 강하지 않으면서도 결코 꺼지지 않을 것 같은 영원의 불이.

"다만… 사람다운 사람이 되어라! 진정한 무인이 되어라! 그것만 네가 지켜준다면, 나는 네가 어떤 길을 가더라도 관여하지는 않을 생각이다. 알겠느냐?"

"사부님의 말씀, 휘아는 명심할게요. 사람이 될게요. 진정한 무인이 될게요."

'그럼요. 저는 사람다운 사람이 될 거예요. 그러기 위해서 무저동을 나왔는걸요. 아버지들도… 아버지들도…….'

자신도 모르게 고개가 숙여졌다. 그리고 눈에 맺힌 눈물이 면사를 적시고 흘러내렸다.

그걸 본 고봉천은 자신이 너무 격하게 말을 했나 하는 생각이 들었다.

"후우, 가서 쉬거라. 내일부터는 많이 힘들 것이다."

"예, 편히 쉬세요."

조용히 물러가는 휘아를 바라보는 고봉천의 머리 속에서는, 수많은 생각들이 서로 앞으로 나서려고 아우성쳐 댔다.

무얼 먼저 가르쳐 줄까. 이게 좋을까? 저게 좋을까?

참으로 기분 좋은 아우성이었다. 입가에 자리잡은 미소가 가실 줄을 모를 정도였다.

'하, 마음에 드는 제자를 들인다는 것이 이렇게 기분 좋은 것인 줄은 미처 몰랐는걸?

2

그날 저녁, 휘아는 잠을 잘 수가 없었다. 고봉천의 말이 계속 귓전에서 맴돌고 있었던 것이다.

이제 너는 나의 제자가 되었다. 그것은 나의 자식이 되었단 말과도 같다. 너는 행동에 있어서도 말에 있어서도 그 점을 잊어서는 안 될 것이다.

제자가 되었다… 자식이 되었다…….

행동에 있어서도… 말에 있어서도…….

밤이 새도록 깊은 생각에 잠겨 있던 휘아가 벌떡 일어섰다.

'이대로는 안 된다! 거짓을 품고 살아갈 수는 없다! 사부님은 나를 진심으로 대해주셨다. 그렇다면… 나 역시 진심으로 대해야 한다. 설령 모든 것이 원점으로 돌아가더라도. 아버지들도 나의 결정을 찬성해 주실 것이다.'

하지만 문제는 아버지들이 위험해질 가능성이 있다는 것. 그러나 휘아는 망설이지 않았다.

벌컥!

방문을 열어젖힌 휘아는 깊게 숨을 들이켰다. 그리고 거침없이 고봉천의 방으로 찾아갔다.

"사부님, 휘압니다."

"들어오너라."

방으로 들어가자 무언가를 서탁 아래로 쓸어 넣는 것이 보였다. 아마 뭔가를 쓰고 계셨던 것 같다. 힐끗 보이는 걸로 봐서는 무공에 대한 것처럼 보인다.

유성십삼검을 익히기 위한 기초······. 비월신영의 내력 운용에 대한 기본······.

한쪽의 벼루에는 아직 마르지 않는 먹물이 가득 담겨 있었다.
급히 치우는 것이 조금 이상하기는 했지만, 그거야 사부님께서도 나름대로 사정이 있어서일 것이고······.
고봉천이 턱에 먹물이 묻은 줄도 모르고 헛기침을 하며 물었다.
"험험! 무슨 일이냐? 쉬지 않고."
휘아는 무릎을 꿇고, 고(考)하는 심정으로 말문을 열었다.
"사부님께서는 휘아에게 사람다운 사람이 되라고 하셨어요."
"흠."
"사람다운 사람이 되기 위해선 여러 가지를 지켜야 하겠지만, 우선 자신을 믿어준 사람을 거짓으로 대해선 안 된다고 생각해요."
고봉천의 눈이 흥미를 담고 휘아를 직시했다.
이 아이가 무슨 이야기를 하려고 그러는 걸까······.
"저는 사부님께 거짓말은 안 했어요. 하지만 진실도 말하지 않았어요."
점점······.
고봉천은 자신도 모르게 표정이 굳어졌다. 휘아의 한마디 한마디에서 어깨를 짓누르는 무게가 느껴지고 있었다.
무슨 일인지 미처 물어보기도 전에, 나직하고도 무거운 음성이 휘아의 입술을 비집고 새어 나왔다. 고봉천으로서는 도저히 이해할 수 없는 말이.

"저는… 제 고향은… 무저뇌옥이에요."

"……?"

이 아이가 지금 무슨 말을 하는 거지?

"믿든 믿지 않으시든 사실이에요."

끝내 고봉천이 참지 못하고 입을 열었다.

"무저뇌옥은 비록 지금 관리는 해도 십수 년 전부터 죄수를 감금하지 않았다. 한데 무저뇌옥이라니, 무슨……?"

문득 스치는 생각. 고봉천의 눈이 점점 휘둥그레지고, 입은 주먹이 들어갈 정도로 크게 벌어졌다.

조용히, 나직이 휘아의 말이 다시 이어졌다.

"맞아요. 십수 년 전부터 그곳에 들어온 사람은 없어요. 제 어머니가 마지막으로 그곳에 갇힌 분이니까요."

이 아이를 만난 것은 숲의 거목 위, 사람이 입고 다닌다고는 생각할 수 없는 거적을 걸치고 있었다. 그리고 빛을 보지 못하는 눈……. 눈처럼 하얀 피부.

고봉천의 몸이 사시나무 떨리듯 떨리기 시작했다.

그것은 두려워서도, 노여워서도, 그 어떤 것도 아니었다. 그냥, 그냥 떨려왔다.

휘아의 말이 다시 고봉천의 귀를 천둥처럼 두드린다.

"저는 그곳에서 태어났고, 그곳에서 자랐어요. 사부님을 만나던 그날, 비가 오기 전까지 말이에요."

휘아의 말이 잠시 멈췄다. 하지만 고봉천은 아무런 말도 할 수가 없었다.

'맙소사! 그게 어찌 가능한 일이란 말인가!'

조용히 흘러나오던 말이 점점 떨려 나오고, 고개 숙인 휘아의 눈에 뿌연 안개가 서렸다.

"저는… 사람이 되기 위해서… 그곳을… 나왔어요."

고봉천의 눈에 맑은 이슬이 맺혔다.

휘아의 이가 악물렸다.

"십육 년을 사람으로는 살았지만… 사람답게 살지는 못했어요. 여기에 사는 사람들 기준으로 볼 때는 말이에요."

"대체… 어떻게……."

끝내 뚝, 한 방울 눈물이 무게를 이기지 못하고 떨어졌다.

"어렵게… 어렵게… 그곳을 나왔어요. 그리고……."

휘아의 고개가 천천히 들렸다. 그런 휘아의 얼굴도 눈물로 범벅이 되어 있었다.

"사부님을… 만나게 되었어요. 처음으로… 사람다운 사람을……."

고봉천은 결코 어리석은 자가 아니다. 그러니 휘아의 말이 거짓이 아니란 것 정도는 알 수 있었다. 믿을 수 없는 일이었지만 전혀 불가능한 일만도 아니었으니…….

참으로… 참으로…….

"이리… 이리 오너라, 휘아야."

고봉천이 두 팔을 벌리고 떨리는 목소리로 휘아를 불렀다.

"사부님……."

엉거주춤 일어선 휘아가 고봉천에게 다가가자, 고봉천은 힘껏 휘아의 작은 몸을 껴안았다.

"세상에… 어린 것이… 무슨 죄가 있다고……. 크윽! 얼마나 힘들었느냐."

"사부님……. 흑, 흑! 엉, 엉!"

구슬 같은 눈물이 휘아의 볼을 타고 폭포수가 되어 흘러내린다.

그간 가슴속에 응어리 졌던 고뇌와 아픔이 모두 눈물 속에 녹아 흘러내린다.

고봉천의 가슴에서 휘아의 눈물 섞인 이야기가 계속되었다.

"그곳에는… 두 아버지만이 남아 있어요. 저를 내보내기 위해서 죽음을 무릅쓴 아버지들이……."

휘아가 고봉천의 가슴에서 머리를 떼며 울먹인다.

"두 아버지는 아마 저를 보내고 많이 울었을 거예요. 아버지는……. 흑, 어엉!"

참았던 눈물이 한없이 흘러나온다. 멈추고 싶어도 멈춰지지가 않는다. 휘아는 자신의 눈에 이렇게 많은 눈물이 들어 있을 줄은 미처 몰랐다. 하지만 눈물은 멈춰지지 않아도 가슴속에 박힌 한마디만은 어떻게든 더 해야 했다.

"사부님……! 휘아를 봐서… 아버지들을 구해주실 수 없나요?"

고봉천은 말문을 열면 눈물이 쏟아질 것 같아서 입을 닫고 있었다. 한데 불쌍하기 그지없는 제자가 물어온다.

제길, 체면이 문제다더냐?

"내가… 내가 어떻게든 구하마! 걱정 말아라……. 크윽!"

두 사제의 격정은 일각이 더 흘러서야 가라앉았다.

고봉천은 휘아에게 좀 더 자세한 것을 물었다.

휘아는 무저뇌옥 안의 상황을 이야기해 주었다.

"…지금은 두 아버지만이 있어요."

세상에……. 십수 년이 지난 지금도 살아 있는 사람들이 있다니.

하기야 철광석이 계속 올라오니 사람이 있기는 있었겠지.

"아버지들은 지금 몸이 안 좋으세요."

오죽하랴. 살아 있다는 것만도 기적이라 해야 할 것이다.

고봉천이 휘아의 머리를 쓰다듬으며 고개를 끄덕였다.

"그래, 어디 사부하고 연구를 해보자꾸나. 내 알기로 특별히 그곳을 지키는 사람은 없는 걸로 알고 있다. 그렇다면 힘없는 두 사람을 구한다 해서 별다른 일이야 있겠느냐? 내일이라도 당장 자세한 것을 알아보마."

"감사합니다, 사부님."

"휘아야……."

고봉천이 나직이, 그리고 따뜻한 눈빛으로 휘아를 불렀다.

"예……."

"고맙다… 마음을 열어줘서……."

3

다음날, 고봉천은 구 노인을 통해서 무저동에 대해서 알아보았다. 그리고 점심 무렵 고봉천과 휘아가 한자리에 마주 앉았다.

"무저동에 대해서 알아보았다. 한데 말이다……."

고봉천이 무엇 때문인지 머뭇거리고 있다.

휘아는 가슴이 철렁, 나락으로 떨어지는 기분이 들었다.

"그제부터 철광석이 올라오지 않는다고 한다."

오오, 안 돼!!

"아무래도 이상이 있는 것 같다."

움켜쥔 두 주먹이 경련을 일으켰다. 설마?

"오늘 저녁에 한 번 가보도록 하자."

"사부님……."

"요즘은 저녁에 지키는 자도 없다 하니 그리 문제될 것은 없을 것 같구나."

"예……."

"그리고… 마지막 수감자에 대해서 알아봤다. 한데……."

사부님의 미간이 찌푸려진다. 왜 그러시지?

"조씨 성의 시비가 혈사궁의 첩자로 몰려 수감되었다는데, 일 년 정도 지나서 밝혀진 바로는, 그녀가 아니라 그녀와 함께 일하다 그녀를 고발한 여자가 첩자였다고 한다. 한데 너무 많은 시간이 흐르다 보니 그만… 무저동에 갇힌 여인을 풀어주는 것을 잊었다고 한다. 아마 죽었을 거라 생각했겠지……."

전신이 벼락을 맞은 듯이 부르르 떨렸다.

'왜 그리 비참한 운명이 어머니에게 닥쳤단 말인가!'

사실 어머니를 느껴본 적은 거의 없었다. 깊게 생각해 본 적도 그다지 많지 않았다.

그럴 수밖에 없었다. 아버지들도 별다른 말은 하지 않았었으니까.

그런데도 알 수 없는 분노가 가슴 깊은 곳에서 끓어오른다. 움켜쥔 두 손이 부들부들 떨려온다. 하지만 지금 당장은 아무것도 할 수 없다.

휘아는 힘이 없는 자신이 그저 원망스러울 뿐이었다. 한데 그때였다. 문득 한 가지 생각이 떠오르고, 휘아의 머리 속은 복잡하게 얽혀 들어갔다.

'그럼 낙양 유벽혜라는 이름은 뭐지?'

휘아의 의문을 알 길 없는 고봉천이 고개를 갸웃거리며 말을 이어간다.

"그런데… 이상한 것은… 그 시비는 궁주부인의 시비인지라 아이를 가져서는 절대로 안 되는 시비라는 것이다. 거참, 의원이 맥을 짚어 아이가 밴 것을 알았을 정도면 상당히 되었다는 것인데, 어찌 그런 사실을 아무도 몰랐는지……."

"모를 수도 있는 게 아닌가요?"

"다른 곳이라면 그렇겠지. 하지만 궁주부인의 주위에는 뛰어난 의원이 항시 대기하고 있는 데다 호위하는 고수들이 즐비하단다. 아이를 밴지 두세 달이 흘렀다면 절대 모를 수가 없단 말이지."

의혹에 차 있던 휘아의 눈이 면사 속에서 반짝 빛났다.

아버지들이 보기에 어머니는 누군가에게 속아서 무저뇌옥에 갇혔을 거라 했다. 게다가 기품있는 귀부인같이 보인다 했었다. 그렇다면…….

'아직 확실한 것은 아무것도 없다.'

자시가 넘어갈 무렵, 크고 작은 두 개의 검은 그림자가 망설임도 없이 무저동의 입구로 다가갔다. 고봉천과 휘아였다.

생각대로 무저정에는 지키는 사람이 없었다.

물레의 고리를 푼 고봉천이 휘아를 돌아보았다.

"괜찮겠느냐?"

"예."

동굴에는 휘아가 내려가기로 했다. 몸도 가벼웠고 무저동에 대해서는 휘아가 훨씬 잘 알기 때문이다.

휘아는 바구니에 몸을 담았다. 올라올 때는 바구니 밑에 매달렸는데, 내려갈 때는 바구니에 타고서 내려간다. 새삼 가슴이 벅차올랐다.

'염소아버지… 석두아버지……. 제발…….'

드르륵 드르륵.

물레가 풀린다.

십 장, 이십 장…….

가로로 찢어진 시커먼 동굴이 보이다 순식간에 사라진다.

삼십 장, 오십 장…….

넓어지는 무저동 아래에서 퀴퀴한 냄새가 풍겨온다.

우스운 일이다. 얼마나 됐다고 무저동의 냄새가 이상하게 느껴진단 말인가. 빌어먹을 일이다.

바닥이 가까워올수록 떨리는 가슴을 주체할 수가 없다. 휘아는 억지로 입을 열어 아버지들을 불러봤다.

"염소아부지! 석두아부지! 나 휘아야!"

"……."

메아리가 동굴을 울린다. 한데 아무런 대답이 없다.

그러면 안 되는데……. 아버지들은 휘아를 기다리고 있어야 하는데.

휘아야! 아버지들 여기 있다!! 하면서…….

불안감에 가득 찬 가슴을 안고 얼마를 더 내려갔을까.

턱!

바구니가 마침내… 바닥에 닿았다. 그리고… 볼 수 있었다. 부들부들 떨리는 두 눈에, 절대 보여서는 안 될 모습이 보이고 있었다.

염소아버지가 허공을 향한 채 누워 있다.

석두아버지가 그런 염소아버지를 끌어안고 있다.

두 사람의 주위로 밀가루로 만든 만두와 여러 가지 소채들이 나뒹굴고 있다.

오! 맙소사!!

"아·· 부·· 지······."

휘아는 두 아버지를 불러보았다.

대답이 없다. 허공을 향해 치켜뜬 염소아버지의 눈이 움직이지를 않는다.

오냐! 휘아야!

휘아, 왔구나!

반겨주어야 할 두 아버지가 말이 없다.

"아버지!!"

달려가 염소아버지를 바라보았다.

웃고 있었다. 우리 휘아가 무사히 나갔구나. 안심한 눈빛이었다.

석두아버지를 바라보았다.

눈물이 눈 주위에 자국을 만든 채 말라 있었다.

휘아야, 염소가 죽었다. 나 혼자 어떡하라고.

"아… 부… 지……!! 크윽!!"

털썩.

무릎 꿇고 불러보지만 한이 담긴 울음소리만 허공에 메아리칠 뿐이다.

죽었다! 아버지들이 죽었다!

조금만 기다리라니까. 왜! 왜!!

휘아가 온다고 했잖아!! 왜 조금을 못 기다린 거야!!

한 맺힌 절규에도 대답이 없다.

그때였다.

염소아버지의 옆에 천이 하나 펼쳐져 있는 것이 보인다. 글씨가 쓰여
있는 다 떨어진 옷이…….

휘아가 이 글을 볼 수 있었으면…….

휘아야, 늙으면 죽는 거란다. 울지 말아라. 그래도 무사히 휘아가 나갔으
니 얼마나 다행이냐. 놈들이 들어오지 않고 음식도 넣어주는 걸 보니 우리
휘아가 무사한 것 같아 마음이 놓인다.

휘아야, 이제 사람답게 살아라. 아버지들은 빼빼 옆에다 묻어주고…….
휘아야, 사랑했다……. 사랑했다…….

사랑했다! 사랑했다!

그래요! 저도 사랑했어요! 휘아도 아버지들을 사랑했다구요!

이제 세상으로 나갈 수 있게 되었는데! 이제 가족들 품으로 돌아갈 수 있게 되었는데!!

"으엉!! 아버지!! 아버지!!"

방울진 눈물이 한이 되어 가슴으로 스며들었다.

차곡차곡 쌓인 절규가 무저동을 가득 메워 버렸다.

눈물이 메마를 정도로 울었다. 얼마나 울었는지 머리가 멍할 지경이었다. 그래도 휘아의 마음은 가라앉을 줄을 몰랐다.

흐르는 눈물을 닦을 생각도 하지 않은 채 휘아가 비칠거리며 일어났다.

"아버지…… 빼빼아버지 옆에다 묻어줄게요."

염소아버지의 몸을 들어 빼빼아버지가 묻혀 있는 돌무덤가로 옮겼다.

왜 이리 가벼울까? 염소아버지의 몸이 이렇게 가벼운 것을 전에는 왜 몰랐을까? 살아 계실 때 자주 안아줬어야 하는데.

"미안해요, 아부지."

석두아버지의 몸도 옮겼다. 여전히 눈가에 눈물 자국이 남아 있다. 휘아는 손바닥으로 석두아버지의 마른 눈물을 닦아주었다. 문득 석두아버지가 웃고 있는 것처럼 느껴진다.

"아부지, 아프지 않게 덮어드릴게요."

하나하나 모나지 않은 돌을 모아 아버지들의 시신 위에 얹어줬다.

"세 분이서 싸우지 마시고 지내셔야 해요. 나중에… 시간이 날 때마다 휘아가 찾아올게요."

하나둘 쌓인 돌이 두 아버지의 몸을 다 덮자, 휘아는 처음으로 아버지들에게 큰절을 올렸다.

"아버지…… 휘아에게 멋진 사부님이 생겼어요. 사부님도 아버지들을 보고 싶어 했어요. 이제 늦었지만……."

휘아는 흘리는 눈물을 닦을 생각도 하지 않은 채 하염없이 무덤만을 바라보았다.

"두고 보세요, 휘아가 사람답게 사는지 어떤지. 아버지들이 저승에서 환하게 웃을 수 있도록 재미있게 살게요. 그리고 다시는 울지 않을 거예요. 눈물은 아버지들에게만 보일 거예요."

다시 한 번 큰절을 올린 휘아가 빙그레 웃었다. 눈물진 웃음이었다. 눈에선 눈물이, 입에선 웃음이…….

"저… 갈게요. 사부님이 기다리셔요. 참 좋은 분이에요. 살아서 친구가 되었으면 좋았을 텐데……."

엉거주춤 몸을 일으키던 휘아가 소맷자락으로 눈물을 훔쳤다.

"쳇, 다시는 울지 않는다고 했는데……. 저… 진짜 가요……."

고봉천은 혼자 올라오는 휘아를 말없이 바라보았다. 짐작은 했었다, 철광석이 올라오지 않는다는 말을 들었을 때부터. 그래도 한 가닥 희망은 버리지 않았거늘, 혼자서 올라온다. 입을 꾹 다문 채.

말라붙은 눈물 자국만이 휘아의 심정을 대변하고 있었다. 굳이 물어볼 필요가 없었다.

휘아가 바구니에서 뛰어내렸다. 아래를 내려다보는 눈길이 한없이 안쓰럽기만 하다.

천 마디 위로인들 어찌 휘아의 마음에 비할까. 고봉천은 아무런 말도 하지 않고 뒤돌아서 걸어갔다. 휘아도 뒤따라 걸어갔다.

머리 위에 떠오른 밝은 보름달만이 환한 빛으로 말없이 걸어가는 두 사제의 어깨를 다독이고 있을 뿐이었다.

4

태양은 여지없이 떠오른다. 그것은 자연의 법칙이었다. 어느 한 사람의 사정 따위는 봐주지도 않는다.

휘아는 밝아오는 태양빛이 창문을 비집고 들어올 때까지 미동도 하지 않은 채 앉아 있었다.

이제 아버지들은 휘아의 가슴속에 묻혀 버렸다. 한 가지 해야 할 일이 사라졌다. 슬픔은 가슴을 가득 채우고 있지만, 그렇다고 한없이 붙들고 있을 수도 없는 일.

이를 지그시 깨문 휘아의 주먹이 힘있게 움켜쥐어졌다.

'일단은 강해져야 한다! 그래야 다른 일을 할 수 있다! 저승에서 바라보는 아버지들이 실망하는 휘아가 되지는 않겠어!'

천천히 몸을 일으켜 창문을 열고, 구 노인이 다듬어놓은 정원을 바라보았다. 그곳에는 태양빛이 온 세상을 덮어버릴 듯 쏟아져 내리고 있었다.

식사를 마치고, 고봉천은 마주 앉은 휘아를 바라보았다.

어느 정도 마음이 안정되었는지 몸가짐에 흐트러짐이 없었다.

참으로 다행스런 일이었다. 어린 나이에 너무 큰 아픔을 겪으면 그 아픔이 가슴 깊숙이 파고들어 앙금이 되는 경우가 다반사였다. 한데 휘아는 다행히 그 아픔을 가슴속에서 삭여낸 것처럼 보인 것이다.

고봉천은 어린 휘아가 대견하단 생각에 고개가 절로 끄덕여졌다.

"아버지들에 대한 것은 나도 마음이 아프구나. 하나… 그분들도 네가 보다 더 잘살기를 바라실 것이다."

휘아의 고개가 깊숙이 숙여졌다.

"후우, 본래 며칠 더 지나서 시작할까 했다만, 너를 보니 크게 염려하지 않아도 될 듯싶구나. 괜찮겠느냐?"

"예, 사부님."

"휘아야, 살아가다 보면 무공도 중요하지만 그에 앞서 먼저 알아두어야 할 일이 있다. 너는 앞으로 이곳에서 당분간 살아가야 한다. 그러기 위해서는 무엇보다도 주변 상황에 대한 것을 먼저 알아야 할 것이다."

그랬다. 휘아는 지금껏 다른 세상에서 살아왔다. 당장 휘아에게 필요한 것은, 어쩌면 무공보다 단순한 세상의 흐름에 대한 것이라 할 수 있을 것이다.

"가르침을 주세요."

"먼저 철혈성에 대한 것을 이야기해 주마. 어찌 보면 너 역시 철혈성에 적을 두고 있다고 봐야 하니까 말이다."

고봉천의 입이 열리고, 회한에 찬 듯한 목소리가 조용히 휘아의 귓전을 파고들었다.

"오랜 동안 철혈성은 섬서삼세(陝西三勢)의 하나로 불리긴 했지만, 강호 전체를 놓고 보면 삼십위권에 겨우 들어갈 정도의 문파였다. 물론 그것도 대단하다면 대단하다 할 수 있었다. 그러다 전대의 성주이자 사부이신 철혈패황(鐵血覇皇) 철무경님이 성주 위에 오르고 철혈의 도전을 선언하면서, 철혈성은 삼십 년 만에 무림팔패 중 하나로 섬서의 하늘이되었다. 심지어 삼세의 둘이자 구대문파에 속해 있던 종남이나 화산조차철혈성의 눈치를 봐야 할 정도가 되었던 것이지. 철혈성을 팔패의 하나로 올려놓았던 철혈의 도전은 그다지 특이할 것이 없는 쟁투 방식이었다. 그러면서도 그 어느 문파도 쉽게 생각할 수 없는 방식이었다. 문파대 문파의 세력전에선 집단전이 일어날 수밖에 없다는 강호의 통념을 송

두리째 뒤집어 버리는 것이 바로 그것이었으니까. 오직 일 대 일의 대결, 열 명을 내세우든 백 명을 내세우든 모든 대결이 일 대 일의 대결이었다. 철무경님은 그것을 철혈의 도전이라 이름 붙였다. 그 어느 세력이고, 철혈성을 넘보기 위해선 철혈의 도전법에 따라 도전을 해야 했다. 또한 그 누구라도 철혈성에 불만이 있는 자는 개인적으로 도전할 수가 있게 되었다. 그 모든 것이 철혈의 도전이라는 이름 하에 행해졌다. 그러자 무인임을 자부하는 자들이 폭풍처럼 열광하며 철혈성으로 모여들었다."

고봉천의 회상에 잠긴 두 눈이 허공에 걸렸다.

"대사형은 철혈성을 향한 도전에 언제든 최전방에 섰었다. 그리고 상대의 선발들을 꺾어나갔지. 한 번, 두 번… 열 번……. 처음에 강호의 세력들은 철혈성의 무위를 알아보기 위해 평범한 무사들을 내세웠다. 그러나 시간이 지나자 선발의 중요성이 대두되기 시작했다. 그것은 무사들의 사기도 사기지만, 문파의 자존심과 직결된 것이었으니까. 때론 대사형 혼자서 열 명의 무사를 차례대로 상대한 적도 있었다. 그걸 보고 철혈성의 무사들은 대사형을 공명심에 눈먼 자라 손가락질하기를 주저하지 않았지. 하지만 시간이 흐르고, 강호의 내로라하는 고수들이 차례차례 무너지자, 그제야 대사형을 보는 사람들의 눈들이 달라지기 시작했다. 젊은 무사들은 열광하며 환호했고, 철혈성에 몰려든 낭인무사들은 충성을 맹세했다. 그러는 사이, 어느덧 대사형은 철혈성 제일의 영웅이 되어 있었다. 그 당시 방구석에 처박혀 당금의 성세를 만끽하고 있던 원로들은 굳이 그렇게 안 하더라도 충분히 감당할 여력이 있다며 대사형의 위업을 깎아내리기에 여념이 없었다. 대사형이 백여 회에 이르는 철혈의 도전에서 단 한 번도 지지 않고 전승을 거두자, 강호인들이 그에게 무적철검이라는 별호를 지어준 것을 못마땅하게 생각한 것이었지. 우습지도 않게 말이다. 무적철검(無敵鐵劍) 철운양. 대사형이 철혈의 도전에 나선 지 오

년, 그 이름은 신화가 되어가고 있었다. 그리고 마침내… 성주 후보에 대사형의 이름이 거론되었다. 놀라운 일이었지. 전쟁 고아로 떠돌던 거지가 철혈성에 들어와 우연히 성주의 눈에 띄어 제자가 되고, 철가 성을 받은 지 이십 년 만의 일이었으니까. 한데… 그 며칠 후, 대사형은 아무에게도 알리지 않고 성에서 모습을 감추어 버렸다. 사랑하는 여인을 찾아 성을 떠났다는 등, 수많은 의문만을 남겨놓은 채. 그때 당시 비영검단을 이끌고 섬서 일대를 휘젓고 다니던 나는 대사형이 사랑하는 것은 검뿐이라 생각했기에, 그런 소문을 헛소문이라고 단정했었다. 그렇게 대사형이 사라진 후, 성은 수많은 도전을 받아야 했다. 그것은 피할 수도, 피해서도 안 되는 철혈의 도전이었다. 그제야 사람들은 자신들이 질시했던 대사형의 능력이 얼마나 대단했었나를 절실히 깨닫게 되었다. 수많은 난관을 뚫고 대사형이 다음 대 성주 후보가 되었을 때, 얼마나 많은 반대가 있었던가. 나이 먹은 자들은 자신들의 후계자를 그 자리에 올리지 못해서, 그들의 후계자라는 자들은 연고도 없는 비렁뱅이가 어찌 성주가 될 수 있느냐며 반대를 했었다. 오직 젊은 무사들만이 자신들의 영웅을 환호할 뿐이었다. 그러다 그가 느닷없이 사라지고 나자, 그들은 느낄 수 있었지. 그의 빈자리는 감히 그들이 채울 수 없는 커다란 공백이었다는 것을 말이다. 어리석은 자들……. 처음에는 그가 있고 없고가 무슨 상관이냐고 생각했었다. 철혈의 도전이라는 것이 일 대 일의 도전이었고, 그 도전에 맞설 고수들이 철혈성에는 즐비했으니까. 한데……. 일 년이 지났다. 두 번의 도전을 모두 막아냈다. 십수 명의 고수들을 희생시키고. 이 년째, 다섯 번의 도전이 이루어졌다. 네 번을 막아내고 한 번은 막아내지 못했다. 백여 명에 달하는 고수들이 죽거나 중상을 입었다. 그러고도 철혈성은 감숙으로 넘어가는 연천 일대를 현천문에 넘겨줘야 했다. 삼 년째, 마침내 종남이 검을 들이댔다. 사 년째, 화산마저 검을 들이댔다. 오

년이 되었을 때, 사부님께서 돌아가시자 그분의 아들이자 나의 이사형인 철운성이 성주가 되었다. 그러자 섬서의 대문파들이 앞 다투어 도전을 신청했다. 육 년이 지났을 때, 철혈성은 성문을 닫고, 앞으로 철혈의 도전은 더 이상 존재치 않음을 선언했다! 아느냐? 철혈의 도전이 사라졌단 말이다!"

울분에 찬 고봉천의 말이 거세게 떨려 나오다 서서히 수그러들었다.

"수백 고수가 죽어간 철혈성은 더 이상 무사들에게 꿈의 대지가 아니었어. 무사들의 무덤일 뿐······. 철혈의 무사들이 하나둘 떠나간 철혈성은 본성의 제자들만이 남은 채 오랜 침묵에 빠져들었지. 그렇게 철혈성이 단 육 년 만에 거대한 힘을 모두 잃어버리자, 분란이 일었던 각 지역이 허공에 뜨면서 각 문파 간에 영역을 차지하기 위한 싸움이 벌어졌다. 그야말로 섬서 일대가 피 냄새로 뒤덮여 버렸지. 그러나 그 싸움도 그리 오래가지는 못했다. 종남과 화산이 더 이상의 분쟁을 용납지 않겠다는 포고령을 내렸거든. 섬서에서 감히 두 문파의 비위를 거스를 문파는 그 어디에도 없었어. 휘아야, 우습지 않으냐? 그 덕분에 철혈성 역시 그 존재나마 보존할 수 있었으니 말이다. 허허허······."

허탈한 웃음이 고봉천의 입에서 터져 나왔다.

기나긴 이야기였다. 흥망성쇠가 뭉뚱그려진 이야기였다.

무림을 뜨겁게 달궜던 젊은 영웅에 대한 이야기도 있었고, 스러져 간 철혈의 도전에 대한 이야기도 있었다.

"···그때부터 철혈성은 말 그대로 종이고양이가 되어버렸다. 대사형이 사라지고나서부터지······."

마치 모래 속으로 스며드는 빗물처럼 고봉천의 말이 가라앉았다.

뜻밖의 이야기였다. 언뜻 듣기는 했었지만 설마 이 정도일 줄은 몰랐다.

이백 명도 되지 않는 무사들, 그나마 일류라 할 수 있는 고수들은 삼십 명도 채 되지 않는다고 한다. 물론 그 정도로도 중소문파에서는 제법 강한 문파라 할 수 있지만, 예전의 성세에 비하면 이 할도 채 되지 않는 전력이었다.

거대한 전각군이 수리 보수할 돈이 없어 방치되고 있는 판국이라고 한다. 그러다 보니 무저동의 철광석조차 적지 않은 도움이 되어 무저동을 폐쇄시키지 않고 있었다고 한다.

"그나마 화산과 종남의 선언이 있었기에, 봉문한 본 성을 욕심내던 자들이 겉으로나마 칼을 들이대지 않는 게지."

한탄스런 음성이 방 안을 휘돌다 내려앉는다.

"최근에 성주이신 이사형께서 제자들을 키우고 있다고 한다. 성주의 심중에 어떤 생각이 있는지 짐작은 간다만… 그 결과는 아무도 알 수 없는 일이지. 게다가 철혈관을 다시 열었다는 말도 들었다. 철혈무각을 개방했다는 말도 들리고……."

철혈관은 무인의 몸을 만들기 위한 관문이었다.

근력, 지구력, 정신력을 기르는 세 개의 관문으로 된 철혈관은 험한 만큼 통과하기만 하면 무공을 익히기에 최적의 몸 상태를 만들어주는 것으로 유명했다. 문제는 그만큼 통과하기가 쉽지 않다는 것이다.

일반적으로 열 명이 들어가면 세 명 정도가 통과할 정도였다. 십 년 전에는 들어가는 사람들이 많아 통과하는 사람도 많았지만, 세월이 지나면서 들어가는 사람이 적어지자 나오는 사람도 적어졌다.

그러다 보니 철혈관의 유지비만도 벅차 할 지경이 되었다. 결국은 오 년 전에 관문을 폐쇄해 버렸다. 그런 철혈관이 다시 문을 열었다는 것은 보통 일이 아니었다.

하지만 알고 보면 고육지책이었으니… 먹고살기 위해 철혈관을 타 문파의 제자들도 이용할 수 있게 개방을 한 것이다. 그 대가로 적지 않은 돈을 받고.

고봉천은 통탄할 마음이었지만 그나마 남아 있는 철혈성의 사람들도 먹고는 살아야 했으니 어찌할 건가. 성주의 마음도 결코 편치 만은 않았으리라.

고봉천이 고개를 저으며 말을 이어갔다.

"철혈관은 굳이 들어가지 않아도 된다. 하나……."

어느 순간 말을 이어가던 고봉천의 눈빛이 굳어진 채 휘아를 똑바로 직시했다.

"하나… 철혈무각은 네가 꼭 들어가 봐야 할 곳이다. 나는 성주께 제자를 들였음을 이야기할 것이다. 그리되면 네게도 철혈무각에 들어갈 수 있는 자격이 주어질 것이다."

철혈무각은 철혈성의 역사가 살아 숨 쉬고 있는 상징적인 곳이었다. 이백 수십 년에 걸쳐 얻은 무공이 모여 있는 곳, 하지만 절정의 무공은 없다는 것이 통설이었다.

비록 철혈무각이 성주의 허락을 받아야만 들어갈 수 있는 곳이라지만, 십인대주 이상만 되면 한 번쯤 들어갈 자격이 주어지는 곳이었으니, 그런 곳에 절정의 무공이 있겠는가 하는 것이 모든 사람들의 생각이었다.

하지만 그렇게 생각하지 않는 사람들도 극소수는 있었다. 그중 한 사람이 고봉천이었다.

"우리 사형제들만 아는 이야기다만, 대사형께선 그곳에서 힘을 얻었다. 그렇다면 그곳에 무언가가 있다는 말이다. 찾지 못해서 그렇지."

사부의 대사형, 무적철검 철운양.

좀 전에 들었을 때 가슴을 뛰게 했던 이름이다.

위대한 무사라 불리기에 부족함이 없었다는 사람. 자신에게는 사백이 되는 사람의 이름이었다.

"그곳에서 무엇을 찾고 못 찾고는 너에게 달려 있다. 이사형은 그곳에서 무언가를 찾기 위해 삼 년을 허비했다. 그러다 거의 미칠 정도가 되어서 포기해 버렸다."

휘아가 놀란 표정으로 고봉천을 올려다보았다.

"삼 년이나 찾고도 못 찾았어요?"

"그렇다. 후우, 원래 순한 사람이었는데, 어쩌면 그때부터 편협한 성격이 된지도……."

고봉천의 눈가에 아련한 아쉬움이 스쳐 지나갔다.

"다만… 대사형이 지나가는 말처럼 남긴 말이 있다. '드러난 것을 보면 볼 수 없고, 무념으로 보면 볼 수 있을 것이다' 라고 말이다."

"드러난… 무념으로……."

독백하듯이 중얼거리는 휘아를 바라보던 고봉천의 입가에 씁쓸한 웃음이 걸렸다.

자신도 그 말을 듣고 철혈무각에서 석 달을 보냈었다. 비록 자그마한 것을 얻기는 했지만, 끝내 사형이 얻었을 법한 절정의 무공은 찾지 못했다. 그래도…….

'혹시 아나? 휘아가 찾을지…….'

철혈성에 대한 이야기로 하루를 다 보냈다. 휘아도 이제는 철혈성에 대해 조금은 안다 할 수 있을 정도로 많은 이야기를 들었다. 그리고 다음 날부터 기본적인 무공을 배우기로 했다.

5

다음날 아침, 휘아가 들어오자 고봉천은 우선 휘아의 몸 상태를 점검

해 보기로 했다.

겉으로 봐서는 약한 몸 같으면서도 일전에 나무를 내려올 때 보여줬던 모습이나, 내부에 간직한 제법 많은 내력을 봐서 그리 우려할 정도는 아닐 거라는 생각이 들었다.

자신이 비록 오랫동안 유폐되어 있었고, 무공을 수련한 지도 오래되었다 하지만, 그 정도는 보고, 생각할 수 있을 능력은 되었던 것이다.

그래도 정확한 신체의 상태를 아는 것은 매우 중요한 일이었다. 그래야 현재의 신체에 맞는 무공을 전해줄 수 있을 테니까.

일단 손끝에서부터 하나하나 살피기 시작했다. 한데 미처 팔을 살펴보기도 전에 고봉천의 눈이 휘둥그레 커져 버렸다.

'굉장한……!!'

상아빛 근육이 마치 탄력 좋은 무소의 뿔을 여럿 겹쳐 놓은 것 같다. 한 점 불필요한 근육이 보이지 않는다. 누르면 튕겨 나오는 근육은 그 어떤 것보다도 부드럽다.

고봉천은 여태껏 이런 근육에 대해서는 듣지도 보지도 못했었다. 대체 어떻게 해야 이런 근육이 되는지도 알 수 없었다.

자신도 모르게 탄식이 터져 나왔다.

"대체… 이런 근육이라니……."

휘아가 조그마한 목소리로 입을 열었다.

"어렸을 때부터 석두아버지가 가르쳐 줬어요. 몸이 튼튼해야 뭐든지 할 수 있다면서……."

휘아의 말을 들을수록 고봉천은 놀람을 금할 수가 없었다. 그러다 석두아버지가 가끔씩, 아니, 자주, …매일, 두들겨 팼다는 말에 벌컥 성을 냈다.

"아니! 그 양반이 애를 잡으려 작정했나? 도대체 어린애한테 무슨 짓을·· 험, 험······."

소리치다 무안한지 헛기침을 하는 사부의 모습에 휘아는 빼빼아버지
가 하던 말이 생각났다.

'아예 애를 잡아라! 잡아! 무식한 놈!!'

그분도 사부처럼 소리쳤었다.

"어쨌든·· 더 이상 단련에 대해선 걱정하지 않아도 되겠구나."

어깨를 거쳐 다리까지 살펴본 사부의 얼굴에 환한 웃음이 피어난다.

"됐다. 철혈관을 거치지 않는 것을 조금은 걱정했는데 그럴 필요가 전
혀 없구나. 정말 대단한 아버지를 두었었구나. 휘아는······."

"예······."

다음에는 내력을 살펴보았다. 한데 명문을 통해 휘아의 몸에 내력을
밀어 넣던 고봉천의 표정이 기이하게 변했다.

얼마의 시간이 지나고 손을 뗀 고봉천이 휘아를 보며 물었다.

"이상하구나. 분명 너에게서 느껴진 것은 족히 이십 년은 수련한 것
같은 내력이었는데 어째 단전에 고인 것은 극히 미미한 내력뿐이
니······."

"저도 잘은 몰라요. 단지 힘을 끌어올리면 몸 전체에서 힘이 몰려들다가
어느 순간 위아래로 갈려요. 그리고 힘을 풀면 사방으로 흩어져 버려요."

문득 고봉천은 기이한 생각이 들었다. 단순히 아래도 아니고 위아래라
고 했다. 게다가 사방에서 몰려들었다가 다시 온몸으로 퍼져 나간다고도
한다. 일반적인 생각으로는 도저히 이해할 수 없는 이야기였다. 그렇다
고 휘아가 거짓말은 하지 않았을 테니 믿지 않을 수도 없었다.

"아무래도 네가 익힌 삼령문의 법이라는 것에 그런 효능이 있는 것 같
구나. 좀 더 두고 봐야겠다만 탁한 기운은 아니니 걱정할 필요는 없을 것
같다. 정 뭐하면 처음부터 다시 시작한다 생각하고 배우면 될 테니까."

"예, 사부님."

부드럽던 고봉천의 눈빛이 깊게 가라앉았다. 한마디 한마디 조용히 흘러나오는 말에도 힘이 실리기 시작했다.

"일단 내공심법부터 시작해야겠다. 이 사부가 가르쳐 줄 심법은 무연관천심법(無然貫天心法)이라는 것이다. 본래 이름은 철혈관천이라 불리는 강(强)을 주요시하는 것이었다만, 인연이 닿아 얻은 무연심공을 참오하면서 부드러움(柔)을 얻게 되었다. 그래서 이름에서도 철혈이라는 말을 뺀 것이다."

휘아의 눈도 한없는 무저의 늪처럼 가라앉았다. 내려앉는 것은 무엇이든 빨아들일 것처럼.

"사부는 익히기는 했지만 대성하지는 못했다. 무연심공을 너무 늦게 익혔기 때문이다. 하나, 너라면 능히 대성할 수 있을 거라 생각한다. 휘아야, 부단한 노력만이 모든 완성의 첩경임을 명심해야 할 것이다."

"명심하겠습니다, 사부님."

. 6

무공을 배우기 시작한 지 열흘이 흘렀다.

아직 기본적인 것을 배울 뿐이지만, 휘아는 하나하나 정성을 기울여 익혀 나갔다. 그중 하나가 철혈십팔검이었다. 철혈십팔검은 철혈성의 무사라면 누구나 배우는 검식이었다.

사부께선 철혈십팔검에 각종 무기의 특성이 모두 들어 있다며 검을 주무기로 삼든, 그렇지 않든, 절대 소홀히 하지 말라 하셨다.

새벽에 일어나 운기행공을 하고 나면 제일 먼저 철혈십팔검을 펼쳐 본다. 한 시진에 걸쳐 모든 정신을 집중해 반복하다 보면 등에 땀이 배일 정도이다. 그러는 사이, 해가 둥실 소령산 너머로 얼굴을 내민다.

하루에도 몇 번씩 반복되는 수련이었지만, 휘아는 절대 급하게 마음먹지 않기로 했다. 이미 무저동에서부터 반복된 수련이 몸에 배었기에 그리 지루한 것도 느낄 수 없었다. 더구나 철혈십팔검은 빼빼아버지에게 배웠던 무공에 비하면 훨씬 고급 무공이 아닌가.

까짓것 삼재검이나 팔괘권만 가지고도 몇 년을 익혔거늘…….

"후우, 이제 형(形)은 그럭저럭 잡혀가는 것 같구나."

뭉툭한 철검을 갈무리하며 이마에 배인 땀을 닦고 돌아설 때였다. 아침 식사를 하자며 연연이 찾아왔다.

무공을 배우면서부터는 사부님의 가족과 식사를 같이한다. 모두가 휘아를 반겨주었다. 특히 사모님이신 정청화가 더 좋아했다. 아들이 하나 생긴 것 같다나.

잠시 머뭇거리자 연연이 빽 소리친다.

"오빠, 뭐 해? 식사하러 안 갈 거야?"

"어? 어, 그래. 가자!"

며칠 전이었다. 복면을 벗은 모습을 보고 싶다고 어찌나 졸라대는지 한 번 보여줬었다.

"우와! 오빠 되게 이쁘다!"

기왕 같은 말이면 멋지다고 해야지 이쁘다가 뭐야?

좌우간 그때부터였던 거 같다, 아침마다 데리러 오는 것이.

어제도 보여달라는 것을 장난하느라 얼굴 닳는다고 안 보여줬다. 그랬더니 삐쳤나 보다. 말투가 바늘로 콕콕 찌르는 것 같다.

쫄랑거리는 연연과 같이 정원을 가로질러 갈 때였다.

정원에서 나무를 손질하는 구 노인이 보였다. 자주 보는 모습이었기에 이상할 것도 없는 모습이었다. 한데 오늘따라 자꾸 시선을 잡아끈다.

휘아가 구 노인에게 정신을 집중하자 연연이 토라진 목소리로 휘아를 불렀다.

"오빠! 연연이 말 안 들을 거야?"

헛! 안 듣는다고 감히 말할 수 없다. 하루 종일 연연의 수다에 시달리는 것을 감내할 거라면 몰라도.

"그럴 리가? 이렇게 예쁜 연아의 말을 어찌 오빠가 외면한단 말이냐?"

"피이……."

그래도 예쁘다는 말에는 기분이 좋은지 더 이상 따지지 않는다.

'휴, 나도 많이 늘었군. 풋!'

웃음을 흘리던 휘아의 눈이 다시 구 노인에게로 향했다. 연연은 기분이 좋은지 더 이상은 따지지를 않는다.

구 노인의 손이 가지 하나를 친다. 잘린 나뭇가지가 떨어진다.

또 다른 가지를 친다. 또 떨어진다.

휘아의 눈이 못이 박힌 듯 떨어지는 나뭇가지를 쳐다본다. 아니, 정확히 말하면 떨어지기 직전의 나뭇가지를 바라본다.

'분명 잠깐 멈췄다. 칼은 지나갔건만 나뭇가지는 잠깐 붙어 있었다.'

흔히 빠르게 가지를 치면 그럴 수는 있다. 하지만 무게 때문에 바로 떨어진다. 붙어 있는 시간에 한계가 있다는 말이다. 그런데 구 노인이 친 가지는 그 한계를 벗어나 있었다. 천천히 자르는 데도.

구 노인이 힐끔 휘아를 바라보았다. 의미 모를 미소가 구 노인의 입가에 매달린 것처럼 보인다.

구 노인이 한숨을 내쉬며 말했다.

"에구, 이 녀석들이 떨어지기 싫은가 보구나."

모든 것이 그야말로 잠깐 숨 한두 번 내쉴 정도의 시간에 벌어진 일이었다. 연연하고 세 걸음 정도가 벌어진 짧은 시간이었다.

"빨리 와! 오빠! 뭐 해?"

"아, 알았다."

7

그날부터 한 달이 흘렀다.

가끔씩 구 노인의 가지 치는 모습이 떠올랐지만 휘아는 억지로 잊기로 했다. 아니, 잠시 깊은 곳에 담아놓기로 했다. 아직 자신이 깨닫기에는 스스로가 모자란 감을 많이 느끼고 있었던 것이다.

사부님께서도 자신의 말을 듣고 빙그레 웃기만 하셨었다. 다만.

"구 노인은 내가 어렸을 때도 이곳에 계셨던 분이시다. 그분의 진실된 정체를 아는 사람은 아무도 없단다. 혹, 돌아가신 사부님이라면 아실까? 아무에게도 자신을 드러내지 않으시는 분인데, 휘아가 마음에 드셨나 보구나. 하지만 우선은 기본을 충실히 하는 데 전념하거라. 인연이 있으면 뭔가 배울 수 있겠지."

그렇게 한 말씀만 하셨었다.

하루하루가 흐를수록 내력을 도인하는 것이 자유로워졌다.

단전에도 내력이 고이기 시작했다. 온몸에 퍼져 있던 내력이 무연관천심법의 운용결에 따라 단전으로 모이고 있는 것이다. 사부께서 짐작했던 이십 년의 공력이었다.

하지만 휘아는 또 다른 기운이 움직이고 있는 것을 느끼고 있었다. 그 기운은 무연관천심법의 운용결에는 움직이지 않던 기운이었다. 오직 삼령문의 법에 의해서만 움직이는 기운이었다.

휘아는 망설이다가 사부님께 여쭈어보기로 했다. 잘못된 내력의 운용은 자칫 큰 화를 불러온다 들었던 것이다.

휘아의 말을 들은 고봉천은 속으로 크게 놀랐지만 전처럼 표를 내지는 않았다. 그간 휘아 때문에 놀란 경우가 워낙 많았기 때문에 면역이 된 것이다.

"흠, 그래? 방해가 되지 않는다면 두 가지를 다 익힌다 해도 그리 무리가 가지 않을 성싶구나. 어차피 따로 노는 기운이라면 말이다."

"예, 사부님."

"그리고 그 혈련삼환가 뭔가, 그것은 소득이 좀 있느냐?"

"그저 겉만 핥고 있는걸요."

휘아는 사부에게 뭐든지 감추지 않겠다고 작심한 때부터 모든 것을 사부께 다 말했었다. 오보천환도, 혈련삼화도.

일전에 걷는 법을 배웠다는 휘아의 말에 사부는 빙그레 웃으며 한 번 해보라고 했다가 기겁하며 놀랐었다.

"맙소사! 오보천살의 오보천환!!"

그리고 휘아에게 다짐을 하게 했었다.

"절대 남에게 함부로 보이지 말거라, 네가 힘을 얻을 때까지는."

오보천살 이진생은 은원이 복잡한 사람이라는 말도 그제야 들을 수 있었다. 아직도 오보천살과 은원이 있는 사람이 있을 거라는 말과 함께.

하지만 광량에 대해서는 사부도 처음 들어보는 이름이라고 했다. 다만, 매우 심오한 무공 같으니 꾸준히 익혀보라는 말만 했다. 아직 일천한 깨달음만을 얻은 휘아의 시전에 고봉천도 혈련삼화의 무서움을 제대로 알아볼 수 없었던 것이다.

8

어느덧 무저동을 나온 지 석 달이 흘렀다.

휘아의 나이도 열일곱이 되었다. 정확하지는 않지만 아버지들이 나름 대로 신경 써서 생일을 챙겨줬었다.

며칠 틀린 게 문제냐? 그래도 생일은 있어야지!

휘아의 생각대로라면 오늘이나 내일쯤이 아버지들이 만들어준 생일일 것이다.

다시는 눈물을 흘리지 않기로 작정했으니 눈물은 흘리지 않았다. 그래도 무슨 일이 있을 때마다 아버지들이 생각나는 것은 어쩔 수 없었다. 그럴 때마다 휘아는 무저동이 보이는 숲을 찾아갔다.

'쳇! 그거 조금을 기다리지 못하고…….'

그리고 오늘도 숲을 찾아왔다. 하지만 무저동을 보기 위한 목적만은 아니었다.

숲 사이로 보이는 무저동은 이제 적막만이 흐르고 있었다. 죄수가 없으니 지킬 사람도 필요가 없었다. 그러다 보니 무저동은 사람들이 가기를 꺼려하는 장소가 되어버렸다. 어찌 보면 휘아에게는 잘된 일이기도 했다.

잠시 무저동 쪽을 바라보다 설레설레 고개를 저은 휘아는 고목나무 위로 신형을 날렸다.

이제 이 장 정도는 가뿐히 뛰어오를 수 있었다. 사부께 배운 비월신영으로.

다시 두 번을 더 도약하자 전에 자신이 사부를 만났던 곳, 움푹 파인 곳에 도착할 수 있었다.

요즘은 이곳을 자주 찾는다. 다른 이유가 아니었다. 태양과 좀 더 친해지기 위해서였으며, 또한 천양의 법을 익히기 위해선 이곳만한 장소가 없었기 때문이다. 게다가 가끔씩 무저동에 가까이 다가가 볼 수도 있었으니…….

아래서는 보이지 않는 곳이었지만, 휘아는 좀 더 주위를 살펴본 후 옷을 벗었다. 면사도 벗었다.

실오라기 하나 걸치지 않은 상아빛 나신이 드러났다. 나뭇잎 사이로 내리 쏘는 햇빛이 휘아의 나신을 두들겨 댔다.

두 눈을 감은 휘아의 전신에서 아지랑이 같은 붉은 열기가 피어오른다. 아지랑이는 허공에서 하늘하늘 춤을 추다가 서서히 휘아의 전신모공으로 빨려 들듯이 사라져 간다. 두 번, 세 번 반복될수록 피어오르는 아지랑이가 뚜렷한 형상을 갖췄다.

몸도 붉게 달아올랐다가 다시 본래의 색깔을 찾기를 반복했다.

얼마나 지났을까. 아마 반 시진은 족히 지났을 때였다. 휘아는 두 눈을 뜨더니 긴, 너무 길어서 끊어지지 않을 것 같은 긴 숨을 내쉬었다.

한 달 열흘이 되었다. 태양과 친해보겠다고 마음먹은 것이. 그리고 찾은 방법이 태양에 몸을 맡겨보자는 것이었다.

완전히 드러낼 수는 없으니 나뭇잎이 햇빛을 반쯤 가린 숲을 찾았고, 숲을 들어와 보니 아무도 볼 수 없는 이곳이 생각났던 것이다.

처음에는 몸이 타는 줄 알았다. 이를 악물고 천양의 법을 암송하며 기운을 이끌었다. 그러던 어느 순간 마침내 척추와 머리에 머무르던 기운이 반응하기 시작했다.

전신을 태울 듯하던 기운들이 천양의 법을 따라 흡수되기 시작했다. 그것은 순수한 양의 기운이었다.

시일이 지나자 천양의 기운이 커지기 시작했다. 그리고 하나의 길을 따라 자리잡기 시작했다. 바로 양기의 바다, 독맥의 혈, 척추의 선을 따라 곳곳에 자리잡기 시작한 것이다. 그야말로 일거양득이었다. 태양과도 친해지고 천양의 기운도 커지고.

그리고 약하긴 하지만 또 하나의 기운이 점점 모양을 만들어가고 있었다. 단전에 자리잡았던 차가운 기운, 일명 영양제의 기운이 천양의 기운을 식히기 위해 본신의 기운과 합쳐지면서 음맥에 깨알만한 싹을 틔우기 시작한 것이다.

휘아는 몸을 돌아보았다.

상아빛 피부에 이제는 조금이나마 황동빛이 돈다. 햇빛을 보는 것도 그리 무리가 가지 않았다. 이제는 면사를 벗어도 될 성싶었지만 사부님의 말도 있고 해서 당분간은 그대로 쓰기로 했다.

한데 천천히 옷을 걸치는 휘아의 표정이 그리 밝지가 않다.

"요즘 사부님께서 뭔가 심각하니 고민하시는 것 같던데……."

십여 일 전부터 사부님의 안색이 굳어 있다는 느낌을 받았다. 왜인지는 모른다. 다만 무슨 걱정거리가 있는 것 같기는 했다. 하지만 휘아가 어찌할 수 있는 일은 아니었다.

옷을 다 입은 휘아는 면사를 걸치고 거목 위에서 뛰어내렸다.

한줄기 바람에 실리듯 자연스런 그의 몸놀림은, 지나가던 새조차 감탄할 정도로 부드러웠다. 오죽하면 고봉천이 기본 신법을 건너뛰어 곧바로 비월신영을 가르쳐 줬을까 싶을 정도였다.

땅을 밟기가 무섭게 다시 뛰어오른 휘아가 장원의 담을 넘어 사부의 방으로 갈 때였다. 저만치 누군가가 오고 있는 것이 보였다.

백의를 입은 중년인, 결코 일반 무사에게서는 볼 수 없는 중후한 기품이 풍기고 있는 사람이었다.

'누구지?'

처음으로 보는 사람이었다.

석 달간 이곳을 찾은 사람은 거의 없다시피 했다. 그러다 보니 처음 보는 사람이 상무원을 찾아온 것은 그의 관심을 끌고도 남는 일이었다. 더군다나 언뜻 봐서도 대단한 기운이 풍기는 자라면 더욱더 그러했다.

가만히 서서 그 사람을 바라보고 있자 상대 역시 의외라는 눈으로 휘아를 바라본다.

그자와 삼 장 거리로 가까워지자 휘아는 묻지 않을 수 없었다.

"뉘신지요? 이곳은 함부로 들어올 수 없는 곳입니다만……."

"누구냐……."

중년인이 의아한 표정을 지으며 재미있는 것이라도 발견한 양 눈매를 씰룩거렸다.

"그러는 너는 누구지?"

"저는……."

일시지간 할 말을 찾지 못한 휘아가 머뭇거리자 중년인이 웃기지도 않는다는 투로 몰아붙였다.

"너는 누군데 내 집에 와서 주인더러 누구냐고 묻는 거지? 더구나 얼굴까지 가리고 말이야."

내 집? 주인?

"저는 이곳에 살고 있습니다만 대체 어른께선 뉘시기에 그리 말씀을……."

휘아가 면사 안에서 얼굴을 굳히고 대답할 때였다. 한 소리 나직한 음성이 뒤쪽에서 들려왔다.

"휘아야, 물러나거라."

사부님이었다.

"사형께선 아이를 데리고 장난하는 것이 재미있으신가 보군요."

사형? 휘아는 재빨리 생각을 더듬어봤다.

사부님께서 사형이라 부를 만한 사람은 이 세상에 세 사람뿐이다. 그중 대사형은 행방이 묘연하다. 그리고 한 사람은 철혈성을 떠나 있다. 나머지 한 사람은…….

'헉! 맙소사! 그럼 저 사람이 철혈성주 철운상!!'

그랬다! 한때 천하를 팔분했던 대철혈성의 성주였다가 지금은 몰락한 그저 그런 문파, 철혈성의 주인!

다시 사부의 목소리가 들렸다.

"뭐 하느냐? 사백께 인사드리지 않고?"

"휘아가 사백께……."

"잠깐! 잠깐!"

손을 저어 휘아의 인사를 제지한 철운성이 의미심장한 눈으로 고봉천을 쳐다보았다.

"흠, 사제에게 제자가 생겼다는 말은 보고를 통해 들었네만. 아직 본좌의 사질로 인정하기에는 좀 그렇군."

"무엇이 말씀입니까?"

"본좌의 사질이 된다는 것은, 곧 철혈성주의 사질이 된다는 말이네. 그 말이 무엇을 뜻하는지 사제가 모르지는 않을 텐데……."

고봉천이 씁쓸한 미소를 배어 물었다.

"어찌 소제가 그걸 모르겠습니까."

충분히 안다. 성주의 사질이면 곧 성주의 후계 서열에도 들어갈 수 있다는 말이었다. 비록 서열은 낮지만.

"그 말은 저 아이가 본좌의 사질이 될 자격이 있다는 말이겠지?"

고개를 끄덕이는 고봉천의 눈이 가늘게 떨렸다.

"사형께서 어떤 생각을 하시는지는 알겠습니다만……."

"안다?"

"죄송합니다."

"아! 뭐, 죄송할 것까지는 없고, 그래, 인사는 받아보지! 한데 면시는 또 뭔가?"

"아이가 눈이 안 좋아서 당분간 햇빛을 피해야 하기 때문에 그렇습니다. 이해해 주십시오."

"흠! 그래?"

철운성이 휘아를 향해 돌아섰다. 휘아를 보는 그의 눈에서 차가운 광망이 번뜩였다.

휘아는 눈을 찌르는 안광에 이마를 찌푸리며 온몸의 기운을 풀었다. 왜 그래야 하는지 정확히 몰라도, 왠지 그러는 게 나을 것 같았다.

찰나간 그렇게 있던 휘아가 고개를 숙이며 인사를 했다.

"휘, 휘아가… 사백께… 인사를… 올립니… 다."

더듬거리는 휘아의 인사에 철운성의 눈이 번쩍 빛을 발하다 사그라졌다.

"그래, 무공은 배울 만하더냐?"

"사부님께서… 신경을 써주셔서 열심히 익히고는 있습니다만… 성취를 보이지 못해 부끄럽습니다."

"지금 몇 살이지?"

"열일곱입니다."

"흠, 그래? 열심히 하거라! 한데 체격이 좀 작군. 아무래도 체력에 힘 좀 써야겠군."

"예……."

"그럴 생각입니다."

철운성의 말에 이때라는 듯 고봉천이 나서며 말했다.

"사형, 이러실 게 아니라 들어가시지요."

"아! 그러지. 들어가세."

앞장서가는 철운성의 뒷모습을 바라보던 고봉천이 아직도 고개를 숙이고 있는 휘아를 바라보았다.

"가서 쉬거라."

"예, 사부님."

고개를 들다 가볍게 미소 짓는 사부의 눈과 마주쳤다.

휘아는 능력을 감춘 자신의 판단이 잘못되지 않았음을 알 수 있었다. 분명 무슨 일이 있었다. 그리고 그것은 느닷없이 찾아온 사백과도 연관된 일인 듯 보였던 것이다.

잔잔한 다향이 방 안에 가득 차 흐른다.

고봉천의 조용한 이야기가 다향과 어우러져 길게 이어지고 있었다. 적당한 진실 속에 약간의 거짓이 버무려진 이야기가.

"해서… 휘아가 철혈무각에 들어갈 수 있도록 허락을 구하는 겁니다."

깊숙이 고개 숙인 고봉천의 말에 철운성은 이마를 찌푸렸다. 하지만 눈만은 깊숙한 곳에서 빛나고 있었다.

"사제의 권한으로도 충분히 가능한 일이 아닌가?"

"저의 권한은 이미 십 년 전에 박탈당한 걸로 압니다."

"흠, 그랬던가?"

손가락으로 탁자를 두드리던 철운성의 눈이 고봉천을 쏘아보았다.

"그럼 내게도 한 가지 부탁이 있네만……."

"말씀하시지요."

"내가 진행하는 일을 밀어주게."

"소제에게 무슨 힘이 있다고……."

철운성이 손을 들어 고봉천의 말을 끊었다.

"그것은 내가 판단하네. 어떤가? 승낙하겠는가?"

물끄러미 철운성을 바라보던 고봉천이 천천히 고개를 끄덕였다.

"성주께서 하시는 일입니다. 어찌 수하 된 자로 막을 수 있겠습니까. 더구나 성의 발전을 위해서 하는 일이거늘……."

"하하하!! 고맙네! 정말 고마워! 이거 자네 제자 덕분에 한 가지 시름을 덜었군, 그래."

철운성이 기분 좋은 웃음을 터뜨리며 자리에서 일어났다.

"그럼 인심 쓴 김에 한 가지 더 쓰지!"

"예?"

"자네의 유폐를 풀겠네. 단, 지위는 없네. 그런 만큼 성의 일에 관여해서는 안 되네. 어떤가?"

"감사합니다, 성주."

결국은 유폐를 풀어줄 테니 함부로 움직이지 말란 소리. 고봉천으로선 어차피 움직일 마음도 없었으니 그게 그거였다.

"당분간 거처는 이곳으로 하겠습니다."

"그건 마음대로 하게. 그럼 나는 가겠네."

"살펴 가십시오."

철운성이 나갔다. 십 년 만에 찾아온 이사형이 나갔다. 철혈성의 성주가 바람처럼 왔다가 바람처럼 떠나갔다.

고봉천은 눈을 감고 깊은 생각에 잠겼다.

철혈성의 대사에는 어차피 손을 놓고 있는 상황이었다. 완전 나 몰라라 하고 있지는 않았지만, 그렇다고 깊이 관여하고 싶지도 않은 것이 요즘의 고봉천이었다. 다만 유폐가 풀어짐으로써 제자인 휘아에게 무언가를 해줄 수 있을지도 모른다는 기대감만이 위안이 되었다.

"후우, 결국은 사형의 뜻대로 흘러갈 수밖에 없는 상황, 어쩔 수 없겠지. 대세가 사형의 손을 들어준 바에는……."

7장
철혈무각

1

"아이, 그게 아니라니까?"

연연의 촐랑거리는 닦달이 휘아의 신형을 휘청이게 한다.

동작 하나하나마다 꼬치꼬치 참견하는 데는 아무리 무신경하기로 작심한 휘아라도 흔들리지 않을 수가 없었다.

"검을 뻗을 때는 중심을 잡고 흔들림없이! 그게 첫 번째라니까?"

사부의 유성십삼검을 배우기 위해 기본 검식인 철혈십팔검을 연마하는 중이었다.

한 달 만에 초식의 검로는 다 익혔다. 이제는 거기에 나름대로 내공을 운용해 기의 흐름과 검식의 상관관계를 연구해 보고 있는 중이었다. 한데 연연은 그게 마음에 안 드는가 보다. 조금만 기본 검식에서 벗어나면 툴툴거리고 소리를 질러댄다.

그렇다고 말을 안 들으면 또 삐칠 테니 하라는 대로 해야 한다. 삐치면 밥 먹을 때마다 수다신공에 시달려야 하니까.

"연아야, 조금 쉬었다가 하면 안 될까?"

"안 돼! 오빠는 기본이 안 되어 있으니 열심히 해야 한단 말이야!"

연연은 진짜 엄한 사부였다. 휘아가 꼼짝 못할 정도로.

그렇게 휘아가 연연의 가혹한(?) 지도에 시달리고 있을 때 사부님이 부르시는 소리가 들렸다. 구원의 소리였다.

"휘아야! 잠깐 들어오거라!"

"예! 사부님!"

입을 삐죽이는 연연이 보였지만, 휘아는 못 본 체 재빨리 사부님의 방으로 들어갔다.

"부르셨습니까? 사부님."

"음, 앉거라."

사부님의 안색이 굳어 있는 것이 뭔가 중요한 말씀을 하려는가 보다.

"허락이 떨어졌다. 내일 날이 밝으면 나와 함께 철혈무각으로 갈 것이다."

아! 마침내!

"그곳에서 네가 무엇을 얻을 건지는 나도 모른다. 모든 것은 너에게 달려 있다. 급하게 마음먹지 말고 차분히 살펴보도록 해라."

"예, 사부님."

"휘아야……."

"예."

사부님의 눈이 가늘게 떨리고 있는 것처럼 보인다.

"아까는… 잘했다."

휘아의 입가에 빙그레 웃음이 걸렸다. 사부님도 서서히 입가에 웃음을 띠고 있었다. 우린 역시 마음이 통하는 사제 간이다.

다음날, 철혈무각을 가는 중에 사부님으로부터 어제의 일에 대해 들을 수 있었다. 아마 많이 망설이신 듯했다. 그러다 어차피 나도 알아야 할 일이라 생각하셨나 보다.

"사형은 철혈성의 부활을 노리고 있다. 한데 방법이 내 생각과는 많이 다르다. 그러다 보니 사형의 생각을 반대하는 사람들이 얼마 전 나를 찾아왔었다."

아! 그래서 며칠간 사부님의 얼굴이 어두워 보였던가……

"사형은 다른 곳의 힘을 빌리고자 하고, 나를 따르던 사람들은 어려워도 우리들의 힘만으로 일어서자고 한다."

청천하늘이 맑기만 하다.

사부님이 고개를 들어 하늘을 보더니 한숨을 내쉰다.

"그렇다고 사형이 무조건 다른 자의 힘만을 빌리겠다는 것은 아니다. 전에 말했지만 철혈관을 열고 아이들을 키우고 있다. 또한 무사들의 무공 증진에 많은 관심을 쏟고 있다. 철혈관에서 나오는 돈도 그러한 일에 상당 부분이 쓰이는 것 같다. 아마… 네가 마음에 들었다면… 사형은 너를 그곳에 집어넣으려 했을 것이다."

휘아는 마음 한구석이 섬뜩해짐을 느꼈다.

'하마터면…….'

사부님이 말을 잇는다.

"나는… 너를 사형에게 뺏기고 싶지가 않았다, 휘아야…….."

가슴이 뭉클해졌다.

"저도… 사부님을 떠나고 싶지가 않아요."

그리고 휘아는 마음속으로 말했다.

'철혈성주의 무사는 더욱 될 수 없어요. 그는 제가 크면 빚을 받아내야 할 사람이니까요.'

두 사제는 철혈무각이 보이는 곳에 도착하는 동안 많은 이야기를 나누었다.

어느덧 두 사제 간의 입가에는 부드러운 웃음이 걸려 있었다. 휘아의 웃음은 면사에 가려 보이지 않았지만 고봉천은 휘아의 입에 웃음이 떠올라 있다는 데 모든 것을 걸 수 있었다.

그곳까지 가는데 지나친 사람이라고 해봐야 십여 명에 불과했다. 하지만 그들도 힐끗 쳐다보기만 할 뿐, 누구도 아는 체를 하지 않았다.

이미 고봉천은 잊혀져 가는 사람이었던 것이다. 오직 그가 입은 옷에 수놓아진 '철혈'이라는 두 글자만이, 그가 철혈성의 사람이라는 것을 알려주고 있을 뿐이었다.

2

철혈성의 크기는 휘아가 상무원에서 본 것보다 훨씬 컸다.

상무원에서는 반쪽밖에 보이지가 않았던 것이다. 거대한 바위로 이루어진 계곡을 하나 돌아가자 상무원에서 보았던 만큼의 전각군이 더 있었다. 그리고 그곳에 철혈무각이 있었다. 한때는 철혈성을 떠나서 섬서의 모든 무인들이 선망하던 철혈무각이.

고봉천이 손을 뻗어 한 채의 나지막한 전각을 가리켰다.

"저곳이 철혈무각이다."

"아!"

생각보다는 작아 보인다. 그의 마음을 알았는지 고봉천이 빙긋 웃었다.

"철혈무각은 지하 이층으로 이루어져 있다. 보이는 것이 전부가 아니다. 일층은 단순한 일반 서각이고, 지하야말로 무서가 모여 있는 진정한 철혈무각이라 할 수 있지."

위로 올리면 삼층이란 말…….

"기관이 설치되어 있어 허락받지 않은 자는 함부로 들어갈 수 없다."

고봉천의 말이 잘게 떨려 나온다.

"성의 최후가 닥치면 기관이 작동하고 철혈무각은 잿더미가 되게 설계되어 있다. 오직 성주와 다른 한 사람만이 그 비밀을 알고 있다. 그 한 사람은 오직 성주만이 알 뿐, 나조차도 누군지 모른다. 후후후, 타 문파의 사람들이 철혈무각을 욕심내면서도 함부로 본 성을 치지 못했던 이유이기도 하지."

휘아는 그제야 한 가지 의문을 해소할 수 있었다. 이러한 전력에 철혈무각이 정말 쓸 만하다면 다른 대문파에서 벌써 손을 댔을 텐데 왜 가만있었을까 생각했다.

하지만 공격하고도 아무것도 얻지 못한다면 쓸데없는 희생을 감수할 필요는 없었을 것이다. 쥐새끼 잡아먹으려다 입맛만 버리고 살쾡이 밥이 되어선 안 될 테니까.

"정지!"

철혈무각을 들어가려 하자 두 명의 무사가 막아서더니, 그중 얼굴이 넓은 무사가 손을 내밀었다.

"영패를 보여주시오!"

고봉천이 품에서 손바닥만한 은색의 영패를 꺼내 건네줬다. 가운데에 철혈이라는 글자가 선명한 영패를.

두 무사가 대경실색한 얼굴로 영패와 고봉천의 얼굴을 번갈아 보았다.

"보았으면 돌려주겠는가?"

"예? 예!"

"들어가도 되겠나?"

"예, 들어가십시오!"

두 사람이 들어가자 두 명의 무사 중 얼굴에 길게 상처가 새겨진 무사가 옆의 무사를 돌아보며 물었다.

"대체 누군데 은령패를 가지고 있는 거지?"

그러자 고개를 갸웃거리던 얼굴이 넓은 무사가 그제야 생각이 났는지 입을 쩍 벌리며 소리쳤다.

"맙소사! 그 양반이다!"

"누구?"

"유성비월객 고봉천! 성주의 사제이자 옛날 비영검단의 단주!"

철혈무각의 일층은 일반 무사들에게도 개방되어 있는 곳이었다. 하지만 지하로 내려가면 사정은 달랐다. 지하층은 십인대주 이상은 되어야 들어갈 수 있는 곳이었다.

두 사람이 지하로 내려가자 계단을 가로막은 두터운 철창 안에 방명록을 적는 탁자가 하나 놓여 있었다. 그리고 의자에는 인상이 냉랭해 보이는 중년무사 한 명이 지루한 표정을 지은 채 앉아 있었다.

종자정은 심심하고 지루하기 짝이 없었다. 하루에 한두 명 들르는 철혈무각의 지하층의 방명록을 관리하는 직책은 과거 비영검단의 조장으로서 강호를 질타하던 그에게는 너무나 따분한 직책이었던 것이다.

'씨팔! 인상이 좀 얼음땡이같이 보인다고 이런 곳에 처박다니……. 뭐? 인상만 가지고도 관문을 지킬 수 있는 자질이 있다고? 에라! 똥구멍에 코 박고 뒈질 영감탱이들!'

언제고 다른 사람에게 넘기리라 생각하고 있었지만, 문제는 그게 언제가 될지 모른다는 것이 그를 더욱 답답하게 하고 있었다.

"흐이그, 제기랄! 옛날이 좋았는데……. 이제는 흘러간 강물이 된 건가……. 아! 옛날이여!!"

종자정은 커다란 코딱지를 하나 파더니 유심히 살펴봤다. 꼭 엿 같은 자신의 신세 같다.

손가락을 튕겨 벽에 매화의 마지막 꽃잎 하나를 장식하려 할 때였다. 누군가가 계단을 밟고 내려오는 소리가 들린다.

'응? 누가 이렇게 이른 시간에?'

종자정은 무심코 계단을 내려오는 두 사람을 힐끗 쳐다보았다.

'얼래? 내가 지금 뭘 잘못 먹었나? 웬 헛것이…… 헉!'

두 눈이 휘둥그레진 종자정은 자신도 모르게 벌떡 일어섰다.

"헉! 다, 다, 단주님!!"

"오랜만이군, 종 조장."

"예! 삼조 조장 종자정! 단주께… 어헝! 단주님! 정말 단주님 맞죠?"

생긴 것과 어울리지 않게 눈물까지 글썽인다. 그런 종자정을 바라보는 휘아는 어이가 없다 못해 웃음이 나올 지경이었다. 하지만 웃을 수가 없었다. 왠지 그 눈물이, 눈이 아닌 가슴에서 새어 나오는 것만 같았던 것이다.

사부가 고개를 끄덕이며 말을 건넨다.

"지금도 소강주 먹고 지붕 위에 올라가서 자는 것은 아니겠지?"

"컥! 아직도… 안 잊고 계셨습니까? 헤헤, 이제 나이도 있는데요."

그 말에 빙그레 웃는 사부의 얼굴이 참으로 밝아 보인다는 생각이 들었다.

"아! 이 아이는 내가 얼마 전에 거둔 제자일세. 휘아야, 인사드려라. 옛날 이 사부와 섬서를 휘젓고 다녔던 종자정, 종 조장이다."

"휘아가 종 대협께 인사드립니다."

"어? 아이고! 대협은 무슨……"

그러면서도 헤벌쭉 웃고 있다. 좌우간 재미있는 분이다.

"가만? 그런데 단주님께서 여기에 어쩐 일로… 혹시?"

종자정의 눈이 휘아를 향했다.

"음, 휘아가 철혈무각에 들 거네. 당분간은 하루의 반을 이곳에서 지낼 것이야. 나는 자네가 이곳에 있다는 말을 듣고 상무원에서 풀린 기념으로 자네를 만나러 온 거지."

"아, 예…… 예? 상무원에서 풀리셨다고요?"

고개를 끄덕이는 사부의 얼굴에 환한 웃음꽃이 피었다. 그러자 종자정이 사부의 두 손을 움켜잡는다.

"이렇게 기쁠 데가!! 그럼… 오늘 한잔하셔야죠! 오조장이었던 강가 놈도 부르겠습니다!"

"그거 재밌겠구만!"

사부는 술 한잔 생각에 즐거워하고, 휘아는 그런 사부를 보면서 즐거운 마음이 들었다.

'그런데 술이란 것이 여자만큼 요물이라던데……'

'사부는 옛날 친구와 이야기를 하다 갈 테니 휘아는 볼일을 보거라.' 하는 말에 휘아는 지하 서고로 들어갔다.

철혈무각의 지하층은 생각보다 넓었다. 하지만 그곳에 있는 책자는 그 넓이에 비하면 그리 많다 할 수 없었다.

대신에 책을 일일이 하나하나 들어내지 않고도 그 제목을 볼 수 있도록 정리가 잘되어 있었다. 한 권 한 권씩 목판에 놓여 있었던 것이다. 그렇게 해놓음으로써 장소는 많이 차지하지만, 굳이 필요없는 책자는 손을 댈 필요가 없으니 오래 보관할 수가 있는 것이다.

휘아는 천천히 걸으며 책자의 제목을 살폈다. 개중에는 옆에 간단한 해설문이 달린 것이 제법 많이 있었다.

단암도법(斷巖刀法). 하남 대정산 단산도문의 도법. 중도(重刀). 일류에는 미치지 못하나 비교적 익히기가 쉽고 완성하면 능히 일류에 근접할 수 있는 도법임.

조영검법(照影劍法). 호북 조영문의 비전검법. 쾌검(快劍). 익히면 능히 일류에 들 수 있으나 완성하기 위해선 십 세 이전부터 연마해야 한다 함.

수백 권은 됨 직한 책의 열 중 일곱은 해설이 붙어 있는 걸로 봐서 철혈성이 얼마나 타 문파의 무공을 연구했는지를 단적으로 보여주고 있었다.

휘아는 일단 제목과 해설을 하나하나 읽어봤다. 사부께 많은 무공에 대해서 들었지만 이 정도는 아니었다. 해설을 읽다 보니 휘아는 오히려 무공을 살피는 것보다 해설을 보는 것이 더 재미있을 지경이었다.

두어 시진을 훑어보자 눈이 핑핑 돌 지경이었다. 아마 이백여 권의 해설문을 살펴본 것 같다. 그런데도 아직 지하 일층도 다 보지 못했다. 그럼 이층까지 보려면…… 후우…….

점심이 되었는지 종자정이 간단한 음식을 들고 들어왔다.

"하하하! 원래 본인이 알아서 챙겨야 하는데, 자네는 특, 별, 히 챙겨주는 거야! 대신 좋은 물건 하나 찾으라구!"

"감사합니다."

냉랭한 얼굴이었지만 따뜻한 마음씨를 지닌 사람이었다. 역시 사람은 얼굴만 보고는 알 수가 없는가 보다.

간단히 식사를 마치고 다시 책자들을 살펴보기 시작했다. 그다지 눈에 띄는 것이 보이지 않는다. 잠시 더 무서들을 훑어보던 휘아는 망설임없이 아래층으로 내려갔다.

이층으로 내려가자 그곳에는 책자뿐이 아니라 죽편이나 양피지 등, 무공이 적혀 있는 거라면 별의별 것이 다 있었다. 고문으로 쓰인 것도 있고, 알 수 없는 글자로 쓰인 것도 있었다.

언제부터인지 책자들은 해설문만 읽어보고 지나간다.

휘아는 생각해 보았다.

하나하나 보려 한다면 겉만 보는 데도 며칠이 걸릴지 모를 일이었다. 게다가 그 책자들은 이미 누가 보든 다른 사람의 손을 탄 것들이다. 그것도 많이. 물론 다른 사람이 본 것 중에도 뛰어난 것이 있을 수 있겠지만, 기왕이면 덜 본 것들 중에서 원하는 것을 찾고 싶은 마음이었다.

여러 가지 무공을 익히는 것도 좋을 것이다. 그러나 지금으로선 한 가지든 두 가지든, 깊게 파고들어 완성할 수 있는 무공이 필요한 때이다. 사부님께서 바라는 바도 그러한 것일 테고. 그러니 다른 무서들은 그저 그런 무공이 있구나 생각하고 지나가기로 했다. 필요하다면 나중에 다시 봐도 될 테니까.

일반 무서들을 지나치자 죽편이나 철편, 석편 등이 진열되어 있었다. 하지만 그것들은 너무 오래돼서인지, 아니면 긁혀서인지, 글자들이 많이 훼손되어 있어 읽기가 힘들 정도였다. 게다가 제대로 정리도 안 된 채 먼지조차 수북이 쌓인 것이 태반이었다.

특히 고대 문자로 된 글은 더욱더 그러했다. 휘아의 능력으로는 아예 읽을 수 없는 것이 대부분이었다.

'이거, 학문에도 힘 좀 써야겠는걸?'

그래도 인내심을 가지고 하나하나 살펴봤다. 재질의 특성상 다행히 긴 내용이 실린 것은 거의 없었다.

이십여 개의 편에 실린 내용을 살펴보고 있을 때, 입구에서 종자정의 목소리가 들려왔다.

"진 공자! 시간이 얼추 다 되어가네."

벌써 문 닫을 시간이 다 되었나 보다. 아쉬움이 남지만 어쩔 수 없는 일이다. 아무래도 내일 다시 와야 할 듯싶었다.

"예, 곧 나가겠습니다."

휘아가 대답과 함께 막 몸을 돌리려 할 때였다.

툭!

아무렇게나 놓여 있던 편들 사이에서 튀어나온 책자 하나가 휘아의 손에 부딪치며 바닥으로 떨어졌다.

먼지가 확 일어난다.

휘아는 책자를 제자리에 놓기 위해 집어 들다가 이상한 생각이 들었다.

이곳에 있는 것은 어떠한 책자든 반듯하게 정리가 되어 있다.

하루에 한두 명이 들른다 하지만 일 년이면 수백 명이 들른다. 십 년이면 수천 명…….

그래도 정리되지 않은 책자가 없다. 그런데 이 책만은 그렇지가 않다. 주위에 쌓인 먼지로 봐서는 족히 수년간 손을 대지 않은 곳에 아무렇게나 있는 것이다.

대체 무슨 내용이기에 아무렇게나 던져져 있었단 말인가.

휘아는 겉장을 바라보았다.

不狂者 不見

미친 자가 아니면 보지를 말아라.

휘아는 어이가 없어 그냥 내려놓으려다 무슨 생각이 들었는지 겉장을 젖혀보았다. 순간, 피식 웃음이 나왔다.

종이처럼 보이지만 종이가 아니다. 양피지처럼 보이기도 하는데 정확히 무엇인지는 알 수가 없었다. 한데 그곳에는 위에서 아래로 내려 그은 먹물 자국만이 가득 들어차 있었다. 이제 글을 막 배우는 아이가 내려 긋는 삐침 연습을 한 것처럼.

다시 한 장을 젖혀보았다. 두 번째 장에는 옆으로 한일 자를 긋듯이 그어났다. 아마 수백 번은 그은 듯하다.

다음 장을 보았다. 가운데를 정점으로 빗살 같은 무늬가 사방으로 수백 줄기 뻗어 있다.

문득 의문이 들었다.

'이곳에다가는 무슨 글자를 연습한 거지? 열십 자인가? 아님……'

의문을 접고 다음 장을 넘겨보았다. 가운데 하나의 커다란 점(點)이 찍혀 있다.

쿡!

'과연 미치지 않았으면 끝까지 보지도 못하겠다.'

휘아는 제자리에 놓기 위해 책을 접으려 했다. 한데,

"응? 한 장이 더 있네?"

그랬다. 한 장이 더 있었다. 엄밀히 말하면 반 장이.

그리고 그 반쪽이 찢어진 것처럼 보이는 마지막 장을 쳐다본 휘아는, 그곳에서 눈을 뗄 수가 없었다.

별다른 이유 때문이 아니었다. 그곳에서 휘아는 하나의 이름을 본 것이다. 다른 사람은 알 수조차 없는 이름 하나를……

드디어 마지막 장을 완성했다. 이것이라면 광량(狂亮)을 죽일 수 있을 것이다. 으, 광량을 찾을 수가 없다. 시간이 없는데… 놈은 어디 있단 말인가. 이놈! 광량! 대체 어디 있느냐!!

"광… 량……!!"

왜… 왜? 광량이라는 이름이 이곳에 나온단 말인가!

무저뇌옥에서 오래전에 죽어 이제는 백골이 되어버린 광량이, 아무도 관심을 갖지 않는, 웃기지도 않는 책자에서 다시 살아나오다니……

휘아는 자신도 모르게 등줄기를 타고 오르는 전율에 몸을 부르르 떨었다.

그가 아는 광량은 세 송이의 꽃 그림을 남긴 사람이다. 전율이 일 정도의 소름 끼치는 꽃 그림을 남긴 사람. 그런데… 이 미친 그림을—그림인지 낙서인지는 몰라도—남긴 사람은 마지막 장을 완성했으니 광량을 죽일 수 있다고 한다.

그는 광량이 무저뇌옥에 있는 것을 몰랐던 것 같다. 한데, 정말일까? 정말 마지막 장의 점이 광량의 혈련삼화를 누를 수 있단 말인가?

휘아가 마지막 장을 펼쳐 놓고 멍하니 바라보고 있을 때, 다시 종자정의 목소리가 들렸다.

"진 공자! 그만 문을 닫아야 할 것 같네!"

번쩍, 정신이 든 휘아는 아쉬움에 책자를 내려놓았다.

겉표지가 보였다.

미친 자가 아니면 보지를 말아라.

가슴속에서 일어나는 전율이 온몸을 떨리게 했다.

3

사부님을 따라 상무원으로 돌아왔다. 하지만 휘아는 아무것도 할 수가 없었다. 심지어 잠도 오지가 않았다. 밤새도록 철혈무각에서 보았던 괴책자가 눈에 어른거린 것이다.

아마 많은 사람들이 처음에는 호기심으로 봤을 것이다. 그러다 아무렇게나 던져 놓고, 또 보고, 또 던져 놓고… 그러다 관심에서 멀어져 한쪽에 버려진 것 같다. 휘아조차 던져 놓으려 했었으니까, 광량이라는 이름을 보지 못했다면.

고개를 털고 일어나 밖으로 나갔다. 밤바람이 서늘하게 불어온다.

휘아는 한 자루 목검을 들고 철혈십팔검을 시전해 봤다.

한 번, 두 번… 열 번.

검로를 바꾸어 유성십삼검을 처음부터 끝까지 전개해 보았다. 아직 내공이 달려 본신의 위력을 다 나타낼 수는 없지만, 검로만큼은 한 치의 흐트러짐도 없었다.

만일 고연연이 봤으면 눈이 휘둥그레진 채 삐칠 정도의 정확한 검로였다.

다 알고 있었으면서… 지금까지 연연이 놀린 거지!!

그렇게 유성십삼검의 검로를 따라가던 휘아의 목검이 어느 한순간에 우뚝 멈추었다. 그리고…….

쭉 뻗은 목검의 끝에서 붉은 빛이 아지랑이 같이 피어오른다.

피어오른 아지랑이가 하나의 그림을 그려간다.

하나하나 꽃잎이 그려지고, 그려진 꽃잎이 만개하듯이 벌어졌다. 그에 따라 아지랑이가 허공에 하나의 꽃을 완성하고 있었다.

그것은 한 송이의 붉은 연꽃이었다.

휘아의 이마로 땀이 흘러내린다. 아직 천양의 기운을 자신의 뜻대로 다스리지 못하기 때문인지 보통 힘든 것이 아니다.

무연관천심공을 일으켜 펼칠 때와는 또 다른 현상이 일어난다. 단순한 꽃이 아니라 붉은 혈화가 피어나는 것이다. 보다 더 강력한 기운이 담긴 붉은 혈화가.

잠시 후, 허공에 피었던 혈화가 사그라졌다. 휘아도 목검을 내리고 멍한 표정이 되었다.

'이제 겨우 초기 단계인 일화만 해도 펼친 내 자신이 두려울 정도이거늘, 대체 삼화를 완성한다면 어느 정도의 위력이 있을지……. 그런데 이런 혈련삼화를 이길 수 있다는 그것은 무엇일까?'

휘휘 고개를 저은 휘아는 발걸음을 돌렸다.

'내일 날이 밝으면 철혈무각을 다시 찾아갈 건데……. 까짓거 붙들고 늘어지면 언젠가는 속살이 드러나겠지. 내가 누구야? 아버지를 셋이나 둔 휘아가 아니냐구!'

4

날이 밝고 식사를 마치자마자 휘아는 철혈무각으로 갔다. 연연의 잔소리를 뒤로하고.

흥! 오빠는 나하고 노는 것보다 철혈무각에서 노는 게 더 재밌어?

감히 그렇다고는 대답하지 못하고, '오빠가 강해져야 연연을 지키지'라는 엉성한 변명만 늘어놓았었다.

"끙, 오후에 돌아가면 잔소리깨나 하겠군."

걱정이 태산 같지만 일단은 철혈무각으로…….

어제 본 위사들이 앞을 막았다. 휘아는 사부가 준 은령패를 내밀고 안으로 들어갈 수 있었다. 안에는 어제와 마찬가지로 종자정이 자리에 앉아 있었다.

"오! 진 공자! 오늘도 일찍 왔군!"

"안녕하셨습니까?"

"음하하!! 물론이지. 그런데 단주님께선 괜찮으신가?"

은근슬쩍 물어오는 질문.

어제 사부님은 술을 많이 드셨다, 말 그대로 술 항아리에 빠진 만큼. 그러니 괜찮을 리가 없다.

휘아가 빙그레 웃었지만 면사에 가려져 보이지 않는가 보다. 휘아는 면사를 걷고 고개를 끄덕였다.

"예. 조금 불편하신 것 같기는 하지만 견딜 만하신가 봐요."

종자정의 눈이 함지박만하게 커졌다.

"후와, 그러고 보니 휘 공자가 왜 얼굴을 가렸는지 알 수 있겠구먼."

이런…….

"눈이 햇빛에 약해서 그래요. 여기는 그래도 괜찮은 것 같지만요."

"단주님께 들었네. 안됐구먼. 몸이 안 좋다니……."

사부님이 그리 말씀하셨나 보다. 하긴 사실이 그러했었으니까. 비록 지금은 아니지만.

"저 들어가도 되나요?"

"그럼! 들어가… 아, 참!"

종자정이 손짓하며 휘아를 불렀다. 그러더니 안을 가리키며 소곤거리듯이 말한다.

"안에 자네보다 선객이 있네."

누가 자신보다 먼저 와 있나 보다. 이른 아침부터 누굴까?

"성주님께서 저번에 뽑은 아이들 중 몇 명이 철혈관을 통과하고 나왔네. 그중 두 아이인데……. 제법 괜찮아 보이더군."

차가운 얼굴에 찡긋 눈짓하는 것이 조금 안 어울려 웃음이 나올 뻔했지만, 그 마음만은 이해할 수 있었다. 아마 잘 사귀어보라는 뜻 같기도 하다. 휘아는 어떤 사람인지 궁금함이 일었다.

'뭐, 안으로 들어가 보면 알겠지.'

가볍게 고개를 끄덕이고 안으로 들어가 보았다.

지하 일층의 끝 쪽에 누군가가 있는 것이 보인다. 덩치가 커다란 사람이었다. 자신이 이층으로 내려가려 하자 그자가 고개를 돌려 자신을 바라다본다.

언뜻 눈이 마주쳤다. 생각보다 동안이다. 그러고 보니 철혈관을 통과한 아이들이라 했다. 그렇다면 스물 전후, 잘해야 자신보다 서너 살 많을 뿐이다.

잠시 멈칫한 휘아가 다시 계단을 내려가려 할 때였다.

"거기!"

덩치가 멋대가리 없는 호칭으로 부른다. 그래도 휘아는 대답하지 않을 수가 없었다. 철혈무각에서 언제까지 마주 봐야 할지 모르니까.

"무슨 일이오?"

"아, 별것은 아니고……."

생긴 것 답지 않게 얼굴을 붉히며 말을 더듬는다.

"나는… 웅경이라 하네만……. 거기는 철혈관에서 못 본 것 같은데……."

"휘라 합니다. 저는 철혈관을 나오지 않았습니다."

"응? 하면……."

"사부님의 배려로 들어온 것입니다."

"아! 그렇군. 한데 여자도 아닌 것 같은데 면사는……."

별걸 다 묻는군. 대답을 안 할 수도 없고…….

"몸이 안 좋아서요. 눈이 빛을 직접 쐬면 아프거든요."

당분간은 둘러대는 수밖에 없었다.

"흠, 그래?"

"그럼……."

가볍게 목례를 하고 돌아서려 하자 덩치가 다시 부른다.

"그런데 여기 것은 다 보았나 보군, 아래로 내려가는 것이."

"그냥 설명문만 보았습니다. 아래쪽도 일단 설명문만 본 다음에 무엇을 익힐 것인지 고르려 합니다."

"아! 그랬군. 난 또……."

돌아서더니 또다시 책들을 살핀다. 약간은 어이없는 사람이다. 하지만 휘아는 다르게 생각하기로 했다.

'집중력이 뛰어난 사람이군.'

아래로 내려가면서도 공연히 신경이 쓰였다. 그러나 다 내려가도록 덩치는 휘아를 부르지 않았다.

지하 이층에도 다른 사람이 먼저 무서를 보고 있었다.

그는 자신과 몸집이 비슷했다. 하지만…….

"거기!"

부르는 말투는 덩치나 똑같았다. 조금 가늘기만 할 뿐. 제기랄.

"왜 그러시오?"

그렇다고 대답을 안 할 수도 없다.

"누군데 여기를 들어온 거지?"

나이도 비슷해 보이는데 말투는 영 아니올시다.

"자격만 있으면 들어올 수 있는 곳으로 아오만."

"하긴……."

묻기만 하더니 고개를 돌려 책자 한 권을 집어 들고 눈을 파묻는다.

어째 기분이 이상했지만 그냥 참기로 했다.

그를 지나쳐 자신이 어제 본 그 괴책자를 향해 가려 하자 그가 다시 부른다.

"면사는 왜 쓴 거지? 계집도 아니면서."

끙…….

"눈이 안 좋아서……."

또다시 반복이다. 그런데 다음 말은 덩치와 달랐다. 휘아는 그것이 자신이 반가워해야 할 일인지 조금 헷갈릴 지경이었다.

"난 영호련이라고 해. 나이도 비슷한 것 같은데 말 놓지. 그쪽에서 말 높이면 나도 말을 높여야 하잖아."

"후, 그러지 뭐. 난 휘아야. 진조여휘."

영호련의 눈이 살짝 빛을 발하며 휘아를 바라본다.

휘아는 그제야 영호련의 눈이 매우 맑고 크다는 것을 알았다. 한데… 눈뿐이 아니고 가슴도 제법 튀어나왔다.

'어? 여자?'

휘아가 잠시 멈칫하자 영호련의 눈이 잔뜩 찌푸려졌다.

"거기도 다른 자들처럼 여자하고는 말 섞는 것을 싫어하나?"

"그런 게 아니고… 의외라서."

진짜 의외였다. 여자들의 성격은 다 연연이 아니면 사모님인 정청화 같을 줄 알았는데, 아버지들은 그렇게 말했는데……. 이런 여자도 있구나, 하는 생각이 들 정도다.

"아니면 됐고……. 일 봐."

"음."

어쩐지 나쁘지 않은 기분이다.

면사 속에서 빙그레 웃은 휘아는 자신이 원하던 괴책자가 있는 곳으로 갔다.

괴책자는 어제 그대로 있었다. 다시 첫 장부터 자세히 살피기 시작했다. 여전히 그저 붓으로 내려 그은 것뿐이다.

무엇일까. 여기에 숨겨진 것은 무엇일까. 무엇이기에 혈련삼화를 깰 수 있다고 장담하고 있을까. 아니, 광량을 죽일 수 있다고 했을까. 아무리 쳐다보고 쳐다봐도 알 수가 없다.

다음 장을 넘겨보았다.

'음, 알 수가 없구나. 하기는 그리 쉽게 알 수 있는 것이라면 이 자리에 있지도 않았겠지.'

마지막 장까지 근 한 시진에 걸쳐 바라보고만 있자, 어느새 다가왔는지 영호련이 옆에서 쳐다보고 있다.

"뭔데 그렇게 쳐다보는 거지? 사람이 옆에 온 줄도 모르고."

흠칫!

맙소사! 얼마나 깊이 생각에 빠졌으면 사람이 옆에 온 줄도 몰랐을까.

문득 자책감이 들었다. 만일 적이었다면 자신은 죽은 목숨일 것이다. 물론 적이 없을 거라 생각했으니 마음을 놓았다지만, 사람 사는 세상에서 적이란 따로 정해져 있는 것이 아니질 않는가.

휘아는 천천히 고개를 돌려 영호련을 바라보았다. 그녀의 눈에 호기심이 짙게 깔려 있는 것이 보였다.

"궁금해서……. 다른 책과는 조금 다른 것 같기도 하고."

"흠!"

영호련은 슬쩍 휘아의 손에 들린 책자를 응시하더니 미간을 찌푸리며 고개를 가로저었다.

"나 같으면 그런 것 볼 시간에 다른 책 한 권이라도 더 보겠네."

"그런가?"

'사람마다 다르니까. 하긴 어쩌면 내가 헛짓을 하고 있는지도 모르겠군.'

휘아는 가볍게 웃으며 말을 건넸다.

"그대도 다른 사람 하는 일 간섭할 시간에 다른 책 한 권이라도 더 보시지."

"훗!"

가볍게 웃는 영호련의 하얀 치아가 살짝 보인다. 휘아 역시 빙그레 웃더니 다시 고개를 책 속에 파묻었다. 그러자 영호련이 한마디를 남기고 뒤돌아섰다.

"언제고 그 면사 속의 얼굴을 보고 싶군."

휘아가 그 말에 고개를 들었을 때는 이미 그녀는 뒤돌아 걸어가고 있었다.

자신이 들었던 그 어떤 여인의 특징과도 다른 영호련의 행동과 말에, 문득 그녀가 어떤 여인인지 궁금해졌다. 하지만 그러한 생각은 잠시뿐이었다.

휘아는 책자의 선을 바라보며 눈을 찌푸렸다. 아무리 봐도 알 수가 없는 선의 나열뿐이다. 그나마도 한쪽으로만 그어진 선.

책을 덮고 아쉬움 속에 책을 제자리에 내려놓으려다 문득 탁자를 바라보았다.

가득한 먼지가 책 모양 비슷하게 이지러진 채 자국을 남기고 있는 것이 보인다. 아마 먼지는 더욱 쌓여갈 것이다. 자신처럼 어떤 내용이든 책과 인연이 닿은 사람을 만나기 전까지는.

'후우, 인연이 없으면 어쩔 수 없지.'

책을 본래의 자리에 내려놓았다.

탁!

한데 아쉬운 마음에 미처 먼지를 생각하지 않고 너무 세게 내려놓았나 보다. 먼지가 확! 피어오른다.

휘아의 눈이 찌푸려지고, 피어오른 먼지를 피하려고 고개를 돌릴 때였다. 먼지가 횃불에 반사돼 마치 비산하는 유성처럼 빛난다.

순간적인 현상이었다. 먼지는 피어오르다 말고 다시 내려앉기 시작했다. 하지만 휘아는 움직일 수가 없었다. 고개도 돌리지 못했다.

휘아가 천천히 고개를 돌리고 다시 책자를 바라본 것은, 책자를 내려놓은 지 근 일각 이상이 지났을 때였고, 떨리려는 손을 진정시키고 책자를 다시 집어 든 것은, 그리고도 다시 일각이 지난 다음이었다.

휘아는 눈을 반개한 채 천천히 책자의 첫 장을 넘겼다. 한데 괴이하다. 책자를 거꾸로 들고 있다.

아래로 내려 그은 선이 보인다. 아니, 올려 친 선이…….

하지만 휘아의 눈에 보인 것은 선이 아니었다. 그것은 먼지였다. 먼지가 피어오르던 그 동선이었다. 수천, 수만 개의 무게도 없을 것 같은 먼지들의 흐름…….

책자를 다시 원래대로 돌리고 보았다.

내려 그은 선, 떨어져 내리는 먼지들의 동선…….

한 줄기가 아닌 수백 줄기의 선. 지금까지는 이것이 수백 번, 하나씩 내려 그은 거라 생각했다. 하나… 그것이 착각이었다. 당연한 착각, 누구라도 할 수 있는 착각 말이다.

선은… 찰나간에 그어졌다. 단 한 번에 그어진 것처럼.

세상에! 찰나간에 수백 줄기의 선을 내려 긋다니!

아마 누구에게든 그 말을 한다면 미친놈 취급을 받을 것이다. 당연히…….

미친 자가 아니면 보지를 말아라.

등줄기를 타고 오르는 전율이 마치 혈련삼화의 진정한 무서움을 알았을 때와도 같다.

희한한 일이다. 분명 이것과 그것은 정반대라 할 정도로 가는 길이 다른 데도 전율만은 똑같이 느껴진다. 극과 극은 서로 통하는 바가 있다더니……. 그런 것인가?

한 장을 더 넘겨보았다.

보인다. 하나를 보니 둘도 보인다. 아직 정확한 것은 알 수 없지만…….

옆으로 그은 선들, 이것 역시 찰나간에 그어졌다. 다만 첫 번째가 떨어져 내리는 것이라면 두 번째는 좌우로 그어졌다는 것만이 다르다. 단순하면서도 확실히 다르다. 그 결과는 똑같이 그을 수 있을 때 알게 될 것이다.

떨리는 손으로 다시 한 장을 넘겼다.

빛이 폭발한다. 가운데 점을 중심으로 사방팔방으로 비산(飛散)한다.

'인간이 과연 이 정도의 빠르기로 힘을 비산시킬 수 있을까?'

당연한 의구심이 휘아의 마음을 지배했다. 하나… 지금 자신이 눈으로 보고 있지 않은가?

네 번째 장을 보려던 휘아는 멈칫 손을 멈추었다.

혈련삼화는 세 송이의 꽃이었다. 그리고 자신은 세 개의 선을 보았다.

혈련삼화는 단순한 꽃이 아니었다. 그것은 변(變)과 환(幻)의 극의였다.

세 장의 그림에 있는 것은 단순한 선이 아니었다. 그것은 쾌(快)의 극의였다.

완전 상반된 길을 가고 있다. 한데 마지막 장의 점은 무엇을 표현하고자 그린 것일까.

두근거리는 마음으로 천천히 장을 넘겨보았다.

하나의 점이 보인다. 그냥 찍은 점이 아닌 둥글게 그어 만든 점이. 수백 줄기의 선이 둥글게 말려 하나의 점이 되었다.

휘아는 집중해서 점을 바라보았다. 순간, 휘아는 책자에 그려진 점이 면사를 뚫고 자신의 눈을 파괴해 버릴 것만 같은 착각에 사로잡혔다. 그것은 조금 전만 해도 볼 수 없었던 현상이다. 아마 세 개의 선을 볼 수 있게 되었기에 점을 느끼게 된 것 같았다.

"크읍!"

답답한 신음이 입을 비집고 새어 나왔다.

황급히 눈을 감고 가만히 무연관천심공을 끌어올렸다. 한데도 눈앞의 점이 사라지질 않는다. 이를 지그시 깨문 휘아는 신주령을 암송하며 천양의 법을 끌어올렸다.

단전에선 무연관천심공의 기운이 내부를 다스리고, 독맥에선 척추를 따라 천양의 기운이 위로 치고 올라갔다. 그러다 어느 순간 천양의 기운이 풍부, 백회, 인당을 거친 다음 눈 주위를 휘감았다. 그제야 눈앞의 점이 신기루처럼 사라져 버렸다.

"흐아, 큰일날 뻔했구나."

절로 고개가 저어졌다.

무엇 때문이었는지는 모른다. 다만, 하마터면 자신의 눈이 멀었을지도 모른다는 생각만이 들 뿐이었다.

휘아는 무의식 중에 중얼거렸다.

"중(重)… 인가? 집(集)? 다른 뜻이 있는 것 같은데……."

그러던 휘아에게 또 다른 의문이 생겼다.

"그런데… 어떻게 익히라는 거지?"

그랬다. 그 어디에도 구결이 없다. 무공에 대한 설명은 더더군다나 없다.

어떻게 익히지?

하는 수 없이 다시 첫 장으로 돌아가 보았다.

혈련삼화를 생각해 보았다. 꽃이 그려진 선의 흐름을……. 그러자 한 가지가 눈에 들어왔다.

찰나간에 내리그었으되 각 선마다 순서가 있다. 먹물이 겹쳐진 순서가 있는 것이다.

두 번째 장을 보았다. 역시 먹물이 겹친 순서가 있다.

세 번째도… 비산하는 순서가 있다.

문제는 순서를 찾는다는 것이 백사장에서 바늘 찾기만큼 어렵다는 것이다. 게다가 순서를 안다고 해서 뭘 어떻게 해야 하는지도 모르겠고…….

네 번째의 점은…….

'후… 순서마저도 알 수가 없다.'

현재의 능력으로는 한계가 있을 수밖에 없었다.

휘아는 마음을 급하게 먹지 않기로 했다. 이 책자에 숨겨진 진실은 누구도 쉽게 찾지 못할 것이라는 생각이 들었다.

자신 역시 서로 극을 달리는 혈련삼화가 아니었다면, 광랑이라는 이름이 아니었다면, 아무리 먼지가 비산하는 광경을 봤다 하더라도 도저히 찾지 못했을 것이다. 찾기는커녕, 세상에는 별 미친 자가 다 있구나 하고 생각했을지도 모른다. 지금까지 이 책자를 보았던 다른 모든 사람들처럼.

아쉽기는 하지만 오늘은 여기까지만 보기로 하고 책을 놓았다. 더 이상 보았다가는 심력이 고갈될 것만 같았다.

책을 놓고 주위를 둘러보았다.

서가의 끝에서 영호련이 뭔가에 집중하고 있는 것이 보였다. 자신이 원하던 것을 찾은 것 같다.

천천히 걸어서 다른 것들을 둘러보았다. 한 번씩은 스쳐 본 것들이 대부분이다.

'대사백께서 전체를 보라는 말씀을 남겼다고 하셨는데……'

아직은 그 뜻을 알 수가 없다. 사부님께서 삼 개월에 걸쳐 찾고도 못 찾았다는 것을 이틀 만에 찾는다는 것 자체가 무리일 수밖에 없는 일이다.

휘아는 급한 마음을 버리기로 했다. 사부님의 말씀대로 자신은 당분간 철혈무각에서 하루의 반을 보낼 생각을 가지고 있었다. 그러니 급할 것이 없는 것이다. 급하게 서둘러서는 볼 것도 못 보고 지나갈 뿐이니까.

점심을 먹고 이것저것을 들춰보고 있을 때 영호련이 밖으로 나갔다. 나가면서 씽긋 웃고 나가는 것이 무언가를 찾았다는 말처럼 느껴진다.

영호련이 나간 뒤 잠시 다른 책들과 편들을 살펴보던 휘아는 다시 괴책자에게로 눈길을 돌렸다.

그렇게 다시 한 시진 정도를 미동도 없이 바라보다 책자를 내려놓았다.

"이 정도가 한계인 것 같구나."

더 이상 보면 머리가 혼란스럽기만 했다.

"첫 번째 장의 순서를 외우는 데도 내일까지는 외워야 할 것 같구나."

혈련삼화와는 또 다른 어려움이었다.

혈련삼화가 그림은 쉽게 외우고도 그 변화의 축을 익히는 데 오랜 시간이 걸렸다면, 이것은 뻗은 선의 순서를 익히는 것부터 시간이 걸릴 것 같았다. 기의 운용에 대한 것은 그 다음의 일이었다.

어찌 되었든 극의가 상반된 무공, 호적수였던 것으로 보이는 두 사람의 알려지지 않은 무공은, 휘아의 호기심에 불꽃을 심어주고 있었다.

5

"그래, 볼 만한 무서(武書)가 있더냐?"

사부께서 입가에 웃음을 지으며 물으신다. 휘아 역시 빙그레 웃으며 대답했다.

"볼 만한 무서야 많지요."

"호! 그래? 허허허! 이제 휘아가 말도 많이 늘었구나."

잔잔한 웃음에 진심이 흠뻑 묻어 있었다. 휘아는 사부의 그 모습이 좋았다. 하지만 괴책자의 비밀을 완전히 밝히기 전에는 말하고 싶지가 않았다. 나중에 놀라게 해주는 것이 더 재미있을 것 같았던 것이다.

웃음을 지우지 않은 채 사부가 다시 물어온다.

"내 듣기로 철혈관을 통과한 기재들이 철혈무각에 들른다는 이야기를 들었다만."

"두 사람을 만나보았습니다. 둘 다 대단해 보였습니다."

사부의 웃음이 더욱 짙어졌다.

"정말이냐?"

"예, 지금 봐서는 그렇습니다."

"그럼 나중이라면?"

"휘아는 사부님을 실망시켜 드리고 싶지가 않습니다."

"하하하!!"

끝내 호탕한 대소가 상무원에 울려 퍼졌다.

고봉천은 정말 기분이 좋았다. 하나 얻은 제자가 총명한 것도 기분이 좋을 일이지만 순수하면서도 꾸밈이 없는 태도가 더욱 고봉천의 기분을 좋게 해주고 있었다.

"유성십삼검의 수련도 열심히 해야 할 것이다. 그래도 명색이 사분데 사부의 무공쯤은 완벽히 네 것으로 만들어야 하지 않겠느냐?"

"틈나는 대로 열심히 하고 있습니다. 하지 않을 수도 없구요."

"응?"

"연연이 가만 놔두지를 않거든요."

"푸하하하!!"

다음날 연연이 아침 일찍부터 휘아에게 질문 공세를 퍼부었다.

"음, 오빠. 어제 무슨 좋은 일 있었어? 아버지가 그렇게 웃는 걸 처음 봤거든."

"어. 연연이가 훌륭한 사부여서 오빠의 무공이 나날이 발전하고 있다고 말씀드렸지."

"정말?"

"그럼!!"

결코 거짓은 아니었다. 다만 그 얘기 말고도 다른 이야기가 있었을 뿐이다.

연연이 밝은 얼굴이 되어 기뻐하고 있다. 오늘따라 예쁜 얼굴이 더욱 예쁘게만 보이는 연연이었다.

'휴! 오늘은 이걸로 무사히……'

휘아가 안도하며 가슴을 쓸어내릴 때였다. 강한 의지가 담긴 연연의 한마디가 휘아의 가슴에 화살을 꽂아버렸다.

"그럼, 내일부터 더 열심히 시켜야지!! 오빠도 좋지?"

어깨를 축 늘어뜨린 채 철혈무각을 들어가자 종자정이 이상하다는 눈으로 휘를 바라보았다.

"어째 진 공자의 어깨가 늘어진 것 같구먼."

성이 진조여라 했더니 귀찮다며 진 공자라고 한다. 쩝, 남의 성을 바꾸다니⋯⋯. 다른 때는 신경이 안 쓰였는데 오늘은 이상하게 신경이 쓰인다. 아무래도 연연이 탓인 것 같다. 크윽!

"예, 그럴 일이 좀 있습니다."

터벅터벅 안으로 들어가 일단 괴책자가 있는 곳으로 다가갔다. 한데 그때였다. 한 사람이 휘아의 앞을 가로막았다. 스무 살은 넘어 보이는 청의의 청년이었다.

고개를 들고 바라보자 그의 키가 꽤 크다는 것을 알 수 있었다. 자신보다 한 뼘은 더 커 보였다. 자신이 비록 큰 키는 아니었지만, 마주 서자 가슴팍에 얼굴이 닿을 정도의 차이였다.

"무슨 일입니까?"

휘아가 물었다. 그러자 장신의 청년이 냉랭한 표정으로 되물었다.

"네가 상무원 고 사숙님의 제자인 휘아라는 아이냐?"

아이? 기분이 그리 좋지는 않았지만, 무각 안에서 다투고 싶은 마음은 없었다.

"제 이름이 휘인 것은 맞습니다만, 그러는 분은 누구신지?"

"나는 네 사부의 사형 되시는 분의 제자 되는 사람이다. 사부께 너에 대해서 들었다."

복잡한 것 같아도 별다른 뜻은 없는 말이다. 그냥 '너와 사형제다' 하면 될 것을 뭐 이리 복잡하게 말한단 말인가.

"그러니까 저와 사형제간이다, 이 말인가요?"

"그렇지! 간단히 말하면."

"알았습니다. 그럼 이제 들어가도 될까요?"

기분이 나쁜지, 장신의 청년은 미간을 찌푸리며 앞을 비켜주지를 않는다.

"고 사숙이 사형에게 그리 대하라 하던가?"

"아닙니다."

"그럼 예의를 차려야 하지 않겠느냐?"

"사부께선 모르는 자에겐 함부로 숙이지 말라 하셨습니다."

"뭐라고?"

청년의 표정이 험악하게 변해갔다. 하지만 그렇다고 기죽을 휘아도 아니었다.

"앞에 계신 분께서는 저의 사부님을 뵌 적이 있으십니까?"

"그건… 말씀은 많이 들었다."

유폐되어 있다 해서 찾아오지도 않은 것 같다. 그러면서 뭐? 예의?

"저는 저에게 사형이 있다는 말도 못 들었습니다. 그러니 이만 비켜주시지요."

"건방진!!"

휘아의 고개가 발딱 치켜세워졌다.

"나중에 정식으로 인사한 후에 예의를 차려도 늦지 않다 생각합니다만."

두 사람의 눈빛이 정면으로 부딪쳤다. 그러나 휘아의 얼굴은 면사에 가려져 있었다. 청년은 면사로 인해 휘아의 얼굴을 볼 수 없자 이마를 잔뜩 찌푸렸다.

"이런 곳에서 면사를 쓰다니 웃기는 놈이군."

"사백께서 보시고도 아무런 말씀을 안 하셨거늘, 그분의 제자라는 분이 왜 뭐라 하는지 모르겠군요."

단 한 마디도 지지 않는 휘였다.

청년의 일그러진 얼굴이 분노에 파르르 떨린다. 하지만 그뿐이었다.

그는 이곳에서 더 이상의 행동을 할 수 없었다.

철혈무각의 규칙 중 하나, '철혈무각 내에서는 절대 무공을 써서는 안 된다'라는 규칙 때문이었다.

낡은 무서가 많은 이곳에서 무공을 썼다가는, 자칫 무서가 손상되는 불상사가 일어날 수 있기에 생긴 절대규칙이었다.

휘아는 청년을 보며 더 이상의 자극은 자신에게도 유리하지 않을 거라는 생각이 들었다. 아직은 자신의 힘이 약한 것만은 분명하니까.

"나중에 정식으로 인사를 드릴 기회가 생기면 그때 인사를 드리지요. 그럼."

옆으로 비켜가는 휘를 보면서도 장신의 청년은 아무런 말도 할 수가 없었다. 분명 화는 나는데 손을 쓸 명분이 없다. 더구나 철혈무각의 절대 규칙까지 어기면서 손을 쓴다는 것은 더욱더 그러했다.

새파란 눈빛을 휘아의 등 뒤에 꽂은 장신의 청년이 냉랭한 어투로 말했다.

"나는 사공민이라 한다. 언제고 만날 기회가 오겠지. 그때 보자."

화난 표정으로 무각을 나가는 사공민의 뒷모습을 바라보며, 휘아의 마음은 차갑게 가라앉았다.

'그래, 언제고 마주칠 날이 있겠지. 하지만 그때가 되어도 네 맘대로는 되지 않을 것이다.'

가라앉은 마음 그대로 책자를 집어 들었다. 그리고 그때부터 또다시 끝없는 선(線)과의 싸움이 시작되었다.

어느덧 철혈무각을 들락거린 지도 열흘이 되어갔다.

휘아는 오직 괴책자의 선에 대해서만 파고들어 갔다. 그리고 열흘이 되던 날 오후가 되어서야 끝끝내 책자에 그어진 선들의 순서를 머리 속에 집어넣을 수 있게 되었다. 그것은 집념의 결실이었다.

그것만으로는 아무것도 알 수 없었지만, 그래도 일단 시작은 한 것이다.

그동안 일차로 철혈관을 나왔다는 기재, 팔 인을 철혈무각에서 모두 만나보았다. 개중에는 영호련이나 웅경처럼 마음에 드는 자들도 있었고, 사공민처럼 잘난 척하는, 보기 싫은 자들도 있었다.

그중 두 사람은 성주의 제자였다. 하나의 이름은 유자강이라 했다. 하지만 한 가지만은 분명했다. 그들은 그들이고 나는 나라는 것이다.

'사형? 글쎄, 불러달라면 불러주지. 내가 이곳에 있는 동안에는……'

6

철혈무각에서 돌아온 휘아가 사부님을 찾아간 것은 저녁 식사가 끝난 이후였다.

휘아는 자신이 얻은 괴책자의 선에 대해서 자세한 설명은 피한 채 사부님께 말씀을 드렸다. 혹시나 선입견으로 인해서 자신이 본 것 외의 것을 보지 못할까 봐 그렇게 한 것이었다.

다음날, 휘아와 함께 철혈무각에 들른 고봉천은 휘가 건네준 괴책자를 자세히 살펴보더니, 돌아오자마자 휘아를 불러 마주 앉았다.

고봉천은 곤혹한 표정으로 휘를 바라보았다.

"음, 나로선 그것이 뜻하는 바를 정확히 알지 못하겠구나."

사부님은 자신이 봤던 것조차 보지 못한 듯하다.

조심스럽게 자신이 봤던 것에 대해서 이야기했다.

"…해서 제가 볼 때는 그것이 쾌에 대한 것을 표현한 것이 아닌가 생각합니다. 다만… 무엇으로, 어떻게 펼치는 것인지는 잘 모르겠습니다.

아직 제자의 성취가 낮아서……."

고봉천은 제자의 이야기를 들으며 조용히 눈을 반쯤 감았다.

휘아가 보았다는 책자는 자신도 오래전에 보았던 책자다. 물론 안의 내용까지. 다만 보고 바로 덮어놓았을 뿐이다. 미친 자가 남겨놓은 거라 생각했기에. 그리고 오늘, 다시 한 번 세밀히 살펴보았다. 휘아의 말을 듣고. 그래도 알 수가 없었다. 한데 어린 휘아는 그 속에서 누구도 보지 못했던 것을 보았다. 운이든, 실력이든.

참으로 놀랍기 그지없는 아이다. 그것만으로도 자신은 휘아의 미래가 어디까지 갈지 짐작하기가 쉽지 않았다.

게다가 무공을 배우는 사람들은 자신만의 비기를 누구에게도 함부로 말하지 않는다. 아무도 모르는 무공은 더 더욱 그러하다.

물론 사부와 제자 사이이기에 충분히 말할 수 있는 관계는 된다 하지만, 아무런 거리낌도 없이 즐겁게 말할 수 있는 사람이 요즘 세상에 몇이나 될까.

문득 고봉천은 생각을 해봤다.

자신은 자신이 얻은 것을 사부께 말씀 드렸던가? 안 드렸다.

사형은 자신이 얻은 것을 사부나 자신에게 말했던가? 안 했다.

웃음이 나온다. 그러고 보니 자신은 앞에 앉아 있는 어린 휘아만도 못했던 것 같다. 알량한 무공을 무슨 천하제일의 무공이라도 되는 양 혼자서 익히기에 급급했었다. 어린 휘아도 사부에게 모든 걸 털어놓고 있거늘.

하지만 어찌 보면, 험한 세상을 살아가기 위해선 어느 정도 자신을 감추는 것도 필요할 거라는 생각이 들기도 했다.

고봉천은 웃음 띤 얼굴로 휘아를 바라보았다.

"휘아야."

"예, 사부님."

"아무래도 그것은 너만을 위한 무공인 것 같구나. 허허허, 오랫동안 아무도 보지 못했던 것을 네가 본 것도 그렇고, 보고도 몰랐다면 그것은 다른 사람에게는 아무런 쓸모가 없는 것이나 마찬가지가 아니겠느냐? 사부 역시 너에게 듣고도 모르겠구나. 하니 너는 그 무공을 너만의 무공으로 갈고닦도록 하거라."

"예, 사부님. 하지만 제자는 아직 모르는 것이 많습니다. 사부님께서 많은 가르침을 주셨으면 합니다. 제자가 스스로 깨닫기에는 너무 아는 게 없거든요."

"하하하!! 당연하지 않느냐? 내가 너의 사부인데 말이다."

사부의 대소를 들으며 휘아가 나직이 말을 꺼냈다.

"저, 사부님."

"음."

"며칠 전 사백님의 제자들을 만났습니다. 그런데……."

휘아의 이야기를 잠자코 듣고만 있던 고봉천이 빙그레 웃으며 말했다.

"그래, 네 생각은 어떠하냐?"

"저는… 그들에게 별로 관심이 없습니다. 저만 건들지 않는다면요."

"응? 하하하! 휘아야."

"예, 사부님."

"물론 그 생각도 잘못된 생각은 아니다. 하나 말이다. 네가 나를 사부라 부르고 성주를 사백이라 부르는 이상은, 일단 그들을 사형으로서 대해주어야 할 것이다. 그러다 네가 커서 언젠가 너만의 길을 갈 때가 되면 그때는 네 마음대로 하거라. 나는 네가 철혈성이라는 틀에 얽매이는 것을 원하지 않는다. 내가 아는 휘아는, 창천에 날개를 펼친 고고한 독응(獨鷹) 조차 아래로 내려다볼 정도의 삶을 살 수 있을 거라 생각하거든."

고개가 수그려졌다.

사부는 자신의 마음을 알고 있었다. 자신이 언젠가는 철혈성을 향해 검을 들이댈지도 모른다는 것을 알고 있는 것이다. 그러기에 저런 말씀을 하시는 거다.

"아무리 그렇게 된다고 해도… 사부님은 사부님이에요."

"허허허, 고맙구나. 그 말만으로도 나는 만족한단다."

자신이 해줄 수 있는 것은 휘아가 가는 길에 불을 밝혀주는 정도일 뿐이다. 고봉천은 그것이 안타까웠다.

유폐되어 있는 동안에 좀 더 열심히 무공에 대해서 신경을 썼더라면, 보다 더 멀리 빛을 비추어줄 수 있을 터인데.

'하지만 아직 늦지 않았다, 아직은……. 이거 아무래도 내일부터는 나도 좀 열심히 공부를 해야 할 듯싶구나.'

7

괴책자의 무공을 광섬사결(光閃四訣)이라고 이름 붙였다. 처음에는 광무사섬(狂武四閃)이라 부르려다 너무 거창한 것 같아 바꾼 것이었다. 사실 광섬사결도 좀 거창하게 들리긴 하지만…….

하루 중 잠을 자는 두 시진을 빼고, 열 시진 중 네 시진을 광섬사결과 혈련삼화를 익히는 데 주력했다.

두 가지 무공은 완전히 극과 극을 달리지만, 번갈아 참오해도 이상하게 머리 속에서 섞이지가 않았다. 오히려 속에 숨은 변화가 더 잘 보이는 것 같았다.

사부님께선 상생상극 하다 보니 느림 속에서 빠름이 잘 느껴지고, 빠름 속에서 느림이 잘 느껴지면서 서로를 보완하는 것이 아닌가 하셨다.

그러면서 깊이 참오하다 보면 언젠가는 둘이 하나가 될 날이 있을지 모르겠다며 자신의 일처럼 기뻐하셨다.

그렇다고 문제가 없는 것도 아니었다. 내력이 부족해서 그런지, 머리 속에서 맴도는 변화들이 손끝에서는 잘 표현이 안 되는 것이다.

아무래도… 오랜 시간이 필요할 듯하다.

그렇게 오전을 보내고 점심이 지나면, 한 시진은 철혈무각을 찾아가 이것저것을 살펴보고, 두 시진은 사부님의 무공인 무연관천심공을 운기하며 유성십삼검과 비월신영을 익히는 데 주력했다.

그때가 되면 귀신같이 연연이 나타난다. 옆구리에 손을 턱 하니 얹고.

오빠는 기본이 안 되어 있다니까! 그러니까 연연이 꼭! 있어야 돼!

그리고 나머지 시간은 삼령의 법을 깨우치는 데 전력을 쏟았다. 근래 들어 삼령의 법에 많은 신경이 쓰이기 시작하는 휘아였다.

천양의 힘이 늘어나자 지음의 법도 덩달아 그 힘이 커져 간다. 어떤 때는 몸이 견디기 힘들 정도로 기운이 날뛸 때가 있다. 그러다 보니 대기의 법인 풍령의 기운으로, 천양과 지음의 법에서 파생된 기운을 조절해 주지 않으면 안 되었던 것이다.

사부님과 이야기를 나눈 지 열흘이 지났다.

이틀 전부터는 사부님과 같이 철혈무각을 드나들기 시작했다.

오늘도 두 사람이 철혈무각에 들어가자 종자정이 웃음으로 반겨준다. 한데 고봉천이 며칠째 계속 모습을 보이자, 조금 의아한 생각이 들었는지 종자정이 기이한 표정으로 물었다.

"단주, 요즘은 자주 모습을 보이십니다그려?"

"험! 살다 보니 나이 먹어도 배워야 할 것이 있더군. 더 나이 먹기 전에 하나라도 더 배워보고 싶어서 말일세."

차마 제자에게 밀릴까 봐 그런다고는 말 못하고 둘러대는 고봉천의 말에 종자정이 눈을 크게 떴다. 그리고 한마디.

"노망 들 나이도 아니고, 이제야 무슨…… . 헉! 아이고!"

느닷없이 종자정의 입에서 비명이 터졌다.

눈을 치켜뜬 고봉천의 관월지가 화살이 되어 엉덩이에 꽂힌 것이다.

"자슥이, 그동안 놔줬더니 빠져 가지고…… ."

"큭!"

휘아가 그 모습을 보고 큭큭대자, 종자정이 도끼눈을 뜨고 바라본다. 두고 보자는 듯한 눈빛이다.

음, 앞으로는 웃음도 조심해야 할 것 같다. 그렇지만 지금은…… .

"키키키…… ."

어쩔 수 없었다.

성주의 제자들이나 성주가 심혈을 기울여 키우고 있다는 자들은 요즘 모습을 보이지 않는다. 처음에는 열흘 정도 뻔질나게 드나들더니, 한두 가지 무공을 챙기고는 철혈무각에 발길을 끊은 것이다.

그러다 보니 자신과 사부를 제외하고 철혈무각을 방문하는 자는 어쩌다 들어오는 본 성의 간부들뿐이었다.

하지만 그들마저도 사부를 보고는 무서들을 훑어보다 어정쩡하니 서고를 나선다.

결국, 근래 들어서는 철혈무각이 두 사제의 개인 무서고가 되다시피 되어버렸다.

"휴, 대체 대사형은 여기에서 무엇을 보고 심득을 얻었는지 알 수가 없구나."

고봉천이 한숨을 내쉬며 머리를 가로저었다.

벌써 삼 일째 둘러보고 있는 중이었다. 특별히 무엇을 얻겠다는 계획은 없었다. 그러나 시간이 흐르자, 그의 마음은 대사형이 얻었다는 절정검 쪽으로 신경이 쓰이고 있었다.

 물론 자신의 무공이 결코 약한 것은 아니었다. 그래도 한때 섬서의 패주 철혈성의 비영검단주가 아니었던가.

 하지만 휘아를 보면 볼수록, 자신의 무공만으로는 휘아에게 만족을 줄 수 없을 것 같았다.

 휘아의 능력을 알수록 은근히 불안감이 들었다. 그래도 사부라면, 최소한 제자에게 가르침을 내리다가 막혀서는 안 될 것이 아닌가 말이다. 그래서 생각한 것이 대사형이 얻었다는 절정의 검학, 바로 그것이었다.

 고봉천은 모르겠지만, 어이없게도 그 역시 무저동의 세 아버지들과 같은 길을 걷고 있는 것이다.

 고봉천이 머리를 저으며 건너편 서가 쪽으로 가려 할 때였다.

 한쪽 구석에서 휘아가 자신 쪽을 바라보고 있는 것이 눈에 들어왔다.

 "휘아야, 이제 그만……."

 나가자고 말하려던 고봉천의 입이 다물어졌다.

 뭔가 이상했다. 평소의 휘아라면 책자를 들고 신중히 살피는 모습이 보여야 했다. 한데 멍한 표정으로 자신을, 아니, 자신의 뒤쪽을 바라보고만 있다.

 '저 애가 왜 저러지?'

 의문이 일지 않을 수가 없는 일이다.

 그때였다. 휘아가 손을 들어 자신의 머리 위를 가리킨다. 얼떨결에 고개를 들고 자신의 머리 뒤쪽을 바라보았다. 지하서고의 입구 위쪽, 커다란 목판에 글이 새겨져 있었다.

무학지무종(武學之無終).

무를 배우는 자에게는 끝이 없다.

고봉천이 감탄한 듯 고개를 끄덕이며 말했다.

"참 좋은 말이지 않느냐? 꼭 사부에게 하는 말 같구나."

그리고는 휘아를 향해 고개를 돌리려 할 때였다. 맑은 목소리가 지하 서고를 울렸다.

"정말 멋진 글이네요!"

"그래, 백여 년 전에 괴팍하기로 유명했던 오대성주님이 쓰셨다고 들었다만……."

고봉천은 기억을 더듬어 목판의 글에 대해 설명을 하려다가 다음에 이어지는 휘아의 말을 듣고 입을 다물어야만 했다.

"선이 살아 있어요. 마치 살아서 꿈틀대는 것 같아요."

'선? 선이 살아 있다고?'

처음 듣는 말이었다.

"한 자 한 자에 혼신의 힘이 담겨 있는 것이 보여요."

'힘이 담겨 있다고? 대체 저 아이가 무슨…….'

고봉천의 어깨가 부르르 떨렸다.

'호, 혹시?'

떨림이 입에까지 옮겨갔나 보다.

"뭐, 뭐가 있는지 아, 알 수 있겠느냐?"

휘아는 목판을 보고 무의식 중에 느꼈던 감정을 나직한 목소리로 느릿느릿 말했다.

"잘은 모르겠지만… 마치 천 근 무게로 짓눌러 쓴 것같이 보여요. 그런데… 그 선들이 춤을 추고 있어요. 천 근 무게가 담긴 춤을……. 무겁고 강하면서도 부드러운 춤…… 보는 것만으로도 질릴 정도로, 마치 일권에 산악을 무너뜨릴 것 같은 엄청난 힘이 느껴져요."

끝내 더 참지 못한 고봉천의 입에서 신음 같은 한마디가 터져 나왔다.

"맙소사! 천붕신권(天崩神拳)! 천중무(天重舞)!!"

"예?"

의아한 표정으로 되물었다. 그러자 고봉천이 감격에 겨운 눈빛으로 휘아를 바라보며 걸음을 옮겼다.

"정말, 정말… 너라는 아이는……."

휘아는 어리둥절한 눈으로 다가오는 사부를 바라보았다.

두 자 거리까지 다가온 사부가 자신을 향해 손을 뻗는다. 그러더니,

"잘했다! 잘했어!! 허허허!!"

와락, 품에 끌어안은 채 웃음을 터뜨렸다. 뭐가 뭔지는 모르겠지만, 사부의 품은 따뜻하면서도 넓었다.

"사부님……."

왠지 모르게 가슴이 뜨거워지는 것 같았다.

한참을 그렇게 있던 고봉천이 휘아를 떼어놓고 흡족한 표정으로 입을 열었다.

"지금 네가 본 것이 무엇인지 아느냐?"

"……."

"그래, 모르겠지. 모르는 게 당연하지. 허허허!"

고봉천이 너털웃음을 흘리더니 휘를 한쪽으로 끌고 갔다. 그곳은 목판이 가장 잘 보이는 위치이기도 했다.

"저 글을 쓰신 오대성주 철백님께서는 본래 성주 위에 오를 분이 아니셨다고 한다. 한데 사대성주셨던 철우검제 철현궁님이 돌아가시고 마땅히 성주 위에 오를 분이 없자 원로들이 나서서 억지로 성주를 맡겼다고

한다. 억지로 성주를 맡게 된 그분껜 제자가 한 명도 없었다. 왠지 아느냐?"

알 리가 없다, 말을 안 해줬으니.

"워낙 성질이 괴팍한 분이었기에 누구도 그분의 제자가 되길 꺼렸지. 너도 생각해 봐라. 매일같이 두들겨 패고……."

석두아버지가 그랬는데…….

"단순한 동작을 수백, 수천 번씩 반복하게 하는데……."

삐삐아버지도 그랬었지…….

"어느 누가 붙어서 배우려 하겠느냐. 더구나 언제 완성할지도 모르는 무공을……. 한데 어느 날이었다. 그분이 성주에 취임했다는 말을 듣고 당시 무림의 절정고수 중 한 사람인 절명신장 한추용이 본 궁을 찾아왔다. 그는 철혈성에 그렇게 사람이 없느냐며 성주께 비무를 요청했다."

고봉천의 입가에 고소가 떠오른다.

"성주께선 자신의 일 장만 받아내면 자신이 진 것으로 하겠다는 선언을 했고, 대경한 원로들은 성주를 말리느라 정신이 없었다고 한다. 하지만 결국은 성주의 고집대로 되었지. 그렇게 두 사람의 비무가 막을 올렸다."

고봉천은 휘아를 바라보았다.

"어떻게 되었는지 아느냐?"

고개를 젓는 휘아를 바라보며 고봉천의 입가에 고소가 짙어져 간다.

"단 일 장이었다. 성주께서 허공으로 떠올라 춤을 추듯이 한 걸음을 내딛자 한추용의 안색이 굳어지고, 일 장을 내치자 한추용이 피를 토하고 쓰러져 버렸다 한다. 그제야 사람들은 성주의 진면목을 알고 서로 제자가 되겠다고 했지. 하지만 말이다… 성주께선 결국 제자를 들이지 않으셨다."

길게 말을 이어가던 고봉천이 다시 목판을 바라보다가,

"그리고 한 말씀만 남기셨지."

휘아를 향해 고개를 돌렸다.

"어떤 놈이든 재수 좋은 놈이 다 가져가라!"

휘아가 멍한 얼굴로 바라보자 그는 빙그레 웃음을 지으며 말했다.

"그러고는 저 목판을 떡하니 철혈무각에 걸어놓으셨다. 사람들은 이곳에서 무언가를 찾으려고 아우성을 쳤지. 하지만 아무도 그분의 무공을 찾지 못했다. 한데… 그 재수 좋은 놈이 네가 된 것 같구나."

멍하니 고봉천의 말을 듣던 휘아가 물었다.

"그런데 왜 하필 저 목판에 남겼을까요?"

"그분의 취미가 목각이었거든. 한때는 무사가 목각을 한다고 핀잔깨나 들었다고 하더라만……."

휘아의 눈이 목판을 향했다. 언뜻 보면 둔탁하게까지 느껴지는 글씨였다.

자신도 괴책자를 보지 못했다면 볼 수 없었을지도 모른다. 혈련삼화를 몰랐다면 느낄 수도 없었을 것이다. 선의 흐름, 곳곳에 느껴지는 힘. 다섯 글자에 녹아 있는 그 모든 것들을.

8

사부는 며칠을 더 철혈무각을 들락거리다 요즘은 자신의 방에만 틀어박혀 지내신다.

휘아 역시 철혈무각에 가지 않은 지 며칠이 지났다.

'대사형의 절정검은 잊어라! 천붕의 권을 얻었으니 오히려 너에겐 더 나은 결과라 할 수 있을 것이다. 이제 얻은 것을 너의 것으로 만드는 것만이 네가 할 일이다' 라는 사부의 말도 있었고, 자신 역시 지닌 것조차

넘칠 지경이니 이제는 연무에만 힘을 쏟아야 할 때라는 생각이 든 것이다.

두 사람이 발길을 끊자 종자정이 찾아왔다. 매일 보다 안 보이니 궁금했던 모양이다.

"여! 우리 휘아, 잘 있었나?"

"어서 오십시오, 종 숙부."

얼마 전부턴 숙부라고 부른다. 그럼 헤벌쭉하니 웃으며 좋아한다.

그 모습을 보면 휘도 덩달아 기분이 좋아진다.

"요즘은 왜 안 오는 거지? 안 오니까 내가 심심하잖아."

"가진 것도 언제 다 익힐지 모르는데요, 뭐. 당분간은 수련에만 힘을 쓸려구요."

"그래? 흠, 그것도 괜찮은 생각이군. 난 또, 내가 싫어서 안 오는 줄 알았지. 하하하!!"

"그럴 리가요?"

'인상이 좀 그래서 그렇지, 속은 순진해 보이는데요?' 그 말은 할 수 없었다.

"아! 단주님은?"

"방에 계셔요."

그때, 방 안에서 사부님의 목소리가 들렸다.

"왔으면 들어오게나! 내 할 말도 있으니까."

찡긋 웃은 종 숙부가 방으로 들어갔다. 큭, 여전히 어울리지 않는 웃음이다.

한 시진이나 지났을까, 방을 나온 종 숙부는 의미심장한 표정으로 휘아를 쳐다보더니 상무원을 떠나갔다.

"열심히 해라! 다음에 보자."

한마디만을 남기고.

종 숙부가 가시고 난 다음에도 사부는 방에서 두문불출하셨다. 하도 궁금해서 무얼 하고 계시는지 연연에게 물어봤다.

"아빠? 좀 이상해. 뭐라고 중얼거리면서 왔다 갔다 하시는데 내가 다 정신이 없다니깐."

이상한 대답이었다. 그렇다고 사부께 직접 물어볼 수도 없는 일.

휘아는 일단 궁금증은 접어두기로 했다. 자신이 할 일도 적지 않았으니까.

시간이 흘러도 고봉천의 이마는 펴질 줄을 몰랐다.

"구 노인을 설득해 보는 것이 나을까? 그분이라면 휘아를 예쁘게 봤으니까 뭔가를 가르쳐 줄 법도 한데……. 아냐, 아냐, 그렇게 해서는 오히려 부작용만 생길 수가 있어. 그분하고 휘아의 관계는 자연스럽게 발전하는 게 나을 거야. 음……."

대체 무슨 생각을 하는 걸까. 한참을 더 손을 턱에 괴고 뭐라고 중얼거리더니 어느 순간 고개를 번쩍 들었다.

"할 수 없군. 일단은 그놈들에게 맡기는 수밖에."

머리를 든 고봉천의 입가로 미소가 스쳐 지나갔다.

"정 안 되면 내가 직접 몸으로 때우지 뭐."

다음날, 느닷없이 고봉천이 휘아를 불렀다. 방이 아닌 후원의 연무장에서.

"부르셨습니까?"

"그래, 요즘 수련은 어떻게 하고 있느냐?"

"열심히 하고 있습니다."

"……."

훗!

'진짭니다'라고 말을 하려다 차마 그 말까지는 하지 않았다. 그런데도 사부의 얼굴은 살짝 일그러져 있다.

"사부님의 얼굴이 너무 굳어 있는 것 같아서 그만 제자가 농담을 했습니다. 용서하십시오."

"아니다. 사실 웃음이 나오려고 했거든. 하하하."

가볍게 웃음을 터뜨린 고봉천이 말했다.

"내 너의 수련을 어떻게 하면 효과적일까 생각해 봤다. 사실 무공이라는 것이 무작정 무서를 보고 익히는 것으로 다 되는 것이 아니거든."

가벼운 대답과 함께 한 자루 철검을 건네준다.

"철혈십팔검부터 유성십삼검까지 연속으로 펼쳐 보아라."

철검을 받아 든 휘아의 표정이 신중하게 굳어졌다.

처음 초식의 형을 배울 때는 매일 사부 앞에서 검을 펼쳤었다. 하지만 요 근래 한 달간은 거의 혼자 익히다시피 했었다. 아마 그동안의 성취를 시험해 보시려나 보다.

천천히 철혈십팔검의 기수식이라 할 수 있는 철혈입기부터 펼쳐 나가기 시작했다.

철혈팔상, 철혈부원…….

철혈산동, 철혈금파…….

한 자루 철검에서 부는 바람이 연무장의 모래먼지를 휘말아 올린다.

전신공력이 실리지 않았음에도 철검에서는 대기를 짓누르는 힘이 느껴진다.

철혈검의 시전이 끝나자 검세가 갑자기 변하기 시작했다. 그것은 갑작스러운 변화였다. 그럼에도 흐름은 마치 처음부터 그러했던 것처럼 전혀 어색하지가 않았다.

휘의 신형이 일 장을 뛰어오르더니 유성만리가 펼쳐진다. 그러더니 순식간에 유성추월, 유성난산분으로 변화한다.

떨어져 내리는가 싶으면 한 바퀴 휘돌고, 검력을 빌어 다시 튀어 오른다.

휘돌던 모래먼지들이 휘를 따라 솟구치며 검끝으로 모인다.

그 광경을 무심하니 지켜보는 고봉천의 속마음은 놀람으로 가득 차 있었다.

'휘아의 능력이 놀랍기만 하구나. 철혈검과 유성검은 엄연히 그 흐르는 변화의 맥이 다른 데도, 마치 하나였다가 갈라진 것처럼 자연스럽기 그지없다. 저러한 것은 누가 가르친다고 되는 것이 아니다.'

후우웅…….

휘돌던 모래먼지들이 허공에서 뻗어지는 검극을 따라 사방으로 비처럼 뿌려진다. 유성낙화우.

땅에 내려선 휘아가 철검을 쭉 앞으로 뻗었다. 떨어져 내린 모래먼지들이 쐐기처럼 뭉치며 앞으로 뻗어 나간다. 유성탄비격.

"하앗!"

휘아의 입에서 일성 기합이 터졌다. 뻗어나가던 모래먼지들이 일순간 터져 나가더니 이 장 앞의 나무 둥치에 박혀 들어갔다.

파바바박!

유성탄천파.

조용히 숨을 고르며 검을 거두는 휘아의 이마에 땀방울이 맺혀 있었다. 아직 유성십삼검을 연속으로 끝까지 펼치기에는 내력이 받쳐 주지를 않았다. 그나마 끝까지 펼칠 수 있었던 것도 그만큼 노력이 뒷받침됐기에 가능한 일이었다.

천천히 돌아선 휘아가 허리를 숙였다.

"사부님의 눈을 어지럽히지나 않았나 모르겠습니다."

고봉천이 고개를 끄덕였다.

"어지러웠다."

예? 움찔 고개를 들었다. 한데 사부가 웃고 있다.

"빙빙 도는 걸 계속 봤더니 무척 어지러운걸? 후후후."

세상에, 사부가 저런 농담을?

"네가 펼치는 검의 형(形)은 이제 더 이상 내가 손봐줄 것이 없을 것 같다."

"아닙니다. 아직은……."

"물론 수련은 계속되어야 할 것이다, 앞으로 더 나아가기 위해서는. 내가 말하는 것은 단순히 형이 잡혔다는 것일 뿐이니까."

"명심하겠습니다."

"그러기 위해서 너에게 도움을 줄 사람을 부르기로 했다."

"예?"

"너도 잘 아는 사람이다."

고봉천이 빙그레 웃었다.

"종자정 등이 내일부터 교대로 올 것이다. 그들이 너와 비무를 해줄 것이다. 그저 익히기만 하는 무공과 비무가 무엇이 다른지 아마 또 다른 차이를 느낄 수 있을 것이다. 게다가 실전은 더 더욱 그러하지. 한마디로 죽은 무공과 살아 있는 무공의 차이라 할 수 있을까?"

휘아의 얼굴이 살짝 굳어졌다.

그가 가장 취약하다고 생각하던 것, 그것이 바로 실전에서도 자신이 아는 바를 제대로 펼칠 수 있을까 했던 부분이었다. 한데 마침 사부가 그 부분을 짚어왔다.

"하지만 네가 먼저 알아야 할 것이 있다. 그들은 나의 부탁대로 너에게 조금 심하다 할 정도로 몰아붙일 것이다. 그 점을 미리 알고 최선을 다해야 할 것이야."

고봉천도 사실 처음에는 그게 걱정이 되었었다. 특히 종자정은 결코 비무라고 해서 사정을 봐줄 놈이 아니었다. 꽁지에 불붙은 맹수, 그게 종자정이었으니까.

그래서 많이 망설였다. 하지만 어차피 험한 길을 걸어가야 할지 모르는 휘아였다. 그렇다면 더 강하게 키울 수밖에 없다는 것이 고봉천의 생각이었다. 지금 당장은 마음이 아플지 몰라도 나중을 위해서라면 어쩔 수 없는 것이다.

그런데도 어린 제자는 당연하다는 듯 말을 한다.

"성취가 있기 위해선 아픔이 따를 수밖에 없는 거라고 배웠습니다."

"그것도 네 아버지들이 해준 말이냐?"

"석두아버지가 말로 가르쳐 준 것 중 제일 그럴듯한 말이었어요. 온몸을 두들길 때마다 말씀하셨죠."

휘아는 속으로 말했다.

'아무리 아파도 그 말이 멋있게 느껴져서 아프단 소리도 못하고 맞았어요……'

고봉천은 가슴이 부르르 떨렸다.

'진짜 무식한 양반, 말 한마디 던져 놓고 애를 그렇게 패다니……'

9

무연관천심법을 끌어올리며 조용히 무아의 상태를 즐기던 휘아의 눈이 슬며시 뜨였다.

"후우, 오늘은 어째 마음이 안정이 안 되는구나. 삼 주천도 제대로 안 되는 것이……."

아무래도 내일부터 벌어질 비무 수련에 신경이 쓰였다. 평소 같으면 자기 전에 세 번 이상의 대주천을 행할 수 있었으나 오늘은 두 번을 행하기도 전에 중도에서 멈추어야만 했다.

몸을 일으키고 창문을 열어봤다.

어느덧 창밖 정원의 나뭇잎들이 달빛 아래서 붉게 물들어가고 있었다. 가을이라는 계절이 성큼 다가온 것이다.

위대한 자연의 변화는 휘아에게 충격적으로 다가왔다.

얼마 전, 짙푸른 나뭇잎들이 불타오르듯이 붉게 변하는 것을 보고 얼마나 놀랐던가.

"연연아! 나뭇잎들이 죽으려나 보다. 피처럼 붉어져. 큰일났다!"

연연은 그런 휘아를 보고 깔깔거리며 웃었다, 가슴을 탁! 치며.

"오빠도 참! 가을이 되면 나뭇잎들이 단풍드는 것은 당연한 일이잖아!"

당연한 일이란다. 당연한 일……. 다른 사람들에게는…….

하지만 오직 자신에게만은 당연한 일이 아니었다. 아버지들도, 사부도 이런 것은 가르쳐 주시지 않았었다.

붉은 단풍은 연연의 말대로 단풍이 들어서 그런 거라고 한다. 처음으로 알았다. 그런데 노란 잎들은…….

"연연아! 네 말대로 단풍이 들면 빨갛게 변해야 하는데 저것은 노랗다! 저건 틀림없이 이상이 있어서 그런 거지? 사람도 아프면 얼굴이 노래지잖아?"

"쳇, 단풍은 빨간 것도 있고, 노란 것도 있고, 갈색으로 변하는 것도 있어."

"그… 래?"

"그러다가 겨울이 되면 다 떨어져."

또다시 충격적인 말이었다.

"다 떨어진다고? 잎이 다 떨어지면 가지만 남잖아? 그럼 보기 싫을 텐데, 안 떨어지게 해야 하지 않을까?"

"어떻게 안 떨어지게 해. 그리고 내년이면 다시 새잎이 나올 텐데, 뭐하러 그런 걱정을 하는 거야? 오빠가 너무 게으르니까 그런 엉뚱한 생각이 나는 것 같아."

연연이 한바탕 연설을 풀어놓고 허리에 손을 척 얹는다.

"안 되겠어! 오늘은 수련 시간을 두 배로 늘릴 거야!!"

크윽! 또 꼬투리를 잡혔다. 그래서 그날은 연연의 지도(?)를 무려 두 시진에 걸쳐서 받아야만 했다.

뭐, 그래도 기분은 괜찮았다. 수련이 끝나고 볼에다 살짝 뽀뽀를 선물로 받았으니까. 말을 잘 들어서 이쁘다나? 자신이 해놓고도 어색한지 얼굴이 붉어진 채 뛰어가며 해맑게 웃는 연연이 그렇게 이쁠 수가 없다.

훗!

한편으로는 웃음이 떠오른다.

남들은 당연한 것이 자신에게는 그저 신기할 뿐이다.

그러고 보니 구 노인이 가지를 치는 것도 다음 해에 더욱 아름다운 꽃과 튼실한 열매를 맺기 위해서라고 했다. 모든 것이 사라짐이 아니라 순환이라는 것이다.

나고, 변하고, 지고, 또 나고……. 자연의 위대한 법칙이란다. 자연의 위대한 법칙…….

문득 휘아의 머리 속으로 한 가지 생각이 스치듯이 떠올랐다.

손을 앞으로 뻗고 천천히 하나의 그림을 그려봤다. 혈련삼화의 첫 번째 꽃이었다.

한순간도 끊어지지 않고 이어지는 선들, 그러다 처음의 선과 다시 이어지고 또 반복된다. 한데 하나의 꽃을 그려가던 손이 두 번째 꽃으로 이어진다. 조금 더 복잡하고 큰 꽃으로.

처음으로 해보는 방식이었다. 하나하나는 그려봤어도 꽃 위에 또 다른 꽃을 연이어 덮어 피워보는 것은.

피우고 변화시키고 또 변화시킨다.

어떤 꽃이 그려질까. 그대로일까? 아니면 새로운 꽃이 피어날까.

이어짐이 조금 어색하지만 그런대로 새로운 꽃이 그려진다.

자신도 인식하지 못한 사이에 등줄기를 타고 뜨거운 기운이 맴돈다. 어느 순간, 달아오른 기운이 빠져나가기 위해 몸부림을 친다.

'왜 이러지?'

이를 악물었다. 지금 그 기운을 끌어낸다면 어떤 일이 벌어질지 몰랐다. 잘못하면 창문이든 어디든 부서질 것만 같았다. 그러면 온 집안 식구들이 놀라서 다 튀어나올 것이다.

내기는 억누른 채, 세 번째 그림으로 연결해 갔다.

아름답고 커다란 연꽃이 두 그림 위에 모양을 갖춰간다. 어렵게 어렵게 그림이 완성되어 가려 할 때였다. 휘돌던 내부의 기운이 의지를 밀어내고 손끝을 뚫고 나오려고 발버둥을 친다.

"익!"

의지와 본능의 싸움이 벌어졌다. 미처 예상하지 못했던 일이었다.

설마 내 몸 안의 기운이 제멋대로 움직이다니.

이사이로 핏물이 흐른다.

'제길! 이게 무슨 일이야?'

이제는 오기가 솟는다. 내 기운도 내 맘대로 못 다스린다는 것을 휘아는 용납할 수가 없었다.

붉게 변한 얼굴이 단풍잎처럼 달아오른다. 금방이라도 터질 것처럼 볼이 부풀어 올랐다. 그리고… 끝내 세 번째 꽃을 완성했다.

핏물이 흐르는 것도 잊고 휘아의 입가에 웃음이 맺혔다.

'하하!! 이겼다! 건방지게 말이야! 어디서 지멋대로!!'

그림을 완성하고 손을 거두어들이자 미친 말처럼 뛰놀던 기운도 수그러졌다.

눈을 감고 천양의 법을 암송하며 독맥 속으로 숨은 기운을 찾아갔다. 척추를 타고 뜨거운 기운이 반응한다.

씨익.

한 번 웃은 다음 입가의 핏물을 닦고 오른손의 검지를 내밀었다.

"자! 이제 나와봐!"

독맥의 기운이 꿈틀댄다.

"나와보라니까! 주인의 명이다!!"

자신이 생각해도 우스운 명령, 하지만 다음에 벌어지는 일은 결코 우스운 광경이 아니었다.

독맥을 급격히 타오른 기운이 양경을 타고 빠르게 흐른다. 그러더니 어느 순간에 검지 끝으로 몰려들었다.

화악!

붉은 불꽃이 검지에 맺혔다. 예전과는 확연히 다른 느낌의 불꽃이었다.

첫 번째 꽃부터 그려갔다. 아름다운 꽃이 허공에 붉게 매달렸다.

첫 번째 꽃 위에 두 번째 꽃이 그려진다. 강렬해진 빛이 휘아의 눈을 부시게 할 정도로 아름답게 빛나며, 마치 꽃이 살아서 피어나는 것만 같다.

"아!!"

입에서 무의식 중에 탄성이 터졌다. 검지가 움직였다.

세 번째 꽃이 그 위를 덮어간다.

수백 개의 꽃잎이 불타오른다.

피어나던 꽃잎들이 꿈틀댄다.

속박에서 벗어나 환한 날개를 펼치려 한다.

그때였다.

"크음……."

답답한 신음이 이사이로 흘러나왔다. 핏물도 다시 흐른다.

손이 거두어지자 허공을 수놓았던 불꽃 연화가 환영만 남긴 채 사라져 버렸다.

꿈을 꾼 것만 같다. 입가에 흐르는 피만 아니었다면 꿈이었다고 생각했을지도 모를 정도였다.

잠시 시간이 흐르고, 휘아의 얼굴에 만족의 웃음이 환하게 피어났다.

"역시, 자연은 위대한 것이야! 그렇게 벽에 막혀 애타게 하던 것을 한 순간에 뚫어버리다니 말이야! 하하하!!"

정원에선 그의 성취를 축하하기라도 한다는 듯 구름 사이를 뚫고 내리 비친 밝은 달빛이 환하게 웃음 짓고 있었다.

8장
몰려오는 먹구름

1

교교한 달빛이 천간산 자락을 내리비칠 때, 철혈대전이라 칭해진 거대한 대전에 어둠을 등지고 두 사람이 마주 앉아 있었다.

흔들리는 황촛불이 두 사람의 얼굴을 비쳤다.

한 사람은 중후함이 전신에서 느껴지는 중년인, 다른 한 사람은 이십 대 중반으로 보이는 단아한 인상의 청년이었다.

"어찌할 생각이십니까?"

청년의 물음에 무거운 기운을 흘리며 태사의에 앉아 있던 중년인이 눈을 떴다.

"네 생각은 어떠하냐?"

"아버님께서 하신다면 어느 누가 말릴 수 있겠습니까?"

"네 사숙이나 원로들이 말릴지 모른다."

"이미 이빨 빠진 호랑이들일 뿐입니다."

"그래도 상당수 사람들이 그들을 따를 것이다."

"제가 아는 아버님은 몇몇 이리 따위를 무서워할 분이 아닙니다."

"후후후, 귀찮을 뿐이지……."

"정 귀찮다면 치워 버리면 되지 않겠습니까?"

"모든 것에는 순서가 있는 법이다. 그리고 순서란 힘있는 자가 만들지. 허허허……."

중년인이 차가운 눈빛을 흘리며 웃자 청년의 허리가 깊게 숙여졌다.

"훗날 아버님의 결단이 옳았다는 걸 모든 사람들이 알게 될 것입니다."

조용히 고개를 끄덕인 중년인이 물었다.

"그자들에게서 연락은?"

"이삼 일이면… 상당한 지위를 지닌 자가 올 거라 합니다. 적어도 영주급 이상이 되지 않을까 합니다."

"당연히 그래야지. 그가 누구든, 감히 나와 독대할 만한 자가 아니거든 받아들이지도 말거라. 알았느냐?"

"명심하겠습니다, 아버님."

단아한 인상의 청년, 철군명의 확고한 대답에 중년인, 철운성의 얼굴에 차갑고도 묵직한 웃음이 한 줄 걸렸다.

'나는 나를 무시하는 자와 손잡을 생각이 전혀 없음을 알아야 할 것이다.'

여전히 차가운 웃음을 지은 채 철운성의 입이 천천히 열리고,

"그리고… 그자들과 손을 잡게 되면 첫 번째 일로 썩은 가지를 치는 일을 시작할 것이다!"

그 말에 철군명의 눈이 번쩍 빛을 발했다.

"아버님의 뜻대로!!"

마침내 때가 가까워 온 것인가?

어느덧 힘겹게 매달렸던 낙엽들도 제 몸의 무게를 이기지 못해 떨어져 버리고, 어깨를 움츠리게 하는 찬바람만이 여민 옷깃 사이로 비 젖은 참새새끼마냥 파고든다.

희뿌연 구름이 하늘을 뒤덮은 십이월 초이틀, 찬바람을 북녘 저편으로 날려 버리는 한 소리 맑은 기합 소리가 상무원의 후원 연무장을 떨쳐 울렸다.

지나가던 겨울 철새들이 무슨 일인가 궁금했는지 고개를 내빼고 내려다보다 깜짝 놀라 푸다닥 날아가 버렸다.

"타앗!"

휘돌던 신형이 바닥으로 깔리자 머리 위를 한 자루 목검이 스치고 지나간다. 순간, 좌수로 바닥을 치고 빙글, 옆으로 돌았다. 동시에 우수에서 그려지는 검영이 상대의 가슴을 찔러간다.

"엇!"

가벼운 놀람의 소리.

"제법이구나!"

찔러가는 검날이 넓은 검면에 막혀 버렸다. 그러자 검날이 또다시 검면을 타고 물 흐르듯이 미끄러져 돌고,

따다닥!!

급박히 휘둘러진 목검이 순식간에 다섯 번을 비껴 치고 세 번 부딪쳤다.

주르륵.

뒤로 세 걸음을 물러섰다.

물러선 휘아의 눈이 먹이를 노리는 독수리처럼 종자정의 목검을 노려봤다.

움직임이 없는 목검, 그러나 언제 어떻게 움직일지를 모른다.

요즘에 와서야 어느 정도 변화를 눈치채고 대응할 수 있게 되었지만, 처음에는 멋모르고 서 있다가 수없이 얻어맞았었다.

내력을 쓰지 않고 하는 비무였다. 하나, 얼마나 얻어맞았는지 매일같이 고봉천이 안절부절못하며 종자정을 노려보기 일쑤였다.

너 정말 이럴 거냐?

단주가 사정 봐주지 말라면서요?

그렇다고 그렇게 무식하게 패?

얼굴은 안 때렸는데…….

그래서 네가 살아 있는 거야! 알어?

휘아는 비무를 할 때부터 면사를 벗었다. 아무래도 거치적거리니까. 그러다 보니 사부는 행여나 휘아의 얼굴이 상할까 봐 걱정을 하는 것이다. 그랬다간 연연의 잔소리가 모두 자신에게 몰릴 테니까.

종 숙부! 오빠의 얼굴에 상처만 내봐! 다시는 안 볼 거야! 그리고 아빠도 마찬가지야! 어디서 무식한 숙부한테 오빠를 맡겨 가지구!

그렇게 보름이 지나자 맞는 횟수가 현저히 줄어들었다. 다행히 얼굴은 괜찮았고, 연연도 조용했다. 연연은 다른 곳을 맞는 것은 상관하지 않았으니까.

'남자가 그 정도는 참아야지, 뭐.'

얼굴만 괜찮으면 신경도 쓰지 않는다. 쳇!

그렇게 한 달이 지난 것이다.

종자정도 갈수록 자신의 수가 쉽게 먹히지 않는 것을 알고 점점 고급 기술을 펼쳐야만 했다. 그런데 이제는 그마저도 쉽지가 않다. 내력으로 밀어붙일까? 하는 유혹이 일 정도다.

하지만 그렇게 했다가는, 아마 고봉천이 조용히 불러서 자신하고 한 판 붙자고 할지도 모른다. 그것만은 절대 사양하고 싶은 종자정이었다.

옛날 비영검단 시절, 술기운에 한판 붙었다가 얼마나 얻어맞았는지 마누라가 몰라볼 정도로 엉망이 되었던 기억이 아직도 뇌리의 한구석에 고스란히 남아 있을 정도였으니까.

"후, 이제 휘아의 검을 당하기가 쉽지 않은걸?"

"종 숙부가 봐줘서 그렇겠지요."

"내가? 봐줘? 누굴?"

종자정이 주위를 둘러본다.

"봐줄 만한 사람은 아무도 없는데?"

훗!

저 얼굴에(?) 농담도 곧잘 한다.

휘아가 말했다.

"어쩌실 거예요? 조금 더 하실래요?"

"좋아! 하지만 조심해야 한다. 이번에는 나도 전력을 다할 테니까!"

"뭐, 언제는……."

"간다!!"

말이 끝나기도 전에 광풍처럼 달려든다. 이번에야말로 자신의 무서움을 보여주겠다는 듯이…….

비겁하다는 말은 소용이 없었다. 실전에서 비겁하다고 말하다가 목 달아나 봐야 자신만 손해라나 어쨌다나.

휘아도 이를 악물고 검을 잡은 손에 힘을 더 주었다. 아무래도 종자정이 각오를 단단히 한 것처럼 보인 것이다.

재빨리 미끄러지듯 일 장을 물러섰다 싶은 순간,

휙! 사사삭!

원을 그리며 종자정의 공격을 해소한 목검이 상중하를 번개처럼 베어 간다.

"차앗!"

종자정의 입에서 기합 소리가 터지더니, 물구나무 서듯 허공으로 솟구 치며 팔검을 뻗어온다.

빙글.

휘아의 신형이 뻗어오는 검로를 따라 세 번을 휘돌았다. 그러면서 팅 기듯이 검을 찔러 넣었다.

따다다닥!

콩 튀기듯이 검을 부딪쳐 가던 휘아의 신형이 휘청거리는 듯하더니, 어느 순간 사라져 버렸다.

"엇?"

종자정의 놀란 목소리.

"하압!"

휘아의 단호한 기합 소리. 종자정의 시야를 벗어났던 휘아의 목검이 어느새 종자정보다 더 높은 곳에서 허공을 갈라 버릴 듯이 내려쳐 온다.

"좋다!"

종자정의 입에서 탄성이 터지고, 바닥에 내려서자마자 사선으로 쳐올 리는 목검에서 바람을 가르는 소리가 났다.

휘이익, 딱! 찌이익…….

강력한 일검이 정면으로 부딪쳤다.

뒤로 물러선 두 사람의 눈이 열기로 번들거린다. 움켜쥔 목검이 다시 상단으로 올라간다. 숨 고를 사이도 없이, 종자정이 먼저 땅을 박찼다.

"간다! 아자!!"

혼신을 다한 비무가 이각가량 더 이어졌다. 두 사람의 입에서 거친 숨이 허연 김과 함께 뿜어져 나오고 있었다.

비무가 얼마나 험악했는지 전신이 땀으로 젖어 있었다. 말이 그렇지, 내력도 쓰지 않은 채 반 시진을 쉬지 않고 전력으로 비무를 한다는 것은 쉬운 일이 아니었다.

종자정이 깊게 숨을 들이쉬며 말했다.

"어제 먹은 도화주 기운이 다 빠져 버렸군."

"시원해서 좋으시겠네요."

휘아가 웃으며 하는 말에 종자정이 툴툴거렸다.

"언제 먹을지 모르는데…… 아깝잖아."

두어 군데 스치듯 맞기는 했지만 그다지 주요 부위는 맞지 않았다. 그것은 종자정도 마찬가지였다. 그런데 거칠게 옷이 뜯겨진 허리 어름을 바라보는 눈에 어이없는 빛이 가득 담겨 있다.

그 심경이 말로 튀어나왔다.

"두 달도 안 돼서 내 옷을 찢어? 허! 이걸 믿어야 돼, 말아야 돼?"

휘아가 빙그레 웃으며 말했다.

"제가 맞은 거에 비하면 종 숙부 옷이야……."

"쳇! 아무리 그래도 일 년은 갈 줄 알았는데……."

그랬다. 벌써 두 달이 되어간다, 종자정과 강인엽이 교대로 와서 비무를 해준 지가.

두 사람이 못 올 때는 사부께서 직접 비무를 해주셨다. 사실 휘아가 생각보다 빠르게 종자정과의 비무에서 얻어맞지 않게 된 데는 고봉천의 역할이 컸다.

제자를 덜 맞게 하려고 얼마나 노력했겠는가는 안 봐도 훤한 일이었다. 휘아 역시 그것을 알기에 더욱 열심히 했다. 그리고 그 결과가 오늘로서 확연히 나타난 것이다.

입가에 웃음을 지으며 종자정을 바라보고 있던 휘아가 입을 열었다.

"가시죠, 사부님께서 기다리실 텐데."

"음? 그래, 가자. 이거 오늘은 한 소리 듣겠는걸. 옷까지 찢어졌으
니……."

종숙부와 함께 사부의 방으로 가던 중이었다. 사부의 방 쪽에서 연연
이 쪼르르 뛰어온다.

"오빠!"

"어, 우리 연연이가 오늘은 웬일로 이리 바뻐셔?"

항상 예쁘게 걷는다고 천천히 걸어다니던 앤데…….

"아빠가 보냈어."

"응? 사부님이?"

방이 코앞인데 무슨 일로?

"아빠가 그냥 방으로 가래. 손님이 오셨거든."

"손님?"

종자정이 의아한 눈으로 연연을 바라보자 연연의 눈이 한껏 치켜떠지
며 힘이 들어간다.

"흥! 거짓말쟁이 종 숙부는 몰라도 돼!!"

크크.

웃음이 나온다.

얼마 전이었다. 종자정이 밖에 나갈 일이 있으면 예쁜 노리개를 사준
다고 약속했었다. 물론 연연이 떼를 쓰긴 했었다. 아주 약간… 연연의 기
준으로는…….

그러던 차에 삼 일 전 밖에 나갈 기회가 생겼다. 그런데 오랜만에 밖
에 나간 기분을 살린답시고 술을 몽땅 마셔 버리고 말았다. 그러다가 그

만, 연연의 노리개를 깜박해 버렸다.

그것은 엄청난, 절대로 해서는 안 되는 실수였다. 그 후로 몇 날 며칠을 시달릴 줄 알았다면 종자정은 절대 그런 실수는 하지 않았을 것이다.

종자정이 웃는 휘아를 노려봤다.

이크! 일단 불똥은 피하고 볼 일이다.

"종 숙부, 그럼 저는 이만……."

재빨리 인사말을 건네고 방으로 향했다. 다행히(?) 붙잡지는 않는다. 아마도 사부님을 찾아온 손님에게 신경이 쓰이시나 보다.

휘아도 신경이 쓰이기는 했다. 하지만 지금으로선 자신이 할 수 있는 일이 아무것도 없다는 것을 누구보다도 그 자신이 잘 알고 있었다.

3

고봉천은 침중한 표정으로 앞에 앉은 노인을 바라보았다.

육십이 훌쩍 넘어 보이는 노인이었다. 깡마른 체구에 기다란 하얀 눈썹, 날카로운 눈빛은 노인의 살아온 세월이 결코 녹록치 않음을 보여주고 있었다.

"그래서, 계속 이 구석에 처박혀 있을 셈인가?"

노인이 날선 목소리로 물었다.

"잘 아시질 않습니까? 유폐는 풀렸지만, 아무런 권한도 없다는 걸 말입니다."

고봉천이 어쩔 수 없다는 투로 말하자 노인의 미간이 꿈틀거렸다.

"흥! 권한이야 다시 주어지면 되는 것이고, 문제는 자네의 의지가 아니겠나?"

"으음, 내 어찌 기 숙부의 뜻을 모르겠습니까? 다만 저는 사형과 다투고 싶지가 않습니다. 어느 모로 봐도 그것은 지금 본 성의 앞날에 도움이 되지 않습니다.”

“갈!”

탕!

노인이 거세게 탁자를 내려쳤다.

“그럼! 외세를 끌어들이는 것은 본 성의 앞날에 도움이 된다는 말인가?”

고봉천의 눈이 잠시 감겼다가 다시 뜨였다.

“기 숙부께 한 가지 묻지요.”

눈빛이 순간적으로 번쩍 빛을 발했다.

“성주의 반대 세력이 과연 성주의 마음을 바꿀 정도로 힘을 갖췄습니까?”

“그래서 자네를 찾아온 것이 아닌가?”

물음과 물음이 계속 반복된다. 그러나 답은 만나지를 않는다. 평행선을 달릴 뿐이다.

“제가 가세한다고 가정하면 어떻습니까?”

“으음…….”

기 숙부, 원로원의 부원주이자 전대 성주인 철무경의 의제 기득염의 눈이 가늘게 떨렸다.

“아직은 부족하다고 봐야겠지. 하나… 자네만 우리와 뜻을 같이한다면, 우리와 함께할 사람들이 모일 것이라 생각하네.”

“그러니까… 단지 몇 사람의 생각만으로 성의 뿌리가 흔들릴지도 모를 일에 수많은 사람들을 내몰겠다는 말씀이십니까?”

“허! 그 사람……. 누가 반역을 하자는 말인가? 단지 성주의 마음을 돌리자는 것이지.”

"돌리지 않는다면요?"

"음……."

"자칫하면 수많은 사람의 피가 흐르게 될 것입니다. 저보다 잘 아시겠지만, 때로는 직접 부딪치는 것보다 돌아가는 것이 빠를 때가 있습니다. 지금은 직접 부딪치기에는 시기가 너무 늦었다는 것이 제 생각입니다, 기 숙부."

"정말… 꽉 막힌 사람이구먼. 후, 좋네. 오늘은 물러가지. 하지만 금일 간에 다른 소식을 가지고 찾아오겠네."

"멀리 배웅하지는 않겠습니다."

방을 나서는 기득염의 뒤를, 고봉천은 깊게 가라앉은 눈으로 안타깝게 바라보았다.

'기 숙부, 사형은 숙부가 생각하는 것보다 더 차갑고 무서운 사람이외다. 후, 아무래도 바람이 불 듯하구나. 그 바람이 이곳까지는 불지 않아야 할 텐데…….'

사부의 방에서 탁자를 두드리는 소리와 함께 고성이 오가는 소리가 휘아의 방에서도 들렸다. 아무래도 돌아가는 것이 심상치가 않다. 며칠 전 종 숙부가 지나치듯이 한 말이 휘아의 가슴 한구석을 불안하게 하고 있었다.

"단주님께서 휘말리지 않아야 할 텐데……."

뭔 일인지는 몰라도 자신의 생각도 그러했다. 아직은, 사부가 굳건히 버티고 서서 자신의 기둥이 되어주어야 했다. 자신이 힘을 갖출 때까지 만이라도.

힘을 갖추어야 무엇이든 할 수 있다는 것을 절실히 느끼고 있던 터였다. 그때까지는 모든 것을 가슴속에만 묻어두려 생각하고 있었다. 자신이 하고자 하는 모든 일들을……

사부가 흔들리면 자신도 흔들릴 것이다. 그래서는 죽도 밥도 안 된다.

4

어느덧 석양도 지고 어둠이 내려앉았다. 그러나 휘아의 상념은 끝없이 안개 속을 헤맬 뿐이었다.

천천히 눈을 뜬 휘아의 입술이 지그시 깨물렸다.

'아무래도 내 나름대로 상황을 대비해야 할지도……. 음, 아무래도 그 일을 오늘 해야겠다.'

어둠에 묻혀 생각에 잠겨 있던 휘아는 어느 순간 벌떡 일어서더니 방문을 열어젖혔다. 그리고 밖으로 한 걸음 내딛었다. 순간, 휘아의 신형은 발바닥에 못이 박힌 듯 그 자리서 굳어버렸다.

낮부터 희뿌연 구름이 하늘을 덮고 있더니, 마침내 함박눈이 어둠을 하얗게 물들이며 내리고 있었던 것이다. 때늦은 첫눈이었다.

휘아의 온몸이 하늘과 땅을 번갈아 바라보다 멍하니 굳어져 버렸다.

눈…….

무저동에서도 어쩌다 하나씩 떨어지는 눈을 보았었다. 바람에 흩날린 눈이 정자 안으로 들어와 떨어져 내리던 것들이었다.

아버지들은 그걸 볼 때마다 시무룩하니, '겨울이 왔구나' 했었다.

그런 눈들이… 하늘을 가득 메우고 떨어져 내리고 있는 것이다.

땅도, 나무도, 건물의 지붕도, 모두가 하얗게 분단장을 하고 있었다.

"이게… 이게… 눈……?"

말이 잘 나오지 않았다.

지금까지 보아왔던 그 어떤 것보다도 더 신비로웠다.

저 멀리 산꼭대기가 하얗게 변한 걸 보고 연연에게 물었을 때, 연연이는 그게 눈이 쌓여서라고 했었지만 잘 느끼지는 못했다. 그런데… 설마이렇게 신비로울 줄이야…….

방을 나서 땅을 밟아봤다. 아니, 눈을 밟아보았다.

뽀드득, 뽀드득.

하얀 눈이 신음 소리를 내지른다. 밟는 것이 미안할 지경이다.

처음 눈을 본 강아지처럼 방 앞을 맴돌던 휘아의 신형이 가볍게 날아오르더니 담장 위에 내려섰다.

잠시 경이의 눈으로 사방을 바라보고는, 다시 신형을 날렸다. 그가 내려선 곳은, 그만의 휴식 공간인 고목나무 위였다. 그곳에서 바라본 세상은 모든 것이 하얀, 또 다른 세상이었다.

"정말 멋지구나!"

환희에 젖어 백색의 철혈성을 바라보던 휘아의 눈이 시간이 지나면서 점차 가라앉기 시작했다. 그러다 결국은 곤혹스런 표정으로 바뀌어갔다.

'멋진 건 멋진 거고……. 한 가지 문제가 생겼네.'

휘아가 가려는 곳은 무저동이다. 한데 눈 때문에 흔적이 적잖게 남을 것 같은 것이다.

아무리 찾는 사람이 없다 해도, 발자국을 남기면서 무저동을 찾는다는 것은 자칫 문제가 될 수도 있었다.

눈을 감고 생각해 보았다.

'돌아갔다 다음에 갈까? 아니면 그냥 가봐?'

쉽게 결정을 할 수가 없었다.

그렇게 얼마나 지났을까, 감기다시피 했던 눈이 뜨였을 때는, 잔잔한 호수처럼 눈도 마음도 가라앉아 있었다.

"세상은 언제, 어느 때, 어떻게 변할지 모른다. 지금 흘러가는 상황이 내 생각보다 더 급박할 수도 있고, 아닐 수도 있다. 단지 대비를 먼저 해 놓으면 어떤 일이 닥쳐도 헤쳐 나갈 수 있지만, 대비를 미루다가 일을 당하고, 뒤늦게 땅을 치고 후회해 봐야 소용없다는 것만이 진리라는 것이다."

고개를 들고 하늘을 바라보았다. 하얀 눈은 여전히 내리고 있었다. 참으로 신비스럽기 그지없었다.

휘아는 몸을 일으켜 자신의 방으로 돌아갔다.

잠시 후, 방문이 열리고 그가 다시 나왔을 때, 그의 허리에는 시커먼 밧줄이 하나 감겨 있었다. 구석에 처박혔던 머리카락 밧줄에다 다른 것을 잇대어 만든 밧줄이었다.

그리고 옆구리에는 자그마한 쇠막대가 하나 끼워져 있었다.

5

휙!

시커먼 밧줄에 달린 갈고리가 하얀 어둠을 가르고 날아갔다.

턱!

날아간 갈고리가 무저동의 정자 처마에 가로놓인 들보에 걸쳐졌다.

천천히 잡아당겨 보았다. 팽팽해질 때까지 아무런 이상도 없는 것이 제대로 걸린 것 같다.

휘는 밧줄의 끝을 나무에 잡아 매고는 밧줄 위로 올라섰다.

대기의 법, 풍령의 술.

몸을 최대한 가볍게 하고 대기의 품에 전신을 내맡겼다. 아직 일천한 풍령의 술이었지만 휘는 자신의 몸이 훨씬 가벼워짐을 느낄 수 있었다.

호흡을 길게 내뱉으며 한 걸음을 내딛었다. 오보천환의 일보였다.

스윽.

미끄러지는 신형이 순식간에 삼 장을 나아간다.

'재밌는데?'

엉뚱한 생각이 들었다. 긴장은커녕 입가에 웃음이 그려진다.

휘이익!

휘청이는 밧줄의 탄력을 이용해 비월신영을 펼쳤다.

단숨에 오 장을 날아가 밧줄 위에 안착했다. 남은 거리는 삼 장.

내려서자마자 주욱, 나아가는 휘의 신형이 춤을 추듯이 흔들렸다. 순간, 허공에는 춤추는 다섯 개의 그림자가 환영으로 남겨지고, 몸은 어느새 무저동의 정자 안으로 내려서고 있었다.

누군가가 봤다면 유령이라는 소리가 절로 나올 광경이었다. 그것은 전력을 다해 펼친 오보천환의 결과였다.

"후, 다행히 성공했군."

안도의 숨을 내쉬며 사방을 둘러보았다. 어디에서고 인기척은 느낄 수가 없었다.

휘아의 눈이 천천히 무저동의 안쪽을 향했다. 가늘게 떨리는 눈이 그의 격동을 말해 주고 있었다.

"아부지……. 휘아 왔어. 오랜만이지?"

웅얼거리는 입에서는 진한 정이 흘러나오고 있었다.

한참 동안 무저동 안을 바라보다가 몸을 돌려 물레 쪽으로 다가갔다. 물레에 매달린 바구니가 보였다. 일단 바구니를 따로 떼어놓고 밧줄을 무저동 안으로 넣은 다음 물레를 돌렸다.

한참을 돌리자 물레에 감긴 밧줄에서 표식이 보였다.

"음? 혹시……?"

얼마나 돌려야 무저동의 바닥에 닿는지 알 수가 없었다. 그래서 밧줄이 다 풀릴 때까지 돌릴 생각이었다. 그런데 표식이 보인 것이다. 분명 필요에 의한 표식일 것이다.

물레를 돌리는 사람이 필요할 만한 일은? 바구니가 바닥에 닿았다는 것, 그 이외에는 필요할 일이 없을 터였다.

표식이 있는 곳이 물레에서 풀리자 돌리는 것을 멈추고 고리를 걸어 고정시켰다. 그리고 무저동 쪽으로 다가갔다.

밧줄을 한두 번 잡아 당겨보던 휘아의 신형이 밧줄을 타고 미끄러져 내려갔다.

주르륵.

십 장… 이십 장…….

호로병의 주둥이 같던 곳이 끝나면서 점점 넓어지기 시작했다. 휘아는 일단 그곳에서 멈춰 섰다. 그리고 다시 올라가기 시작했다.

마음 같아서는 밑에까지 내려가고 싶었지만, 허공에 매달린 채 백 장이 넘는 곳을 내려간다는 것은 무리가 가는 일이었다.

자칫 올라오지 못할 수가 있는 것이다. 설령 올라올 수 있다 해도, 시간이 너무 지체되는 것은 스스로 불안을 자초하는 일이었다.

자신이 사라지면 사부님이 찾아올지도 모른다. 그러나 어쨌든, 지금은 굳이 무리가 가는 일을 할 필요가 없다는 생각이 들었다.

안타까워할 필요도 없었다. 자신의 생각대로만 된다면, 나중에 언제든 찾아올 수 있으니까. 그래도 가슴 한구석이 떠오르는 추억으로 아려오는 것은 어쩔 수가 없었다.

올라가면서 주위를 살펴보았다. 움푹 파인 곳도 있고 툭 튀어나온 곳도 있었다. 처음에는 어둠 때문에 잘 보이지 않았지만, 시간이 흐르고 내력을 눈에 집중하자 희미하게나마 보이기 시작했다.

그렇게 입구에서 십여 장 아래쪽 되는 곳에 이르렀을 때였다.

움푹 파였으면서도 그럭저럭 발을 디딜 만한 곳이 보인다.

줄을 흔들어 가까이 가보았다. 넓이는 그리 넓지 않지만 움푹 파인 깊이가 넉자는 될 듯싶었다.

줄을 더 흔들어 그네를 타듯이 해서 그곳에 내려섰다.

위를 올려다보았다. 십여 장 정도 될 듯하다. 잠시 좌우를 살펴보던 눈이 반짝였다.

'됐다. 이곳으로 하자.'

무엇을 하자는 것일까?

휘아는 옆구리에서 한자 반 길이의 쇠막대 하나를 꺼내고는 그것을 바위틈 여기저기에 꽂아봤다. 그렇게 몇 군데를 꽂아보더니 마침내 마음에 드는 곳을 발견했는가 보다. 입가에 희미한 웃음이 떠올랐다.

바위 틈바구니에 쇠막대를 박고 그곳에 밧줄을 묶었다. 밧줄이 굵어 조금 힘이 들긴 했지만, 그렇다고 불가능한 것은 아니었다.

밧줄을 다 묶은 다음 품속에서 자그마한 칼을 꺼내 들었다. 그리고 한 점 망설임 없이 밧줄을 끊어버렸다.

툭!

이제 밧줄은 위와 아래로 분리가 되어버렸다. 세상이 두 개로 갈라졌다.

휘아는 흔들리는 눈으로 잠시 아래를 내려다보았다.

"아부지. 휘아도 내려가고 싶은데 지금은 힘들어. 대신 길은 만들어놨으니까, 자주 올게!"

아래를 향해 소리치고는 건들거리는 위쪽의 밧줄을 잡았을 때였다.

"아, 참!"

문득 위로 올라가려던 휘아의 머리 속으로 잊고 있었던 기억이 하나 떠올랐다.

"이 기회에 그곳을 가봐야겠다."

위쪽의 밧줄을 놓고, 자신이 묶어놓은 밧줄을 잡았다. 그리고 아래로 내려갔다. 그곳… 탈출할 때 보았던, 가로로 찢어진 동굴이 생각난 것이다.

벽을 밟고 내려가는 것은 허공에 매달려 내려가는 것보다 더 수월하게 느껴졌다. 십여 장을 내려가자 동굴이 넓어지면서 발을 디딜 수가 없게 되었다. 이제는 매달려서 내려가야만 한다.

계속 십여 장을 더 내려가자 가로로 찢어진 동굴이 보였다. 이 장의 거리.

다시 그네를 타듯이 밧줄을 흔들었다. 그리고 탄력을 이용해 동굴 쪽으로 신형을 날렸다. 마치 악마의 입처럼 길게 찢어진 동굴의 어둠이 한 입에 휘아를 삼켜 버렸다.

어둠. 이곳에 살 때 같으면 그다지 방해가 될 것도 없었던 어둠이, 지금은 벽이 되어 자신의 앞을 가로막고 있다.

생각하면 우스운 일이었다. 어느새 바깥 세상에 익숙해진 자신의 눈이라니……. 내 육체가 간사해진 것인가. 아니면 당연한 자연의 섭리인가.

어둠의 벽을 바라보며 한참을 서 있자, 희미하던 동굴의 내부가 점점 더 확실하게 보이기 시작했다. 동굴은 생각보다 깊어 보였다.

천천히 동굴 안으로 걸어 들어갔다. 천장은 안으로 갈수록 낮아지고 있었다.

오 장여를 들어가자 다시 천장이 높아지기 시작한다. 하지만 주위에 사람의 흔적이라곤 아무것도 없었다. 오직 부서진 암석만이 아무렇게나 나뒹굴고 있었다.

그렇게 다시 십여 장을 들어갔다.

단순한 내력만으로는 전진하기가 힘들 정도로 완전한 어둠만이 존재하는 세상이 계속되고 있었다.

눈을 감고 신주령을 암송하며 남아 있는 기운을 모두 끌어올렸다.

신주령의 효능 중 하나가 감각의 확대가 아니었던가. 전신에서 삼령의 법에 따라 기운들이 일어났다. 심지어는 희미한 풍령의 기운까지. 그러자 점차 눈앞의 어둠이 뒤로 밀려가고, 동굴의 내부가 시선에 잡히기 시작했다.

"후, 다행이다. 하마터면 그냥 나가야 할 뻔했구나."

천천히 걸음을 옮기며 사방을 살펴보았다. 여전히 별다른 흔적은 보이지 않는다. 그저 수북한 먼지만이 여기저기 쌓여 있을 뿐이다.

시간은 자꾸 흐르고, 사람의 흔적은 보이지 않고, 휘아의 마음은 갈등이 일어나고 있었다.

"아무래도 그냥 나가야… 응?"

걸음을 옮기면서도 나가야겠다는 생각을 하고 있을 때였다. 동굴이 옆으로 휘어지고 있었다. 그리고 휘어진 그곳이 동굴의 끝처럼 보였다. 한데……

"헉!!"

동굴을 돌아가던 휘아의 입에서 느닷없는 경악성이 터져 나왔다.

"맙소사!! 대체 저것이!!"

그곳은 벽이었다. 휘어지다가 끝나는 동굴의 끄트머리는 벽으로 끝나고 있었다. 그리고 그 벽에는… 한 사람이… 아니, 한 구의 백골이 반쯤 틀어박혀 있었다. 처음으로 보는 사람의 흔적이 석벽에 박힌 백골이라니……

한참을 그렇게 서 있다가 놀라움을 가라앉히고 가까이 가보았다.

백골은 석벽에 허리까지 박혀 있었다. 놀라운 일이 아닐 수 없었다.

"하, 대체 어떻게 하면 사람이 저렇게 박힐 수 있단 말인가."

자신도 모르게 탄성이 흘러나왔다. 하지만 구경만 하고 있을 수는 없었다. 시간이 그리 많지 않은 것이다.

일단 석벽의 아래를 살펴보았다.

부서진 뼈와 피로 보이는 시커먼 자국 이외에 아무것도 보이지 않는다. 심지어 부서져 나온 돌조각도 보이지 않는다.

참으로 놀라운 일의 연속이었다. 사람이 박힐 정도면 돌들이 튀어도 적지 않은 양이 튀어야 할 것이다. 한데 손톱만한 조각도 보이지 않는다. 마치 사람을 밀가루 반죽에 꽂아버린 것처럼.

주위에서 아무것도 발견을 하지 못하자 휘아는 석벽에 박힌 백골을 살펴보기 시작했다.

백골은 석벽에 덜렁거리며 꽂혀 있었다. 살이 붙어 있을 때라면 빼내기가 쉽지 않았을 테지만, 뼈만 남은 지금은 그저 들어내기만 하면 되었다.

백골을 들어내는 휘아의 표정이 신중해졌다. 아무리 이름없는 백골일 뿐이지만 그래도 사람의 시신이었던 것이다.

골반뼈로 보이는 넓적한 뼈를 들어내자 기다란 다리뼈가 보였다.

하나하나 마저 남은 뼈들을 들어내자, 커다란 구멍이 뻥 뚫린 곳에는 마른 핏자국이 시커멓게 남은 한 벌의 낡은 장삼만이 걸쳐져 있을 뿐이었다.

천천히 장삼을 빼내어 보았다. 미처 빼내지 못한 무릎 아래쪽의 잔뼈가 딸려 나왔다.

조심스럽게 뼈가 담긴 장삼을 빼내어 장삼의 안쪽 여기저기를 살펴보았다. 역시나 아무것도 없었다. 하다못해 흔히 지니고 다니는 무기나 은

자 같은 것조차 보이지 않는다. 오직 찢어지고 피 묻은 낡은 장삼과 뼈다귀뿐이었다. 살펴보던 휘아가 허탈해질 정도였다.

"누군지는 몰라도 이런 곳에서 죽다니……."

무저동에서 죽은 사람을 그냥 놔두기도 그랬다. 일단 한쪽에 돌무덤이라도 만들어주는 게 나을 듯싶었다.

장삼에 다시 뼈를 주워 담고, 묶기 위해 소매를 집어 들었다. 소매에는 많은 양의 핏자국이 말라붙어 있었다.

그때였다. 눈살을 찌푸리며 소매를 잡아당기던 휘아의 손이 우뚝 멈췄다. 소매의 접혀 있던 부위 안쪽이 그의 눈길을 잡아당긴 것이다.

접힌 부위를 펴보았다. 글씨였다. 피로 내갈겨 쓴 글씨.

휘아는 싸매려던 장삼을 조심스럽게 펴보았다.

마침내 마백(魔魄)이… 현세…….

눈이 휘둥그레졌다.

'마백? 삼악 중 하나의 이름이 마백이라 했는데……?'

세상의 악을 쥐고 흔든다는 전설 속의 삼악, 그중 하나의 이름, 그것이 마백이라 했었다. 삼령문의 존재 이유가 바로 삼악 때문이라 했었다.

머리 속이 멍해질 지경이었다. 지금은 자기 방의 한쪽 구석에 숨겨져 있는, 도사할배가 남긴 천에 쓰여 있던 이름을 이런 곳에서 볼 줄이야.

흔적을 보고 찾아올 삼령의 제자여, 신주를 찾아… 그들을… 놈들에게 쫓기던 중, 세 곳에… 삼령의 기운이 가장 강한 곳에 신주의 기운을 숨겼으니…….

눈이 놀람으로 굳어졌다.

글자는 몇 자가 되지 않았다. 그러나 그 내용만큼은 휘아로 하여금 그 어떤 다른 생각도 못하게 할 만큼 충격적인 내용이었다.

'설마? 이분이 지양선인?'

맙소사! 뼈만 남은 채 석벽에 박힌 사람이 삼령문의 삼십삼대 문주 지양선인이란 말인가?

그럼 삼신주는?

쓰여진 글을 천천히 음미해 봤다. 비록 두서가 없는 데다 띄엄띄엄 흘려쓴 글씨였지만 이해하는 데는 별 지장이 없었다.

마백이 나타났다.

그들에게 쫓기다가 세 곳에 삼신주를 숨겼다.

삼령의 기운이 강한 곳에 신주의 기운을 숨겼다.

대충 그런 내용 같았다.

지양선인은 삼령문의 제자가 자신을 찾을 수 있게 삼령문인만이 알 수 있는 흔적을 남겼다.

도사할배는 그 흔적을 보고 자신의 몸을 희생해 가며 무저동에 들어온 것이다. 한데 어이없게도 이곳에는 삼신주 자체가 없다.

참으로 허망한 일이었다. 그나마 그 위치를 알 수 있는 단서라도 찾았으니 다행이라고 해야 하나?

그럼 왜, 단서를 밖에다 남기지 못했지?

당연히 그로서는 알 수가 없었다. 당시 마백에게 쫓기던 지양선인의 급박한 사정을 그가 어찌 알까.

"후우."

한숨이 새어 나왔다. 삼신주를 찾는답시고 얼마나 동굴을 뒤지고 다녔던가. 자신은 그 덕분에 광랑이 남긴 것을 얻기라도 했지만, 도사할배는 아무것도 얻지 못하고 쓸쓸히 죽어가지를 않았는가 말이다.

백골을 바라보자 온갖 상념이 떠올랐다.

고개를 휘저어 상념을 털어내고 일단 소매를 묶었다.

'어떡하지?'

어쨌든 자신이 도사할배를 스승처럼 생각하기로 한 이상 지양선인의 유체로 보이는 백골을 이곳에 놔둘 수는 없었다. 그렇다고 지금 무저동으로 내려갈 수도 없다. 어쩔 수 없었다.

'일단은 이곳에 석분을 쌓아놓자. 그리고 나중에 도사할배 옆에다 묻어드려야겠다.'

입구 쪽에 있던 돌을 주어다 백골을 덮었다. 그냥 놔둘 수도 있었지만 그래도 형식이나마 갖춰주고 싶었던 것이다.

그렇게 돌을 가져다 백골을 덮을 때였다.

"웃!"

휘아의 입에서 가벼운 신음이 흘러나왔다.

손을 바라보았다. 피가 배어 나온다. 마치 예리한 칼날에 베인 것 같은 상처가 손바닥에 나 있었다. 결코 돌의 모서리 따위로 인해 생긴 상처는 아니었다.

돌을 자세히 살펴보았다.

"엇?"

두 주먹을 합친 것보다 조금 커 보이는 돌의 한쪽에 무언가가 박혀 있었다.

품속에서 소도를 꺼내 박혀 있는 물체를 끄집어내 보았다. 두 치 길이에 양끝이 날카로운 자그마한 쇠붙이였다. 그 중간 부위에는 귀면이 새겨져 있었고, 입 부분에는 하나의 구멍이 뚫려 있었다.

'대체 뭔데 이리 날카롭지?'

차가운 느낌의 쇠붙이, 금방이라도 튀어나올 것 같은 귀면, 그것을 바라보는 휘아의 등줄기로 한줄기 소름이 훑어 올라갔다.

조심스럽게 날카로운 쇠붙이를 품속에 넣고 하던 일을 마무리 지었다. 다행히 쇠붙이에 독은 없었는지 피가 멈추고 나자 조금 쓰라리기만 할 뿐, 별 이상은 없었다.

잠시 후, 휘아는 대충 완성된 돌무덤을 향해 삼배를 올렸다. 그러고는 발길을 동굴 밖으로 향했다.

아련한 눈동자가 어둠에 잠긴 아래쪽을 내려다본다. 망설여지지 않을 수가 없었다. 하지만 또한 어쩔 수 없기도 했다.

마음을 다잡은 휘아가 밧줄을 잡고 무저동을 빠져나온 것은, 무저동에 들어간 지 꼬박 한 시진이 흐른 다음이었다.

밖에는 아직도 함박눈이 계속 내리고 있었다. 숲을 하얗게 뒤덮은 눈이 휘아의 마음도 하얗게 물들이고 있었다.

잠시 주위를 둘러보던 휘아가 물레를 돌려 남아 있는 밧줄을 걷어 올렸다. 그리고 손을 들더니 물레의 이음새를 지그시 눌러 표시 나지 않게 몇 군데 나무틀을 부숴 버렸다. 누가 쓰지도 않고, 아무도 관심을 가지지는 않지만, 앞으로 물레를 이용하려 한다면 물레 자체를 새로 만들어야만 할 것이다.

휘아의 입가로 하얀 웃음이 걸렸다.

오직 자신만이 아는 하나의 비밀이 만들어졌다. 이번 일이 어떤 도움이 될지는 자신도 모른다. 다만 무슨 일이 생긴다면 찾아올 수 있는 장소가 하나 생겼다는 것이 위안이 될 뿐이었다. 게다가 자신은 밖의 상황을 걱정하지 않고 무저동을 드나들 수 있게 되었다. 일단은 이걸로 만족하기로 했다.

고개를 돌려 무저동의 저 깊은 안쪽을 바라보았다.

"아부지, 휘아 간다. 나중에 자주 올게."

말이 끝남과 동시에 신형이 둥실 떠올랐다.

주욱 나아가던 신형이 허공에 환영을 만들며 눈 쌓인 밧줄 위를 미끄러져 갔다. 올 때보다는 훨씬 매끄러운 신법의 운용이었다.

숲으로 나온 휘는 나뭇가지에 묶은 밧줄을 풀더니 가볍게 흔들었다.

정자 쪽의 갈고리가 튀어오른다. 힘껏 잡아당기자 쏘아진 화살처럼 허공으로 솟은 갈고리가 휘아에게로 날아왔다.

밧줄을 갈무리한 휘아가 자신이 서 있던 주위를 훑어보았다. 상당히 많은 흔적들. 하지만 계속 내리는 눈이 그 흔적조차 지워줄 것이다. 어쩌면 신경 쓸 사람조차 없을지 모르지만.

9장
사부는 진짜 남자

"타앗!"

일성 기합 소리가 후원을 울린다.

한 마리 독수리처럼 일 장 허공을 휘돌던 신형이 다섯 개의 그림자를 만들며 검무를 추었다. 오보천환의 일보를 내딛으며 펼쳐진 유성낙월(流星落月)이었다.

"와!"

맑은 탄성이 한쪽 구석에서 터져 나왔다. 시무룩하니 앉아 있던 연연이 터뜨린 소리였다.

감탄성에 탄력을 받았는지 휘아의 신형이 주욱 앞으로 나아가며 검을 내뻗었다.

일곱 줄기의 검영이 허공을 찍어간다. 유성칠격사(流聲七擊射).

일순간, 허공을 발기발기 찢어가던 검이 뒤로 물러나고, 우뚝 선 채 좌수가 앞으로 내밀어졌다.

후우웅!

대기가 떨어 운다.

지나가던 바람이 일그러진다.

파앗!

휘아의 일권에 마침 그의 앞으로 떨어지던 낙엽이 미세한 가루가 되어 흩날렸다.

'변화가 열여섯 번밖에 일어나지 않았다. 후우, 한계인가?'

적어도 일격에 서른두 번의 변화가 일어나야 어느 정도 위력을 발휘할 수가 있다. 하지만 아직 내력이 달리는 데다 수련의 정도가 못 미치니 어쩔 수 없는 일이었다.

조용히 숨을 고르는 휘아의 옆으로 연연이 쪼르르 달려왔다.

"오빠! 그게 천붕권이야?"

"응."

"우와! 낙엽이 가루가 됐어. 분명 연연이 볼 때는 조금 떨어져 있었던 것 같았는데."

세 치 정도 떨어져 있었다. 언뜻 봐서는 알 수 없는 거리. 한데 연연은 그걸 보았단다. 대단한 눈썰미였다.

연연의 자질은 사부가 고개를 끄덕일 정도로 대단했다. 그중 제일은 역시 눈썰미, 그리고… 눈치였다.

요즘에는 자신이 가르칠 단계가 지났다는 것을 눈치로 알고 시무룩해져 있었다. 그래서 휘아는 될 수 있으면 연연 앞에서는 화려한 초식들을 펼친다. 즐겁게 해주기 위해서.

어느덧 겨울도 막바지를 향해 치달리고 있었다. 휘아의 무공도 조금씩 틀을 잡아가기 시작했다.

철혈십팔검과 유성십삼검은 이제 내력의 수발이 자유로워지고 있었다.

천붕신권은 워낙 많은 내력을 요구하는지라 겨우 열여섯 번의 변화만을 펼칠 수 있을 뿐이었다. 그 정도를 익히는 데도 휘아는 쉬지 않고 수련을 해야만 했다.

그리고 혈련삼화는 그나마 약간의 성취가 있었지만, 광섬사결은 아직도 그 기초에서 헤매고 있을 뿐이었다.

두 가지 무공은 아직 연연에게 한 번도 보여주지 않았다. 처음부터 말했다면 몰라도, 지금 보여주었다간 아마 삐칠 것이 틀림없을 것이기 때문이었다.

오빠가 나를 속였어? 이럴 수가!!

그러면 큰일이니까.

연연이 제일 좋아하는 것은 오보천환이었다. 비월신영으로 허공에 몸을 띄우고 오보천환을 펼치면 연연의 감탄성을 쉽게 들을 수 있었다.

우와! 오빠 춤 잘 춘다!

뭐, 그 정도였지만……

그래도 연연의 얼굴에서 그늘이 사라지면 휘아도 기분이 좋았기에 가끔은 허공에서 춤(?)을 추어야 했다.

수련을 끝내고 연연이와 함께 사부님의 방이 있는 전청 쪽으로 가려 할 때였다. 몇 사람이 사부님의 방으로 들어가는 것이 보였다.

"어? 기 할아버지네?"

연연의 말에 그 사람들을 살펴보았다. 기 할아버지라면 일전에 왔었던 그 노인이었다. 휘아가 무저동을 다녀온 다음날 연연이 이야기를 해줬었다.

'본성 원로원의 부원주라고 했던가?'

아무래도 심상치가 않았다. 저들은 사부님을 자신들의 일에 끌어들이려 하는 것 같았다.

며칠 전 종 숙부와의 비무가 끝나고 사부님과 종 숙부가 나누는 이야기를 들었었다.

"단주, 상황이 안 좋습니다. 이미 배는 강물 위에 띄워져 있습니다. 타(舵)는 성주가 잡고 있고 말입니다. 억지로 방향을 돌리려 한다면 분명 역풍을 맞게 될 겁니다."

"나도 때가 아니란 것은 잘 아네. 걱정 말게."

그렇게 한참 동안 이야기를 나누던 종 숙부가 상무원을 나가며 중얼거렸었다.

"그들은 결코 단주를 그냥 놔두려 하지 않을 것이오. 원로원도, 성주도……. 하."

마치 나에게 들으라는 듯이. 그런데 오늘, 원로원의 부원주라는 기 노인이 두 사람을 데리고 사부님을 찾아온 것이다.

휘아는 가슴이 답답해졌다. 짙은 먹구름이 서서히 상무원의 하늘 위를 덮어가고 있는 것처럼 느껴지고 있는 것이다.

'아무래도 저녁 먹고 나서 사부님께 여쭈어봐야겠다.'

이런 저런 상념에 발걸음이 늦춰지자, 연연이 앞장서서 쪼르르 달려간다. 아마 사모님에게 가는 것일 게다.

'연연이나 사모님을 위해서라도 사부님의 마음을 확실히 알아야겠다.'

마음을 다지며 자신의 방으로 걸음을 옮기려던 휘아의 신형이 우뚝 멈춰 섰다. 그의 눈이 정문 안쪽에 서 있는 한 사람에게로 향했다. 기 할아버지라는 사람과 같이 온 사람은 아닌 듯했다.

이십 중반에 눈처럼 하얀 백의를 입은 잘생긴 청년. 분명 조금 전에는 보지 못했던 사람이었다.

'누구지?'

의혹에 찬 시선으로 그를 바라보며 다가갔다. 연무장을 나오면서 버릇처럼 면사를 쓴 게 다행이었다.

"어떻게 오셨습니까? 이곳은……."

미처 말이 끝나기도 전에 백의청년이 빙그레 웃으며 말했다.

"아! 자네가 고 사숙님의 제자인 휘인가?"

나를 알고 있다.

"예, 제가 휘입니다만……."

"반갑군. 자네에 대한 말을 들었었네. 나는 철군명이라 하네. 성주께서 나의 아버님이시지."

그는 성주이자 사백인 철운성의 아들이었다. 자신에게는 사형이랄 수 있는 인물. 휘아도 사부님께 말은 들었었다.

"미처 몰라뵈었습니다. 한데, 무슨 일로……?"

철군명이 다시 입가에 웃음을 띠며 말했다.

"오랜만에 사숙을 만나려고 왔네."

하필 이때…….

"사부님께선 손님을 맞이하고 계십니다만."

"그래? 그럼 기다리지."

철군명의 눈이 고봉천의 방을 한 번 쳐다보더니 다시 휘아의 전신을 살폈다.

"흠, 자네의 몸이 듣던 것보다 좋군."

흠칫.

"과찬이십니다."

"나는 과찬 같은 것은 잘 못하는 성격이네. 그저 보이는 대로 말하는 것일 뿐이야."

철군명이 말을 하면서 손사래를 쳤다. 가벼운 바람이 살랑거리며 밀려온다. 순간, 휘아의 얼굴이 굳어졌다.

'이자는 나를 시험하려 한다!'

바람이 가슴을 밀어낸다. 휘아의 신형이 움찔거리더니 한 걸음을 물러섰다. 그런 그의 얼굴에 가벼운 놀람의 표정이 떠올랐다.

철군명의 눈에도 이채가 떠오른다.

'내가 잘못 봤나?'

휘아의 이마가 찌푸려졌다.

"왜 그러시는 겁니까? 저를 시험하시는 겁니까?"

"글쎄, 시험을 하려 했다면 검을 들고 했을 것이네. 하하하."

차가운 웃음이 휘아의 가슴을 파고들었다.

'웃음이 차갑게 느껴진다. 거짓 웃음. 심계가 깊은 자 같다. 이런 자들이 무섭다고 했는데……'

단아해 보이는 인상과는 속이 다른 인물, 그것이 휘아가 철군명을 만나고 느낀 첫인상이었다.

그렇게 두 사람이 운명처럼 마주하고 있을 때, 고봉천의 방에서 고성이 터졌다.

"지금 그걸 말이라고 하십니까?"

고봉천의 말투가 떨려 나오고 있었다.

기득염이 조금은 미안하다는 듯이 대답했다.

"어쩔 수 없었네! 당시 상황으로는 그렇게 해야만 했네."

"어쩔 수가 없었다고요? 저의 마음은 아랑곳하지 않고 제가 그들을 이끌 거라 말한 것이 어쩔 수 없었던 일이란 말입니까?"

"그들은 자네가 아니면 따르지 않겠다고 했네. 우리는 그들이 필요했고."

"이제야 알겠군요. 종자정이 왜 염려스러운 말을 저에게 했는지 말입니다."

그때였다.

"종자정은 어느 쪽에도 붙지 않겠다고 한 사람이오. 고 단주가 과거의 비영검단 사람들을 이끈다 해도 말이오. 그러니 고 단주는 굳이 그 사람에게 신경을 쓸 필요가……."

기득염과 같이 왔던 중년인이 나서며 말했다.

"갈!!"

탕!

고봉천이 탁자를 부서져라 내치며 벌떡 일어섰다.

"그대가 감히 나를 놀리겠다는 말인가?"

"내 어찌……."

"종자정은 나의 수족과 같은 사람이었다! 그대가 그를 평가한다는 것은 곧 나를 가늠해 보겠다는 것과 같다! 그대에게 그럴 자격이 있던가? 염부양!!"

철혈성 순찰단주 염부양의 얼굴이 벌겋게 물들었다.

그랬다. 고봉천이 비록 지금은 직위가 없다지만 그는 성주의 사제였다. 순찰단주가 이래라저래라 할 수 있는 사람이 아닌 것이다.

염부양이 입술을 깨물며 말문을 열었다.

"고 단주는 과거 철혈의 법을 받들던 사람이었소. 그 이유로 성주께 벌까지 받았던 사람이오. 한데 이제는 마음이 달라지기라도 했다는 말이오? 왜, 우리와 함께 같은 길을 가지 않겠다 하시는 거요?"

고봉천이 차갑게 말을 받았다.

"바로 그와 같은 이유 때문이다, 염부양! 그대들이 행하는 방법이 잘못되었기에, 아무리 뜻이 좋아도, 동료들의 피는 아랑곳하지 않는 태도가 싫었기에 내 마음이 움직이지를 않았던 것이다!"

"우리도 동료들의 피가 헛되이 흘려지는 것을 원치 않는다, 봉천."

기득염이 나서며 무겁게 말하자 고봉천의 말이 이어졌다.

"그래서! 그래서 저의 의견은 들어보지도 않고 사람들을 부추긴 겁니까? 동료들의 피로 검을 적셔야 하는 길을 걸어야 할지도 모르는 사람들을 거짓된 말로 현혹시킨 겁니까?"

"네놈이!! 감히!!"

기득염도 벌떡 일어섰다.

"나 같은 늙은이도 철혈성을 지키기 위해서 뛰어다니고 있거늘, 네놈이 어찌⋯⋯."

분기가 넘치는지 말이 떨려 나온다. 기득염의 허연 수염이 그의 심정을 대변하듯이 잘게 떨렸다.

고봉천이 굳어진 눈으로 아무런 말도 없이 앉아 있는 한 사람을 바라보았다.

"자네도 마찬가지 생각인가, 연 아우?"

조용히 눈을 감고 있던 중년인, 철혈성의 진천검단주 구혼검(九魂劍) 연화문이 입을 열었다.

"형님, 성주가 손을 잡고자 하는 자들이 누구인지 아십니까?"

과거 그는 고봉천과 형님 동생하며 지냈을 정도로 친했었다.

"솔직히 모르네."

"저도 모릅니다."

"무슨⋯⋯?"

고봉천의 눈이 의혹을 담고 연화문에게로 향했다.

연화문은 진천검단을 맡고 있는 자로 머리가 뛰어난 사람이다.

강호의 정세에 대해서라면 철혈성의 그 누구보다도 더 뛰어난 자이다.

한데 그도 모르는 사람들이라니.

"힘은 있으되 정체를 알 수 없는 자들, 백도의 세력 중 그 어느 곳에도 속하지 않은 자들. 심지어는 강호칠패의 그 어느 곳에도 속하지 않은 자들. 성주는 그러한 자들과 손을 잡으려 하고 있습니다. 한마디로 위험한 곡예를 하고 있다는 말이지요. 철혈성의 모든 것을 걸고 말입니다."

"그런……."

그것은 이상하지 않을 수 없는 일이었다.

당금 강호는 칠패의 세상이다. 팔패에서 철혈성이 빠진 이후로는. 심지어는 구대문파나 팔대세가조차 마찰이 생기면 칠패에 한 수 양보해야 할 정도였다. 한데 그 어느 곳에도 속하지 않은 세력이라니. 그러한 세력 중에서 과연 철혈성에 옛날의 성세를 되찾아주겠다고 나설 만한 문파가 있단 말인가?

고봉천은 내심 성주가 손을 잡겠다는 곳이 적어도 칠패의 한 곳일 거라 생각했었다. 그러나 그 모든 생각이 연화문의 한마디로 뒤집혀 버렸다.

그의 마음을 짐작한다는 듯 연화문이 한마디 한마디에 힘을 담아 말했다.

"저희 역시 처음에는 칠패 중 두어 곳을 의심했었습니다. 하지만 철혈대전에 머물고 있는 저들의 대표자는 물론이고, 그가 데리고 온 사람들까지, 제가 지금껏 한 번 본 적도, 들은 적도 없는 사람이란 걸 알고 결코 칠패가 아니라는 생각을 하게 된 것입니다."

칠패라면 누구나 아는 유명한 고수를 보냈을 것이다. 그래야 철혈성의 사람들이 믿음을 갖게 되고, 자신들의 목적 달성이 훨씬 쉬워질 테니까.

어느 정도 상황이 만들어졌다고 생각했는지 기득염이 조용히 입을 열었다.

"우리는 정체조차 모르는 자들에게 철혈성을 넘겨주고 싶지가 않네. 그 어떤 방법을 써서라도 말이야."

"하아, 아무리 그래도 그렇지 힘도 갖추지 않고 대체 어쩌자고……."

고봉천은 힘이 빠진 모습으로 제자리에 앉았다.

'어찌해야 한단 말인가?'

정말 성주인 사형이 정체불명의 세력과 손을 잡았다면, 상황은 자신의 생각보다도 훨씬 심각한 상태로 치닫고 있다 할 수 있었다. 걷잡을 수 없이.

"저들이 누군지 정녕 짐작도 가지 않는단 말입니까?"

고봉천이 기득염에게 묻자 연화문이 대신 대답했다.

"소성주와 관계가 있다는 것만 알아냈을 뿐, 아직은… 음?"

말하던 연화문의 눈이 번쩍 이채를 발했다. 동시에 염부경이 벌떡 몸을 일으키더니 방문을 잡아갔다.

휘아는 사부의 방에서 고성이 터지자 온통 신경이 그쪽으로 쏠렸다. 그러는 바람에 철군명의 눈에서 번뜩인 싸늘한 빛을 보지 못했다. 문득 기이한 느낌에 철군명의 눈을 바라보았을 때는, 이미 철군명의 눈에서 번뜩이던 핏빛 살기가 사라진 다음이었다.

"아무래도 사부님과 손님들이 언쟁을 하시나 봅니다. 다음에 오시는 것이……."

휘아의 말을 못 들은 것마냥 철군명의 걸음이 전청으로 향하자 휘아가 한 걸음 옮기며 철군명의 앞을 교묘히 가로막았다.

순간,

"비켜주겠나?"

온기가 느껴지지 않는 음성이 철군명에게서 조용히 흘러나왔다.

"사부님께서 손님들과 같이 계십니다."

"그분들은 나도 잘 아는 분들이네."

"저도 그렇게 생각합니다만, 어쨌든 손님들이 나오실 때까지……."

미처 말이 끝나기도 전이었다. 묘한 미소를 배어 물고 있던 철군명의 신형이 휘아의 앞으로 당겨지듯이 밀려왔다.

그러더니 어찌할 새도 없이 우수가 들리고, 찰나간에 휘아의 가슴을 밀쳐 온다.

'빠르다!'

느낄 시간도 없었다. 휘의 신형이 죽 뒤로 한 걸음 물러서며 좌수가 원을 그렸다. 순간 코앞으로 다가온 수영이 좌수에 의해 막혀 버렸다.

팟! 팡!

주춤, 한 걸음 더 물러선 휘아가 철군명을 지그시 바라보았다.

철군명도 가느다란 웃음을 담고 휘아를 쳐다본다.

"후후후, 제법이구나. 역시 내가 잘못 보지는 않은 것 같군."

자신의 능력을 알아챘다. 비록 일부분에 불과하고 어쩔 수 없어서 드러낸 것이긴 하지만.

"사부님의 가르침 덕분입니다."

"그렇겠지. 그래도 한때 섬서를 질타하던 분이었으니."

말을 하던 철군명이 천천히 한 걸음을 내딛는다. 그에 따라 무거운 기운이 휘아의 앞으로 몰려왔다.

휘아는 입술을 지그시 깨물며 버티고 선 채 쌍수를 내밀었다.

"더 이상은 곤란합니다. 잠시만 기다리시면……."

"나는 그리 한가한 사람이 아니라네."

철군명의 우수가 가슴 높이로 올라서고, 장심에서 한줄기 기운이 회오리쳤다. 철혈성의 절기 풍혼철장(風魂鐵掌)이었다.

휘아의 내밀어진 손이 가슴으로 거두어지는가 싶더니 마주쳐 뻗어갔다.

쿠궁!

세 치의 간격을 두고 부딪친 경력이 허공을 휘감아 돌린다.

일수격돌!

쿵! 쿵!

두 걸음을 물러선 휘아의 얼굴이 창백하니 굳어졌다. 가슴이 울렁거렸다. 입에서 비릿한 피 내음이 나는 듯했다.

철군명의 눈가로 이채와 함께 흥미로운 빛이 머물다 사라졌다.

"흠! 놀랍군, 놀라워. 단순한 철혈검법을 장으로 변화시켜서 나의 풍혼철장을 막아내다니."

그랬다. 휘아가 펼친 것은 철혈검법을 변화시킨 것이었다. 철혈검법은 단순한 대신 장이나 권으로도 펼칠 수 있는 무공이다. 그래서 마땅히 권법이나 장법 등 박투를 가르치지 못한 고봉천이 꾸준히 철혈검법을 수련하게 했던 것이기도 했다.

휘아는 가만히 서서 내기를 가라앉히고 철군명을 바라보았다. 대단한 자였다. 비록 완벽하진 않지만 내력의 수발을 어느 정도는 조절할 줄 아는 자였다. 부딪치기 직전, 뻗어 나오던 내력 중 일부가 돌아가는 것을 느꼈던 것이다.

그렇다면 능히 일류고수라는 말이다. 그러한 것은 내력의 고하보다는 깨우침의 능력이라는 말을 들었기에, 휘아는 철군명을 다시 보지 않을 수 없었다.

'어느 정도 힘을 끌어내야 이자를 상대할 수 있을까? 아니지, 이자 역시 기껏 오 할의 힘도 쓰지 않았을 것이다. 아무래도 전력을 다하지 않는 한은 이기기가 힘들 것 같다.'

잠깐 생각에 잠겨 있을 때였다. 정문을 통해 세 명의 황의무사가 들어왔다. 전신에서 풍기는 싸늘한 기운. 날이 선 듯한 눈빛. 범상치 않은 고수들이다.

입고 있는 옷에선 핏자국마저 보였다. 오래되지 않은 핏자국. 어디서 묻었을까?

무심결에 그들을 쳐다보던 휘아의 눈이 휙, 철군명을 향해 돌아섰다. 철군명은 휘아의 눈이 말하는 바를 안다는 듯 입가에 차가운 웃음을 머금고 말했다.

"내가 나오지 않으니 저들이 들어왔군."

"무슨 일입니까?"

가슴이 뛰었다. 왠지 불안한 느낌이 가슴을 싸늘히 식히고 있었다.

그때, 철군명이 휘아의 눈을 스쳐 전청을 바라보았다. 그리고 큰 소리로 외쳤다.

"반도들을 잡으러 왔다네!"

염부경의 눈이 파르르 떨렸다.

처음에 밖에서 무슨 소리가 날 때만 해도 그러려니 했었다. 소리가 작기는 했으나 청력을 집중했다면 못 들을 것도 없었다.

하지만 그들은 굳이 그럴 필요를 느끼지 못했다. 하던 이야기가 워낙 심각한 내용을 담고 있기도 했고, 밖에서 대기하고 있는 수하들이 있었기에 그다지 신경을 쓰지 않았던 것이다. 한데, 느닷없이 제법 강한 기운이 부딪치는 소리가 들렸다. 흠칫 놀란 염부경이 방문을 열었을 때였다.

"반도들을 잡으러 왔다네!"

낭랑한 외침이 창날이 되어 가슴에 틀어박혔다.

뒤따라 나오던 연화문이 신음 섞인 한마디를 내뱉었다.

"철군명 소성주? 이런!!"

불끈 주먹을 움켜쥔 기득염의 하얀 눈썹이 잘게 떨렸다.

고봉천의 눈이 질끈 감겼다.

'최악의 상황이다. 소성주가 나섰을 정도면 이미 모든 방도를 정해놓고 왔다는 말.'

휘아의 입이 말을 잊고 닫혀 버렸다. 철군명이 자신을 지나치려 하자 일단 막기는 했지만 계속 막고 있을 수 있는 상황이 아니다. 그리되면 오히려 상황만 키울 뿐이다.

머리 속이 온갖 생각을 담고 급박하게 돌아갔다.

'사부님만큼은 무사해야 한다. 그 어떤 일보다도 그게 우선이다.'

결론은 결국 하나였다. 한데 어떻게 해야 하지? 당장 방법이 없다. 휘아가 망설이면서도 철군명의 앞을 가로막고 있을 때였다. 방에서 나온 염부경이 천천히 계단을 걸어내려 오며 침착하게 말했다.

"이곳은 상무원이오. 소성주의 사숙이신 고봉천님의 거처요. 소성주께서 하신 말씀을 이해할 수 없구려."

철군명이 뒷짐을 진 채 걸음을 옮기며 하얗게 웃었다.

"나도 압니다. 다만… 사숙님의 거처에 반도들이 스며들었다는 연락을 받고 왔을 뿐이지요."

"그럼 찾아보시구려."

염부경이 고개를 돌려 방 안의 고봉천을 바라보았다.

"소성주께서 반도들을 찾으러 오셨다는군요. 어찌하시겠습니까?"

"나는 말장난을 하러 온 것이 아닙니다, 염 단주!"

"나 역시 소성주와 말장난을 하고 싶지 않소."

철군명이 씩 웃더니 뒤쪽의 세 무사를 바라보았다.

"그들은?"

"다섯, 모두 대항하기에 죽였습니다."

싸늘한 바람이 피비린내를 담고 장내를 휘돌다 담장을 넘어갔다. 장내가 침묵에 잠기자 철군명이 다시 고개를 돌리더니 염부경을 바라보았다.

"모두 죽었다는군요. 밖에서 서성이던 반도들 말입니다."

염부경과 그의 뒤에 서 있던 연화문의 눈이 파르르 떨렸다.

"아! 혹시 그자들이 연 숙부의 수하들이 아닙니까?"

"네, 네가……."

연화문이 새파란 안광을 번뜩이며 철군명을 노려봤다. 평소 수하들을 자식처럼 대했던 연화문이었다. 한데 밖에 있던 수하들이 아무래도 저들에게 죽은 듯하다.

"네가 감히!! 무슨 자격으로 본 단주의 수하들을 죽였단 말이냐!!"

호랑이가 으르렁거리듯이 연화문의 입술을 뚫고 대갈이 터져 나왔다. 그럼에도 철군명의 눈은 여전히 웃고 있었다. 더욱더 차갑게…….

"자격이라… 이거면 되겠습니까? 연. 숙.부!"

그의 손이 품속으로 들어갔다 싶은 순간, 그의 손에는 하나의 금색 영패가 휘황한 빛을 발하며 들려 있었다.

"철혈금령(鐵血金令)!!"

염부경의 입에서 대경의 외침이 터져 나오고,

"감! 히!! 철혈금령을 보고도 뻣뻣이 서 있는 것을 보니, 그대들이 정녕 반도들임에 틀림이 없는 것 같군!!"

철군명의 천둥 같은 호통이 상무원을 뒤흔들었다.

철혈금령의 명은 철혈성의 명과도 같다. 철혈성의 무사라면 그 누구도 거역할 수 없는 절대 권위의 힘을 갖고 있는 것이 바로 철혈금령의 힘이었다.

또한 그렇기에 철혈금령은 함부로 밖으로 나돌 수가 없는 물건이었다. 철혈금령으로 명령을 내린다면 성주 외에는 모두가 무릎을 꿇어야 할 테니까.

설마 철운성이 철군명에게 철혈금령까지 건네줬을 줄은 생각도 못하고 있었던 기득염 등으로선 청천벽력과도 같은 일이었다.

철혈금령을 거부할 수는 없다. 철혈성을 지키겠다는 사람들이 철혈금령을 거부한다면 그것은 철혈성 자체를 거부한 것과 같다. 그런 사람들이 철혈성을 위해서 일을 벌인다고 해봐야 누가 그들을 믿고 따를 것인가.

부서져라 이를 악다물고 있던 염부경이 부들부들 떨다 마지못해 무릎을 구부렸다.

"삼, 삼가… 순찰단주 염부경이… 금령주를 뵈오……."

연화문의 눈이 거세게 떨렸다.

"이, 이, 이… 크으……."

"연화문!! 그대는 철혈금령을 거역할 것인가?"

"연, 연화문… 이… 철혈금령을……."

서서히 구부러져 가는 연화문의 등이 폭풍을 만난 난파선처럼 떨리고, 그걸 보는 철군명의 눈에 득의의 웃음이 가득 차 올랐다.

'후후후, 이제 시작일 뿐이다.'

무릎을 꿇은 두 사람을 보던 철군명의 시선이 방 안의 두 사람에게로 향했다.

"기 장로님, 그만 나오시지요."

나직한 목소리가 살얼음처럼 바닥에 깔렸다.

"내가 왜 나가야 하느냐?"

"하하하! 설마 누구보다도 잘 아시는 기 장로님께서 철혈금령을 따르지 않으실 생각은 아니시겠지요?"

"흥! 나는 철혈금령을 보지 못했다. 그러니 말로만 들은 금령의 명을 따를 생각이 없다!"

냉랭한 기득염의 목소리에 철군명의 표정이 묘하게 일그러졌다.

"흥! 말장난을 하시자는 겁니까? 그럼 기 장로님께선 무릎을 꿇은 두 분의 말을 못 믿는다는 말씀이시군요."

기득염의 몸이 부르르 떨렸다. 저 어린 놈이 교묘하게 무사의 자존심이 건드리고 있다. 못 믿는다고 하면, 기득염이 단주들을 못 믿어 철혈금령을 외면했다 소문을 낼 것이고, 믿는다고 하면 철혈금령을 인정해야 한다. 참으로 진퇴양난이었다.

하지만 그렇다고 순순히 끌려갈 수는 없는 일.

"흥! 나는 성주께 직접 물어봐야겠다. 과연 내가 무엇을 잘못했는지!"

냉랭하게 대꾸한 기득염이 몸을 일으켰다. 그리고 고봉천을 한 번 쳐다보더니 망설임없이 뒷문을 향해 빠르게 걸어나갔다.

"미안하게 됐네. 자네에게 아무 일도 없기를 바랄 뿐이네."

"저는 괜찮습니다. 아직 저들은 저에 대한 증거를……."

전음을 보내던 고봉천의 몸이 거세게 떨렸다.

'증거는 없어도… 증인들이 있다!'

기득염 등이 철혈성의 일부 간부들에게 자신이 그들을 이끌 거라 말했다지 않던가. 그들은 그 말을 사실로 알아들었을 것이다. 연화문의 말과 기득염의 말을 믿지 않을 사람이 철혈성에 몇이나 될 것인가. 그러니 그들은 자신이 기득염과 같은 편이라 말할 것이다.

맙소사!!

고봉천이 아연한 심정에 몸을 떨고 있을 때였다.

기득염이 뒷문으로 나가자 철군명이 빠르게 소리쳤다.

"뒤쪽을 막아라!"

일갈에 세 명의 황의무사가 몸을 날렸다. 가히 폭풍 같은 기세였다. 결코 일개 일반 무사들이라고 믿을 수 없는 빠른 움직임. 연화문이 놀라 소리쳤다.

"저들이 바로 이번에 새로 왔다는 성주의 호위 무사들인가?"

철군명이 연화문을 돌아보며 차갑게 입을 열었다.

"그렇소! 아마 앞으로 자주 보게 될 것이오. 아니지, 연 숙부나 단주님 은 보지 못할지도 모르겠구려."

말을 마치자 철군명의 왼손이 올라갔다. 그러자,

휘이이잉!

찬바람마저 질려 버릴 정도로 싸늘한 기운이 장내로 날아들었다.

한편, 휘아는 장내의 돌아가는 상황이 믿기지가 않았다. 뭐가 뭔지 모르는 사이에 상무원이 얼어붙어 버렸다. 어떻게 해야 할지 미처 생각할 시간조차 없었다.

그때였다. 등줄기를 타고 한줄기 소름이 돋는 느낌이 들었다. 휘아가 막 고개를 돌리려 할 순간,

"휘아야."

사부님의 전음이 귓속을 파고들었다.

방 안을 바라보자 사부님의 눈이 자신을 바라보고 있다. 문득 얼마 전에 배웠던 전음에 대한 기억을 떠올리며 입으로 내력을 모았다. 그리고 말하고자 하는 내용을 그 기운에 실었다.

'잘되어야 할 텐데……'

사부님이 있는 방향을 향해 말을 하듯이 입을 달싹이며, 파동에 기운을 흘려보냈다.

"사… 부… 니……"

어색하지만 된 것 같았다. 사부님의 눈에 이채가 서리는 것이 보인다.

"돌아보지 말아라. 그리고 이 사부가 하라는 대로 하거라."

사부님의 눈이 웃고 있다. 아마 자신이 보낸 전음 때문인 듯했다.

"절대 함부로 행동하지 말아라. 특히 대들 생각은… 절대 하지 말아라. 휘아가 나의 제자라면 결코 사부의 말을 거역하지 않으리라 믿는다. 알았지?"

'사부님……'

휘아의 눈이 격하게 흔들렸다. 사부님은 오직 어린 제자만이 걱정 되는가 보다.

"예… 사부님……."

철군명은 자신의 앞에 내려선 흑의인을 바라보았다.

거대한 흑암처럼 느껴지는 육 척의 흑의중년인, 굵은 눈썹에 마치 얼음을 깎아 만든 것 같은 표정은 보는 이로 하여금 오금이 저릴 정도의 차가운 눈빛을 뿜어내고 있었다.

"총령께서 도와주셔야겠습니다."

흑의인이 철군명을 바라보지도 않은 채 고개를 끄덕였다.

"말하게."

철군명이 연화문과 염부경을 바라보며 무심히 말했다.

"앞에 계신 두 분의 무공을 폐해주십시오."

연화문의 눈이 부릅떠졌다.

"네, 네놈이 감히!"

염부경이 벌떡 일어섰다.

"아직 확실한 것도 없거늘, 무슨 죄로?"

철군명이 두어 걸음 물러섰다. 그러자 흑의인이 죽 앞으로 나아간다.

"죽이면 편할 것을 번거롭게 하는군."

그러면서 염부경을 바라보며 말했다.

"오라! 삼 초를 받아내면 용서해 주지."

광오한 흑의인의 말에 두 주먹을 움켜쥔 염부경이 신형을 날렸다.

"내가 바로 폭산장 염부경이다, 미친놈아!!"

후우웅!!

뻗어낸 쌍장에서 강력한 기운이 휘몰아치며 흑의인을 향해 쇄도해 들어갔다. 그러나 흑의인은 미동도 없이 자신을 쳐오는 염부경만을 바라보고 있을 뿐이다.

콰아아!!

염부경의 쌍장에서 일어난 폭풍 같은 기세가 흑의인의 석 자 앞에 이르른 순간,

"약하군."

무감동한 말 한마디가 흑의인의 입에서 튀어나오더니 검은 구름이 염부경을 덮어버렸다. 그것은 그야말로 찰나간에 벌어진 일이었다.

"물러서!!"

얼굴을 일그러뜨린 연화문의 악쓰는 소리가 미처 주위 사람들의 귀에 도착하기도 전이었다.

쾅!!

"크으윽!!"

일성굉음과 참담한 신음이 함께 울렸다. 동시에 휘아의 눈이 부릅떠졌다.

'엄청… 나다!'

염부경의 가슴이 너덜너덜해진 것이 보였다.

단 일 수였다. 아무리 분노에 이성을 잃었다지만, 능히 일류고수라 불리기에 부족함이 없는 염부경이 단 일 수에 치명상을 입었다. 하지만 휘

아가 놀란 것은 그것 때문이 아니었다.

'저렇게 빠른 변화라니……'

염부경의 가공할 기세가 흑의인의 가슴에 다다랐을 순간, 흑의인의 손이 먹구름 속에서 빠르게 휘돌며 염부경의 기세를 가닥가닥 끊어버리더니, 시커먼 뇌전의 갈고리가 염부경의 가슴을 찰나간에 헤집어 버리는 것이 보였다.

말이 일수지 족히 수십 번의 변화가 일어났던 것이다.

'대체 저자가 누구이기에……?'

놀란 눈으로 흑의인을 바라보며 주먹을 움켜쥐었다.

과연 자신은 저 정도의 빠르기를 펼칠 수 있을까?

그렇게 자신에게 물음을 던지며 이를 지그시 깨물고 있을 때였다. 휘아의 뒤에서 느닷없이 호통이 터져 나왔다.

연화문이었다. 그가 비명 같은 호통과 함께 검을 빼 들었다.

"이놈!!"

쏟아진 살처럼 신형을 날리는 연화문이 검과 하나가 되었다. 허공이 갈라지고 빛살이 내려쳐졌다. 흑의인의 머리를 향해서!

허공을 바라보는 흑의인의 눈에 이채가 떠올랐다.

"제법이군!"

스치듯 비치는 감탄, 하지만 그뿐이었다. 흑의인의 신형이 흐릿하니 뒤로 물러나는 듯하더니 두 손이 좌우로 엇갈렸다.

빛살 같은 검기가 교차한 흑의인의 두 손 사이를 헤집었다. 아니, 헤집는 것처럼 보였다.

콰직!

무쇠조차 갈라 버릴 연화문의 검이 흑의인의 두 손 사이에 갇혀 버렸다.

대경한 연화문은 혼신의 힘을 다해 검을 비틀어 빼내고는 신형을 뒤로 튕겼다. 그러자 일순간, 연화문을 따라붙는 흑의인의 두 손에 시커먼 먹구름이 일었다!

콰르르.

대경한 연화문이 땅바닥에 닿을 듯이 몸을 눕혔다.

여전히 따라오는 시커먼 수영(手影)!

팽그르르.

일순간에 다섯 바퀴 몸을 굴린 연화문의 신형이 이 장을 벗어나더니, 검으로 바닥을 찍으며 벌떡 일어섰다. 순간,

"헉!"

연화문의 입에서 절망의 다급성이 터져 나왔다.

흑의인의 시커먼 수영이 코앞에 있다! 피할 틈도 없다!

이를 악물고 흑의인의 어깨에 검을 내리꽂았다!

우두둑! 콰직!

"끄으……."

갈비뼈가 부러지는 소리에 장원이 가라앉았다. 연화문의 벌린 입에서는 비명도 제대로 나오지 못했다. 핏물이 배어 나오는 이 사이로 끄르륵거리는 소리만이 흘러나올 뿐이었다.

"연 아우!!"

방에 있던 고봉천이 더 이상을 두고 보지 못하고 뛰쳐나왔다.

어깨에 비스듬히 꽂힌 검을 뽑아낸 흑의인의 고개가 그쪽으로 돌아간다.

이를 악문 휘아의 두 주먹에 힘이 들어갔다.

사부가 뛰어오고 있다. 흑의인의 입가에 비릿한 미소가 차갑게 맺히는 것이 보인다.

"안 돼요! 사부님!"

휘아의 입에서 다급한 고함이 터졌다.

흑의인이 슬쩍 휘아를 돌아보았다. 차가운 광망이 얼음덩이 같은 눈에서 쏘아져 나온다. 뛰어오던 고봉천이 멈칫하더니 소리쳤다.

"휘아야! 너는 나서지 마라!!"

그때였다. 휘아의 눈이 부릅떠졌다.

달려오는 사부님의 등 뒤로, 저 멀리 건물 뒤쪽에서 이곳을 바라보며 불안에 떨고 있는 정청화가 보였다. 그녀의 품속에는 입이 막힌 고연연이 몸부림치고 있었다.

내력을 입으로 모으고, 전력을 다해 전음을 펼쳤다.

"오지… 마세… 요, 절대……."

정신없이 정청화가 고개를 끄덕인다.

"연연을 데리고…… 그래요, 구 할아버지에게… 가세요."

느닷없이 구 노인이 생각났다. 한데 할멈이나 청아는 그렇다 쳐도 구 노인은 왜 모습을 안 보인단 말인가. 그라도 있으면 도움이 될 텐데……. 하지만 당장은 부질없는 생각이었다.

정청화가 연연을 억지로 끌고 건물 뒤편으로 사라지는 걸 본 휘아는 흑의인에게로 눈길을 돌렸다.

상황은 점점 어려워지고 있었다. 멈칫했던 사부가 다시 연화문이 있는 쪽으로 다가간다.

흑의인의 고개가 다시 사부를 향해 돌아가고 있었다. 그러더니 걸음을 내딛는다. 그때, 조용히 서서 돌아가는 상황을 바라보고 있던 철군명이 히죽 웃더니 앞으로 한 걸음 나섰다.

"총령께선 잠시 멈추어주십시오."

흑의인이 철군명을 쳐다보았다.

"제가 부탁드린 것은 저 두 사람이었지요."

흑의인은 약간 불만이 서린 눈으로 철군명을 바라보다 어쩔 수 없다 생각했는지 무심하게 뒤돌아섰다. 그러자 철군명이 웃으며 고개를 숙였다.

"감사합니다, 총령."

그사이 고봉천이 피를 게워내고 있는 연화문의 앞에 도착했다.

"연… 아우."

"크윽, 형… 님."

"조금만 참게, 조금만! 내 성주께 말씀드려서……."

고봉천이 연화문의 어깨를 끌어안고 다급히 소리치자 그것을 바라보던 철군명이 고개를 저으며 말했다.

"고 사숙께선 뭔가 착각을 하시고 있군요."

"군명, 네가 어찌……."

고봉천의 눈에서 불길이 일었다. 그러나 이어진 철군명의 한마디가 고봉천의 불길을 사그라뜨렸다.

"고 사숙 역시 죄를 피할 수 없음을 모르시는 것은 아니시겠지요?"

"무, 무슨……?"

그 말뜻을 모를 고봉천이 아니었다. 그렇다고 순순히 물러날 수도 없었다. 그것은 모두의 파멸이니까.

"이미 증인은 확보되었습니다."

가슴이 철렁 내려앉았다. 어느 정도는 짐작했지만 이들의 행보는 너무 빠르다. 너무 빨라서 대처할 시간조차 없을 정도다.

암담함이 가슴을 짓누른다. 절망이 스멀거리며 온몸을 타고 기어오른다.

방법을 찾아야 한다, 방법을!!

그것만이 내가 사랑하는 사람들을 지킬 수 있다. 자칫하면 모두가 죽는다. 놈이 피를 원하고 있는 이상.

방법, 방법……?

'아!! 사부님께서 남겨주신 그것이라면!'

고봉천의 고개가 번쩍 들렸다. 격하게 흔들리던 눈빛이 제자리를 찾아가고 입가에는 고졸한 미소가 물렸다.

철군명의 눈에 기이하다는 빛이 떠올랐다.

고봉천이 천천히 일어서며 입을 열었다.

"잠시만 기다리거라. 너에게 보여줄 것이 있다."

조용히 돌아선 고봉천은 다시 방으로 들어가더니, 잠시 후 하나의 길쭉한 목함을 가지고 나왔다. 그 속에는 한 자루의 한 자도 안 되어 보이는 비수가 한 자루 들어 있었다.

"네가 한 가지 잊은 것이 있구나."

담담한 한마디, 철군명의 눈매가 씰룩거렸다.

"전대 성주이시자 나의 사부께서는 돌아가시기 전, 나에게 한 가지 물건을 맡기셨지. 너는 이것이 무엇인 줄 아느냐?"

"아! 철혈비!!"

비수를 바라보는 철군명의 눈이 휘둥그렇게 커졌다. 하지만 그것도 순간뿐, 비릿한 웃음이 그의 입술을 비집고 흘러나왔다.

"놀랍군요. 그 물건은 조부께서 돌아가신 뒤로 보이지 않아 사라진 것으로 알았거늘……. 하나 사숙, 철혈비로 뭘 어쩌시겠다는 것입니까?"

고봉천이 무심한 눈으로 철군명을 바라보았다.

"철혈비를 가진 사람은… 성주를 해하지 않은 이상, 그 어떤 죄를 지어도 한 번은 용서받을 수가 있다! 모른다면 성주에게 물어보거라! 사부께서 철혈비를 사형에게 주지 않고 굳이 나에게 맡긴 이유를 이제야 알

것도 같구나!'

철군명의 눈동자가 파르르 흔들렸다. 반면에 휘아는 가슴을 쓸어내렸다.

'다행이다! 정말 다행이다! 사부님에게 그런 물건이 있었다니.'

속으로 안도의 한숨을 내쉬는 휘아의 귀로 흑의인의 목소리가 악마의 속삭임처럼 느릿느릿 파고들었다.

"용서라… 용서……. 자신은 용서받을 수 있겠군."

고봉천의 눈이 굳어졌다.

철군명의 눈이 번뜩이며 다시 차가운 빛을 발했다.

"하하하!! 고 사숙께 철혈비가 있었다니 정말 다행이군요. 사실 저도 고 사숙을 죄인 취급하고 싶지는 않았었습니다."

'저놈이 무슨 생각으로……?'

"아버님께서도 고 사숙님을 용서하실 수밖에 없으실 테니……. 고 사숙께는 참으로 잘된 일입니다."

철군명이 잠깐 말을 끊더니 휘아를 돌아보았다.

"한데 어쩌지요? 사숙의 제자도 죄를 지었으니 말입니다."

"네가… 무슨 소리를……?"

"죄를 집행하려는 저의 앞을 막았으니 죄도 큰 죄지요. 그렇지 않습니까?"

"말도 안 되는……."

고봉천의 표정이 딱딱하니 굳어져 간다.

'이놈은 작정을 하고 왔다! 내가 대항할 수 없는 상황이라는 것까지 파악하고 왔다. 이런! 결국은 어떻게든 피를 보겠다는 말인가?'

휘아의 표정도 굳어져 버렸다. 일이 이상하게 돌아가는 것이 느껴진 것이다.

찬바람조차 싸늘한 장내의 살풍경에 멀리 도망가 버렸다. 그렇게 시간이 흘러갔다. 아무도 입을 열지 못했다. 오직 철군명의 입가에 서린 조소만이 더욱 짙어져 갈 뿐이었다.

반 각이나 지났을까, 기득염을 쫓아갔던 세 무사가 돌아왔다. 그들의 무거운 표정으로 보아 기득염을 잡지 못한 것이 분명했다. 철군명은 별다른 추궁도 하지 않은 채 오직 고봉천만을 노려보았다.

'후후후, 어찌하시겠소? 사숙.'

깊은 생각에 잠겨 있던 고봉천이 침음성을 흘리며 천근만근 무거운 입을 열었다.

"으음, 한 가지 묻겠다!"

나직한 음성이 고봉천의 이사이로 흘러나왔다.

"말씀하시지요."

"나에게 벌을 준다면 어떤 벌을 주려고 생각하고 있었느냐!"

'무슨 뜻으로 묻는 거지?'

철군명은 잠시 망설이다가 조소를 흘리며 천천히 입술을 뗐다.

"기껏 해봐야 무공을 폐하는 정도겠지요."

휘아의 두 주먹이 불끈 쥐어졌다. 부릅떠진 두 눈으로 철군명을 쏘아봤다. 여차하면 손을 쓸 생각으로 남들이 눈치채지 못하는 사이 천양의 기운을 슬며시 휘돌렸다. 그때, 고봉천이 두 눈에서 불길을 뿜어내며 굳은 얼굴로 말했다.

"정녕 그것을 원하느냐?"

"무슨?"

휘아가 등줄기를 타고 오르는 불안감에 번개처럼 돌아서며 자신의 사부를 쳐다보았다. 순간, 고봉천이 철혈비가 든 목함을 휘아에게 던지고는 왼손을 앞으로 쭉 뻗었다. 일 장가량 떨어져 있던 연화문의 장검이 그의 손 안으로 빨려 들어간다.

"이런!!"

철군명이 대경하며 검을 잡아가고, 만 근 바위처럼 서 있던 흑의인이 한 걸음 내딛었다.

목함을 받아 든 휘아가 굳은 얼굴로 돌아서며 철군명의 앞쪽을 가로막았다.

하지만 철군명은 미처 검을 뽑기도 전에 멈춰 서야만 했다.

흑의인의 절대무심할 것 같던 눈동자도 파르르 떨렸다.

고봉천의 왼손으로 빨려 들어간 장검이 사선으로 춤을 추고 있었다. 오른쪽 옆구리를 거슬러 올라간 장검이 오른쪽 팔꿈치 부위에서 방향을 틀더니, 차가운 검광이 팔꿈치를 그대로 가로질러 간다.

팍!!

선홍빛 핏줄기와 함께 팔꿈치 부근에서 잘려진 고봉천의 오른팔이 허공으로 떠올랐다.

핏줄기가 하늘을 붉게 물들이며 사람들의 가슴을 격랑의 파도 속으로 밀어 넣었다.

누구도 벌린 입을 다물지 못하고 있었다.

홱 뒤돌아선 휘아의 두 눈이 부릅떠지고 경악에 찬 비명이 상무원을 뒤흔들었다.

"사부님! 사부님!!"

순식간에 벌어진 일이었다. 누구도 예상 못했던 일이 눈앞에서 벌어져 버렸다.

피가 배어나올 정도로 이를 악 다문 고봉천이 철군명을 직시하며 입을 열었다.

"나는… 평생 검과 신법만을 익혔다! 그러나 이제… 검을 버릴까 한다!"

휘아가 울부짖었다.

"사부님!! 팔부터!!"

휘아를 바라보지도 않은 채 고봉천이 냉랭한 목소리로 철군명을 향해 말했다.

"아직도 나에게 줄 벌이 더 있느냐?"

철군명이 아연한 눈으로 고봉천을 바라보았다.

설마 자신의 팔을 자르다니, 그것도 검을 익힌 자에게 생명과도 같은 오른팔을······.

"있느냐! 없느냐? 발마저 자르랴?"

추상같은 일갈이 철군명의 귀를 송곳처럼 파고들었다.

"없··· 습니다. 그 정도면··· 아버님께서도 용서하실 겁니다."

"그래? 없다? 그럼 됐다! 그만 가거라!"

꿈틀.

철군명의 이마가 깊은 골을 만들었다.

"하지만 휘 사제는······."

"그만!!"

고봉천이 천둥처럼 소리쳤다.

고봉천의 눈이 사시나무 떨듯 떨고 있는 휘아를 바라본다. 그런 그의 눈에선 자애와 안도의 빛이 은은히 배어 나오고 있었다. 그러나 철군명의 귀에는 여전히 천둥이 치고 있었다.

"철혈비는! 내 팔이 잘려 나간 순간부터 휘아의 것이 되었다!! 그러니 그 누구도 휘아를 벌한 자격이 없다! 군명!! 설사 성주라 해도 말이다!!"

휘아의 가슴이 태풍을 만난 것처럼 격랑을 쳤다.

그랬다! 그것이었다!

사부는 자신을 위해서 팔을 버렸다!

검사에게 목숨과도 같은 팔을… 개에게 던져 준 것이다.

어찌, 어찌하여… 사부님!!

"이익!!"

휘아가 번개처럼 돌아서며 철군명을 노려봤다. 그런 휘아의 눈에선 불길이 일고 있었다. 천양의 기운이 척추를 치달리며 솟구치고 있었다. 벌겋게 달아오른 얼굴로 망설이고 있는 철군명이 보였다.

용서치 않으리라! 내 용서치 않으리라! 사부님께서 무슨 죄를 지었다고 네놈이……!!

휘아가 두 손에 천양의 내력을 끌어올린 채 철군명을 향해 신형을 날리려 할 때였다.

"휘아야!! 안 된다!! 자칫하면 청하와 연연이까지 다친다!"

한 소리 전음이 귀청을 울렸다.

'연연이……? 사모님……? 오! 맙소사!! 그래서?

휘아의 두 손이 힘없이 내려졌다. 두 눈에서 일던 불길도 방울진 눈물에 꺼져 버렸다.

"사부님!! 크흑!!"

바람을 타고 비릿한 피 냄새가 사람들의 콧속을 파고들었다.

한데, 왜? 왜! 피 냄새가 역겹게 느껴지지 않는단 말인가.

염부경도, 연화문도, 심지어 철군명의 뒤에 시립한 채 서 있던 세 명의 무사들조차도, 그 어느 누구도… 가슴이 떨려 입을 열 수가 없었다.

지나던 바람조차 그 자리에 멈춰 서버린 상무원의 정원, 아무 말 없이 조용히 서 있던 흑의인에게서 나직한 말이 흘러나왔다.

"그만 가지. 오늘은… 그대가 졌다!"

"총령?"

철군명이 소리치며 돌아보자 흑의인이 북풍한설 같은 목소리로 한 자

한 자 끊어 말했다.

"돌.아.간.다!"

부르르.

떨리는 어깨를 추스르며 철군명이 고봉천과 휘아를 바라보았다. 자신도 더 이상 어쩔 수 없다는 것은 안다. 다만 두 사람을 보자 자신도 모르게 질시 섞인 오기가 솟았던 것이다. 질시의 불길로 타오르던 눈이 두 사람을 바라보다 뒤돌아섰다.

"나중에… 뵙지요, 고 사숙. 갑시다!"

돌아서던 흑의인이 멈칫하더니 고봉천을 보며 말했다.

"당신은, 진짜 남자다! 그것이 그대와 그대의 가족들을 살렸다!"

떠나간다.

피의 회오리를 몰고 왔던 철군명이 떠나간다.

상처 입은 사람들만을 남겨놓은 채 뒤돌아 상무원을 나선다.

고봉천을 안은 휘아의 눈에 차가운 불꽃이 일었다. 세상을 태워 버리고도 남을 불이었다. 그들이 떠난 자리에는 오직 검붉은 핏자국만이 남아 있을 뿐이지만, 휘아의 가슴에는 피보다 더 붉은 불꽃이 한을 담아 피어나고 있었다.

'기다려라, 철군명! 잊지 말아라, 철군명! 오늘의 일을 절대 잊지 말아라!! 강해져 있어라! 내가 찾아갈 때까지 얼마든지 강해져 있어라! 그래야 무너지는 절망도 더 클 테니까!!'

"휘아야……."

사부님이 부르신다. 힘없는 목소리, 기력이 탈진한 듯한 목소리…….

"사부님……! 크흑!! 사부님!!"

팔꿈치 주위의 혈맥을 점해서인지 피는 더 이상 뿜어 나오지 않았다.

휘아가 고봉천을 끌어안고 오열할 때였다.

"아빠!!"

"아악!! 여보!!"

정청화와 연연이 비명 섞인 눈물을 흘리며 달려나온다. 신발은 어디로 갔는지 보이지도 않았다. 그녀들에게는 오직 팔이 잘린 채 피를 흘리고 있는 아버지만이, 남편만이 걱정되었던 것이다.

고개를 돌린 고봉천이 달려오는 그녀들을 바라보며 입가에 가느다란 미소를 피워 올렸다.

"괜찮아. 다 끝났어, 이제……."

『진조여휘』 2권에서…